Seus olhos viam Deus

Seus olhos viam Deus

Zora Neale Hurston

Tradução
Marcos Santarrita

Revisão de tradução de
Messias Basques

2ª edição

EDITORA RECORD
RIO DE JANEIRO • SÃO PAULO
2021

EDITORA-EXECUTIVA Renata Pettengill	**CAPA** Juliana Misumi
SUBGERENTE EDITORIAL Mariana Ferreira	**IMAGENS DE CAPA** Shutterstock / Knopazyzy Shutterstock / Beauty Stock
ASSISTENTE EDITORIAL Pedro de Lima	Getty Images / ClassicStock / Colaborador
AUXILIAR EDITORIAL Juliana Brandt	**DIAGRAMAÇÃO** Mayara Kelly
REVISÃO Júlia Moreira	**TÍTULO ORIGINAL** Their Eyes Were Watching God

CIP-BRASIL. CATALOGAÇÃO NA PUBLICAÇÃO
SINDICATO NACIONAL DOS EDITORES DE LIVROS, RJ

H944
2ª ed.

Hurston, Zora Neale, 1891 - 1960
  Seus olhos viam Deus / Zora Neale Hurtson; Tradução de Marcos Santarrita – 2ª ed. –Rio de Janeiro: Record, 2021.

  Tradução de: Their Eyes Were Watching God
  ISBN 978-65-55-87250-7

  1. Ficção alemã. I. Santarrita, Marcos. II. Título.

21-69046

CDD: 813
CDU: 82-3(73)

Camila Donis Hartmann – Bibliotecária – CRB-7/6472

Copyright © 1937 by Zora Neale Hurston
Renovado em 1965 por John C. Hurston e Joel Hurston
Copyright do prefácio © 1990 by Mary Helen Washington
Copyright do posfácio © 1990 by Henry Louis Gates Jr.

Publicado mediante acordo com Harper Collins Publishers

Texto revisado segundo o novo Acordo Ortográfico da Língua Portuguesa.

Todos os direitos reservados. Proibida a reprodução, no todo ou em parte, através de quaisquer meios. Os direitos morais da autora foram assegurados.

Direitos exclusivos de publicação em língua portuguesa somente para o Brasil adquiridos pela
EDITORA RECORD LTDA.
Rua Argentina, 171 – Rio de Janeiro, RJ – 20921-380 – Tel.: (21) 2585-2000, que se reserva a propriedade literária desta tradução.

Impresso no Brasil

ISBN 978-65-55-87250-7

Seja um leitor preferencial Record.
Cadastre-se no site www.record.com.br
e receba informações sobre nossos lançamentos e
nossas promoções.

EDITORA AFILIADA

Atendimento e venda direta ao leitor:
sac@record.com.br

Para
Henry Allen Moe

PREFÁCIO

Em 1987, quinquagésimo aniversário da publicação de *Seus olhos viam Deus*, a University of Illinois Press inseriu uma tarja no canto inferior direito da capa de sua reedição anual: "1987/50º Aniversário — AINDA UM BEST-SELLER!" A contracapa, usando uma citação de Doris Grumbach na *Saturday Review*, proclamava *Seus olhos*... "o mais belo romance negro de sua época", e "um dos melhores de todos os tempos". Creio que Zora Neale Hurston ficaria chocada e satisfeita com essa espantosa virada na receptividade de seu segundo romance, que por quase trinta anos após o lançamento ficou fora de catálogo, em grande parte desconhecido e não lido, e descartado pelo *establishment* literário masculino de formas algumas vezes sutis e outras não tão sutis. Um resenhista branco em 1937 elogiou o romance na *Saturday Review* como uma "história de amor exuberante e vigorosa, embora meio desajeitada", ainda que não acreditasse muito que uma cidade como Eatonville, "habitada e governada inteiramente por negros", pudesse ser real.

Críticos negros homens foram muito mais duros na avaliação do romance. Desde o início de sua carreira, Zora foi

8　　　ZORA NEALE HURSTON

severamente criticada por não escrever ficção na tradição de protesto. Sterling Brown disse em 1936, sobre seu livro anterior, *Mules and Men,* que não continha raiva suficiente, não descrevia o lado mais difícil da vida negra no Sul, que Zora fazia a vida negra sulista parecer fácil e despreocupada. Alain Locke, decano dos eruditos e críticos negros durante a Renascimento do Harlem, escreveu em seu balanço anual da literatura para a revista *Opportunity* que *Seus olhos…* estava simplesmente fora de passo com as tendências mais sérias da época. Perguntava quando Zora pararia de criar "esses pseudoprimitivos dos quais o público ainda gosta de rir, com os quais chora, e inveja", e "abordar a ficção de motivo e de documento social". A crítica mais danosa veio do mais famoso e influente escritor negro da época, Richard Wright. Escrevendo para a revista esquerdista *New Masses,* ele censurou duramente *Seus olhos…* como um romance que fazia na literatura o que os artistas brancos com a cara pintada de preto faziam no teatro, quer dizer, provocar gargalhadas nos brancos. Disse que o romance "não tem tema, mensagem, nem ideia", mas explorava os aspectos "exóticos" da vida dos negros que satisfaziam os gostos do público branco. No fim dos anos 1940, uma década dominada por Wright e pela tempestuosa ficção do realismo socialista, a voz mais discreta de uma mulher em busca de autorrealização não podia ou não seria ouvida.

Como a maioria de meus amigos que lecionavam nos recém-formados departamentos de Estudos Negros no fim dos anos 1960, ainda lembro nitidamente minha descoberta de *Seus olhos…* Por volta de 1968, numa das muitas e prósperas livrarias negras do país — esta, a Vaughn's Books, ficava em

SEUS OLHOS VIAM DEUS

Detroit — encontrei a magra brochurazinha (comprada por 75 centavos) com uma ilustração estilizada de Janie Crawford e Jody Starks na capa — ela bombeando água do poço, os longos cabelos caindo em cascatas pelas costas, a cabeça ligeiramente voltada para ele com um ar de anseio e expectativa; ele parado a certa distância, com sua vistosa camisa de seda e suspensórios roxos, o paletó pendurado num braço, a cabeça inclinada para um lado, com o olhar que fala a Janie de horizontes distantes.

O que adorei imediatamente nesse romance, além de sua poesia superior e sua heroína, foi o investimento nas tradições populares negras. Ali, finalmente, estava uma mulher em busca de sua identidade e, ao contrário de muitas outras figuras em busca de alguma coisa na literatura negra, sua jornada a levaria não para longe, mas cada vez mais para dentro da negritude, a descida para as Everglades, com sua rica terra negra, cana brava e vida comunal, representando uma imersão nas tradições negras. Mas para a maioria das leitoras negras que descobrem *Seus olhos*... o que era mais absorvente era a figura de Janie Crawford — poderosa, articulada, autoconfiante e radicalmente diferente de qualquer personagem feminina antes encontrada na literatura. Andrea Rushing, então instrutora no Departamento de Estudos Afro-Americanos, lembra que leu *Seus olhos*... num grupo feminino de estudos, com Nellie McKay, Barbara Smith e Gail Pemberton.

— Eu adorei a linguagem desse livro — diz Andrea —, mas adorei sobretudo porque falava de uma mulher que não era patética, não era uma "mulata trágica",[*] e que contestava

---

[*] O *"tragic mulatto"* era um personagem ficcional miscigenado e estereotipado como um ser triste e deprimido, uma vítima da sociedade dividida por raças, presente na literatura norte-americana a partir do século XIX.

tudo que se esperava dela, que fugiu com um homem sem se dar o trabalho de divorciar-se daquele que deixara, e não era despedaçada, esmagada, atropelada.

A reação das mulheres de todo o país que se viram tão fortemente representadas num texto literário era muitas vezes direta e pessoal. Janie e Tea Cake eram discutidos como se fossem pessoas que os leitores conheciam intimamente. Sherley Anne Williams lembra que foi a uma conferência em Los Angeles, em 1969, onde a principal oradora, Toni Cade Bambara, perguntou às mulheres da plateia:

— As irmãs aqui estão prontas para Tea Cake?

E Sherley, lembrando que mesmo Tea Cake tinha seus defeitos, respondeu:

— Os Tea Cakes do mundo estão prontos para nós?

Sherley deu aulas sobre *Seus olhos...* pela primeira vez na Cal State Fresno, numa área de agricultores migrantes onde os alunos, como os personagens do livro, estavam acostumados a tirar seu sustento da terra.

— Pela primeira vez — diz Sherley — eles se viam naqueles personagens, e viam sua vida retratada com alegria.

O comentário de Andrea sobre a mulher como heroína e a história de Sherley sobre o alegre retrato de uma cultura sintetizam juntos o que os críticos mais tarde veriam como a contribuição única do romance à literatura negra: afirma as tradições culturais negras, revendo-as ao mesmo tempo para dar força à mulher negra.

Em 1971, *Seus olhos...* era um fenômeno clandestino, aparecendo aqui e ali, onde quer que houvesse um crescente interesse pelos estudos afro-americanos — e uma professora de literatura negra. Alice Walker lecionava o romance em Wel-

SEUS OLHOS VIAM DEUS 11

lesley no ano escolar 1971-72 quando descobriu que Zora era apenas um pé de página nos estudos acadêmicos. Tendo lido num ensaio de um folclorista branco que Zora se encontrava enterrada numa cova não identificada, decidiu que tal destino era um insulto à autora, e começou a procurar a sepultura para pôr uma lápide. Num ensaio pessoal, "Em busca de Zora", escrito para a revista *Ms.*, ela conta que foi à Flórida, procurou no meio de um matagal que chegava à cintura e encontrou o que julgou ser a cova da escritora, e pôs nela uma lápide com a inscrição "Zora Neale Hurston/'Um gênio do Sul'/ Romancista/Folclorista/Antropóloga/1901-1960". Com esta inscrição e o ensaio, Alice inaugurou uma nova era de estudos sobre *Seus olhos viam Deus*.

Em 1975, *Seus olhos...*, de novo fora de catálogo, estava em tal demanda que circulou uma petição na convenção da Associação de Linguagem Moderna (MLA — Modern Language Association) de dezembro para que se reeditasse o romance. Naquele mesmo ano, numa conferência sobre literatura de minoria realizada em Yale e dirigida por Michael Cooke, os poucos exemplares de *Seus olhos...* disponíveis foram entregues, por um período máximo de duas horas, aos participantes do encontro, muitos dos quais liam o romance pela primeira vez. Em março de 1977, quando a Comissão de Grupos Minoritários e Estudo de Língua e Literatura da MLA publicou sua primeira lista dos livros fora de catálogo que tinham maior demanda em escala nacional, o coordenador do programa, Dexter Fisher, escreveu: "*Seus olhos viam Deus* está unanimemente no topo da lista."

Entre 1977 e 1979, o renascimento de Zora Neale Hurston entrou em pleno florescimento. A biografia *Zora Neale Hurston:*

uma *biografia literária*, de Robert Hemenway, publicada em 1977, foi um best-seller disparado na convenção de dezembro da MLA. A nova edição de *Seus olhos...*, da University of Illinois Press, publicada um ano depois da biografia de Hemenway, em março de 1978, tornou o romance disponível de forma constante e confiável pelos dez anos seguintes. *I Love Myself When I Am Laughing... And Then Again When I Am Looking Mean and Impressive: A Zora Neale Hurston Reader* [Gosto de mim quando rio... e também quando pareço má e imponente: uma antologia de Zora Neale Hurston], organizado por Alice Walker, foi publicado pela Feminist Press em 1979. Provavelmente mais que qualquer outra coisa, esses três fatos literários tornaram possível o surgimento de estudos sérios sobre Zora.

Mas o fato que, para mim, marcou o início da terceira onda de atenção crítica a *Seus olhos...* ocorreu em dezembro de 1979, na convenção da MLA em San Francisco, numa seção adequadamente intitulada "Tradições e suas transformações nas letras afro-americanas", presidida por Robert Stepto, de Yale, com John Callahan, do Lewis and Clark College, e eu própria (então na Universidade de Detroit) como participantes da mesa. Apesar de a sessão ter sido programada para uma manhã de domingo, a última de toda a convenção, a sala estava lotada, e o público extraordinariamente atento. Em seus comentários no fim da sessão, Stepto levantou a questão que se tornou um dos aspectos mais controvertidos e acaloradamente contestados do romance: se Janie conquista ou não sua própria voz em *Seus olhos...* O que preocupava Stepto era a cena do tribunal, em que Janie é chamada não apenas a defender sua própria vida e liberdade, mas também a fazer o júri, assim como todos nós que ouvimos sua história, entender o sentido de sua vida com Tea Cake. Stepto achou Janie curiosamente calada nessa cena, com Zora contando a história na onisciente terceira pessoa, de modo que não ouvimos a heroína falar, pelo menos não com sua própria voz, na primeira pessoa. Stepto estava inteiramente convencido (e convincente) de que a estrutura da história, em que Janie fala a Pheoby, apenas cria a ilusão de que ela encontrou sua voz, de que a insistência de Zora em contar a história de Janie na terceira pessoa solapa o poder desta como narradora. Enquanto o resto de nós lutávamos na sala para encontrar nossa voz, Alice Walker levantou-se e exigiu a sua, insistindo com paixão em que as mulheres não tinham de falar quando os homens achavam que elas deviam, que elas escolheriam quando e onde desejavam falar, porque embora muitas mulheres *houvessem* encontrado sua própria voz, também sabiam quando era melhor não usá-la. O que foi mais notável na enérgica e às vezes acalorada discussão que se seguiu às observações de Stepto e Alice foi a suposição de todos na sala de que *Seus olhos...* era um texto compartilhado, que um romance que apenas dez anos antes era desconhecido e esgotado entrara em aceitação crítica como talvez o texto mais amplamente conhecido e privilegiado no cânone literário afro-americano.

Aquela sessão da MLA foi importante por outro motivo. A defesa feita por Alice da opção de Janie (na verdade de Zora) por se manter calada nos trechos cruciais do romance revelou-se a primeira leitura de voz feminista em *Seus olhos...*, uma leitura apoiada mais tarde por muitos outros estudiosos de Zora. Em um recente ensaio sobre *Seus olhos...* e a questão da voz, Michael Awkward afirma que a de Janie no fim do romance é uma voz comunal, que quando ela manda Pheoby contar sua história ("Cê pode contar pra eles o que eu contar, se você quiser. Pra mim tanto faz, porque minha língua fala pela boca da minha amiga"), escolhe uma voz coletiva, ao invés de individual, demonstrando sua proximidade com o espírito coletivo da tradição oral afro-americana. Thad Davis concorda com essa leitura da voz, acrescentando que embora Janie seja a contadora da história, é Pheoby a sua portadora. Davis diz que a vida experimental de Janie talvez não lhe permita efetuar mudanças além da que causa na vida de Pheoby; mas esta, estando dentro do papel tradicional da mulher, é a mais capacitada para levar a mensagem de volta à comunidade.

Embora, como Stepto, eu também me sinta pouco à vontade com a ausência da voz de Janie na cena do tribunal, acho que o silêncio reflete o desconforto de Zora com o modelo do herói masculino que se afirma através de sua voz potente. Quando Zora escolheu uma heroína para a história, enfrentou um interessante dilema: a presença feminina era, inerentemente, uma crítica à cultura folclórica dominada pelo homem, e, portanto, não podia ser sua representante heroica. Quando Janie diz no fim de sua história que "falar num vale de muita coisa" se for separado da experiência, está atestando as limitações da voz e criticando a cultura que festeja a oralidade, excluindo o crescimento interior. Sua fala final para Pheoby, no fim de *Seus olhos...*, na verdade lança dúvida sobre a importância do discurso oral e apoia a afirmação de Alice Walker de que o silêncio das mulheres pode ser intencional e proveitoso:

Conversar num vale um monte de feijão quando a gente num pode fazer mais nada... Pheoby, cê tem de *ir* lá pra *conhecer* lá. Nem seu pai nem sua mãe nem ninguém mais pode dizer nem mostrar procê. Duas coisa todo mundo tem de fazer por si mesmo. Tem de procurar Deus e descobrir como é a vida vivendo eles mesmo.

A linguagem dos homens em *Seus olhos...* é quase sempre divorciada de qualquer espécie de interioridade, e eles raramente são mostrados em processo de crescimento. A conversa deles é ou um jogo ou um método de exercer poder. A vida de Janie trata da experiência dos relacionamentos, e enquanto Jody, Tea Cake e todos os outros homens que falam são em essência personagens estáticos, Janie e Pheoby dão mais atenção à sua vida interior — à experiência — por ser o local para o crescimento.

Se a avalanche de estudos sobre *Seus olhos* nos ensina alguma coisa, é que se trata de um texto rico e complexo, e que cada geração de leitores trará alguma coisa nova à nossa compreensão dele. Se protegemos esse texto, e não quisemos submetê-lo à análise literária durante os primeiros anos de seu renascimento, foi porque era um texto querido para aquelas de nós que descobrimos nele alguma coisa de nossas próprias experiências, nossa própria linguagem, nossa própria história. Em 1989, vejo-me fazendo novas perguntas sobre *Seus olhos* — perguntas sobre a ambivalência de Zora com sua protagonista feminina, sobre sua descrição acrítica da violência contra as mulheres, sobre as maneiras como a voz de Janie é dominada por homens mesmo nos trechos que tratam do seu crescimento interior. Em *Seus olhos*, Zora não nos deu uma personagem feminina heroica inequívoca. Ela põe Janie na trilha da autonomia, autorrealização e independência, mas também na posição de heroína romântica, como objeto do interesse de Tea Cake, às vezes tão subordinada à magnífica presença dele que mesmo sua vida interior revela mais sobre ele do que sobre ela. O que *Seus olhos* nos mostra é uma escritora lutando com o problema da mulher enquanto heroína buscadora, e as dificuldades, em 1937, para dar a uma personagem mulher tal poder e audácia.

Como *Seus olhos* está nas livrarias continuamente desde 1978, tornou-se acessível a cada ano a milhares de novos leitores. É adotado em universidades por todo o país, e sua disponibilidade e popularidade geraram duas décadas de estudos do mais alto nível. Mas quero lembrar a história que levou este texto ao renascimento, sobretudo o espírito coletivo dos anos 1960 e 1970, que nos galvanizou para a ação política de recuperação das obras perdidas de escritoras negras. Há uma bela simetria entre texto e contexto no caso de *Seus olhos*: como o livro afirma e celebra a cultura negra, reflete a mesma afirmação dessa cultura que reacendeu o interesse pelo texto; a história contada por Janie a uma amiga ouvinte, Pheoby, sugere para mim todas as leitoras que descobriram sua própria história na história dela, e passaram-na de uma a outra; e certamente, como o romance representa uma mulher redefinindo e revisando um cânone dominado pelo homem, essas leitoras, como Janie, fizeram suas próprias vozes ouvidas no mundo das letras, revisando o cânone e ao mesmo tempo afirmando seu devido lugar nele.

Mary Helen Washington

CAPÍTULO 1

Os navios ao longe levam a bordo todos os desejos dos homens. Para uns, eles chegam com a maré. Para outros, navegam eternamente no horizonte, jamais desaparecem, jamais atracam, enquanto o Espectador não desvia os olhos resignado, seus sonhos escarnecidos até a morte pelo Tempo. Assim é a vida dos homens.

Mas as mulheres esquecem tudo que não querem lembrar, e lembram tudo que não querem esquecer. O sonho é a verdade. Portanto elas agem e fazem tudo de acordo com isso.

Assim, tudo começou com uma mulher, que voltava de enterrar os mortos. Não mortos por doença, que haviam agonizado com amigos à cabeceira e aos pés da cama. Voltava dos encharcados e inchados; a morte súbita, os olhos arregalados em julgamento.

Todo mundo a viu voltar, porque foi ao entardecer. O sol já desaparecera, mas deixara suas pegadas no céu. Era a hora de sentar nas varandas que davam para a rua. Era a hora de saber das notícias e conversar. Essas pessoas sentadas não tinham tido um conforto para as línguas, ouvidos e olhos o dia todo. Mulos e outras bestas haviam ocupado suas peles. Mas agora o sol e o capataz tinham ido embora, e as peles pareciam fortes e humanas. Elas tornavam-se senhoras dos sons e outras coisas menores. Por aquelas bocas passavam nações. Passavam julgamentos.

Ver a mulher, no estado em que vinha, os fez lembrar a inveja guardada de outros tempos. Por isso mastigavam o fundo da mente e engoliam com prazer. Faziam das perguntas tórridas afirmações, e das risadas ferramentas mortais. Crueldade em massa. Nascia um estado de espírito. Palavras andavam sem dono; andavam juntas como harmonia numa música.

— Quê que ela quer voltando pra cá com aquele macacão? Será que num tem nem um vestido pra vestir?... Cadê o tal vestido de cetim azul com que ela saiu daqui?... Cadê aquele dinheiro todo que o marido pegou e morreu e deixou pra ela? Quê que aquela mulher velha de quarenta anos quer, com os cabelos balançando nas costa que nem uma menina?... Onde deixou o rapazinho que saiu daqui com ela?... Achava que ia casar, era? Onde ele deixou *ela*? Que foi que ele fez com todo o dinheiro dela?... Aposto que passou sebo nas canela com uma menina tão novinha que num tem nem pelo... por que que ela não fica com os dela?

Quando ela chegou onde eles estavam, virou o rosto para o bando e falou. Eles se apressaram a dar um ruidoso "boa-noite", e ficaram de boca aberta e ouvidos cheios de esperança. Ela tinha uma conversa muito simpática, mas continuou andando até o portão de sua casa. A varanda não podia conversar, porque olhava.

SEUS OLHOS VIAM DEUS 19

Os homens observavam as nádegas, firmes como se ela tivesse toranjas nos bolsos traseiros; a grande corda de cabelos pretos balançando até a cintura e desdobrando-se ao vento como uma pluma; depois os seios pugnazes, que tentavam furar a blusa. Eles, os homens, diziam com a mente o que não viam com os olhos. As mulheres pegavam a camisa desbotada e o macacão sujo e guardavam para lembrar. Isso era uma arma contra a força dela, e se afinal não tivesse importância, ainda era uma esperança de que ela caísse ao nível delas um dia.

Mas ninguém se mexeu, ninguém falou, ninguém sequer pensou em engolir a saliva enquanto o portão não bateu atrás dela.

Pearl Stone abriu a boca e deu uma verdadeira gargalhada, por não saber o que fazer. Ao rir, desabou em cima da Sra. Sumpkins. Esta bufou com violência e chupou o dente.

— Hum! Cês vão deixar ela tirar o sono de vocês. Cês num se parece comigo. Eu num ligo pra ela. Se ela num tem nem a cortesia de parar e contar pros dela o que aconteceu, deixa ela pra lá!

— Nem vale a pena a gente falar dela — disse Lulu Moss, a voz arrastada, pelas narinas. — Num fala, mas tá acabada. É o que eu digo dessas mulher velha que sai por aí correndo atrás dos menino.

Pheoby Watson curvou a cadeira de balanço para a frente, para falar.

— Bom, ninguém sabe se é coisa de contar ou não. Nem eu, que sou a melhor amiga dela, num sei.

— A gente pode num saber de tudo que nem você, mas nós tudo sabe como ela saiu daqui e viu ela voltar. Cê num vem tentar proteger nenhuma velha que nem essa Janie Starks, Pheoby, amiga ou não.

— Até que ela num é tão velha quanto muitas das que tão falando.

— Pelo que eu sei, ela já passou um bocado dos quarenta, Pheoby.

— Num parece mais de quarenta.

— Tá velha demais prum menino que nem Tea Cake.

— Tea Cake já não é mais menino faz um bocado de tempo. Anda aí pelos seus trinta.

— De qualquer jeito, ela bem que podia parar e dizer umas palavrinha pra gente. Parece que a gente fez alguma coisa contra ela — queixou-se Pearl Stone. — Foi ela que fez besteira.

— Quer dizer que ocês tá tudo danada porque ela num parou pra falar da vida dela pra gente. Mesmo assim, que foi que ela fez de tão ruim que nem ocês diz? A pior coisa que eu sei que ela fez foi descontar uns aninho da idade, e isso nunca fez mal pra ninguém. Cês me deixa enjoada. Do jeito que ocês fala, a gente até pensa que o pessoal dessa cidade num faz nada na cama a não ser rezar pro Senhor. Cês vão me desculpar, porque eu tenho de levar qualquer coisa pra ela comer.

Pheoby levantou-se abruptamente.

— Num liga pra gente, não — sorriu Lulu. — Pode ir, que a gente toma conta da tua casa até ocê voltar. Meu jantar tá pronto. É melhor ir vê como ela tá. Depois conta pra gente.

— Senhor — concordou Pearl. — Eu sapequei demais o bocadim de carne e pão pra poder falar. Fico fora de casa até quando quero. Meu marido num é cheio de coisa.

SEUS OLHOS VIAM DEUS

— Ah, bom, Pheoby, se ocê já tá pronta pra sair, eu podia dar um pulinho lá com ocê — ofereceu-se a Sra. Sumpkins.

— Tá escurecendo. O bicho-papão pode te pegar.

— Não, muito 'brigada. Nada vai me pegar nos pouco passo que eu vô andar. Inda mais que meu marido disse que nenhum bicho-papão que se respeite vai me querer. Se ela quer dizer qualquer coisa procês, cês vai ficar sabendo.

Pheoby apressou-se a sair com uma tigela coberta nas mãos. Deixou a varanda às suas costas fervilhando de perguntas não feitas. Todos esperavam que as respostas fossem cruéis e estranhas. Quando chegou à casa, Pheoby Watson não entrou pelo portão da frente, que ia dar, passando pelo caminho entre as palmeiras, na porta da frente. Contornou em vez disso a quina da cerca e entrou pelo portão particular, com o prato cheio de "arroz de mulato". *

Janie devia estar daquele lado.

Encontrou-a sentada nos degraus da varanda dos fundos, com os candeeiros todos cheios e as chaminés limpas.

— Olá, Janie, como vai?

— Ah, muito bem, tô aqui tentando espremer um pouco do cansaço e sujeira dos pés. — Deu uma risadinha.

— Ah, tô vendo que tá. Menina, cê tá *bem* memo. Parece até a sua filha. — Riram as duas. — Memo com esse macacão aí ocê mostra que é mulher.

— Ora vamo, ora vamo! Ocê deve tá aí pensando que eu trouxe uma coisinha procê. E eu que num trouxe nada nem pra mim mema.

---

* O *"mulatto rice"* aparece no livro *"The Savannah Cook Book"*, de Harriet Ross Colquitt, como sendo um prato feito com arroz, cebola, tomate e bacon.

— Já tá muito bom assim. Os amigos num precisa de coisa melhor.

— Eu aceito adulação tua, Pheoby, porque eu sei que é de coração. — Janie estendeu a mão. — Deus do céu, Pheoby! Será que ocê num vai me dar nunca essa comida aí que trouxe pra mim? Não botei nadinha na barriga hoje, só a mão. — As duas riram à vontade. — Me dá aqui e senta aí.

— Eu sabia que ocê ia tá com fome. Depois que anoitece não é hora de sair catando lenha por aí. Meu arroz de mulato num tá muito bom dessa vez. Pouca gordura de bacon, mas acho que dá pra matar a fome.

— Eu já te digo agorinha memo — disse Janie, levantando a tampa. — Menina, mas tá bom *demais*! Ocê até que sabe mexer esse rabo magro numa cozinha.

— Ah, num é lá grande coisa pra comer, Janie. Mas amanhã eu garanto que trago uma coisa boa memo, porque ocê voltou.

Janie comeu com vontade e não disse nada. A multicolorida nuvem de poeira que o sol levantara no céu assentava-se aos poucos.

— Aqui, Pheoby, toma teu prato velho. Eu num preciso nem um pouco de um prato vazio. Essa gororoba até que caiu bem.

Pheoby riu da brincadeira rude da amiga.

— Ocê continua a mesma maluca de sempre.

— Me passe aí esse paninho na cadeira junto de você, querida. Quero esfregar os pé.

Pegou o pano e esfregou com força. Da rua, chegou-lhe uma risada.

SEUS OLHOS VIAM DEUS   **23**

— Ora, se num tô vendo que os linguarudo continua sentado no memo lugar. E acho que agora eles num tira meu nome da boca.

— É mesmo. Você sabe que quando a gente passa pelas pessoa e num fala que nem eles quer, eles se mete na vida da gente e escarafuncha tudo que a gente já fez. Eles sabe mais da gente que a gente memo. Coração invejoso faz ouvido traiçoeiro. Eles só "soube" de você o que eles acha que aconteceu.

— Se Deus pensa tanto neles que nem eu, eles num passa de uma bola perdida no mato alto.

— Eu escuto o que eles diz porque eles se junta na minha varanda, que fica na rua larga. Meu marido fica com tanto nojo deles que manda tudo embora.

— E Sam tem razão. Eles só tão gastando as cadeira.

— Pois é, Sam diz que a maioria vai pra igreja pra ter certeza da ressurreição no Dia do Juízo. Diz que nesse dia todos os segredo vão sair pra fora. E eles querem tá lá pra ouvir *tudo*.

— Sam é doido *demais*! A gente num para de rir quando ele tá por perto.

— Um-hum. Ele diz que quer tá lá também, pra descobrir quem foi que roubou o cachimbo de sabugo de milho dele.

— Pheoby, esse seu Sam é demais! Que coisa mais maluca!

— A maioria daqueles fuxiqueiro lá tá tão curioso com o que ocê fez que, se não descobrirem logo, é capaz de correr pro Juízo só pra saberem. É meihor ocê se apressar e contar pra eles seu casamento com Tea Cake, se ele levou teu dinheiro todo e fugiu com uma menina, onde tá ele agora, e onde anda sua roupa toda, pra ocê voltar pra cá de macacão.

— Eu num vô me dá o trabalho de contar nada pra eles, Pheoby. Não vale a pena. Cê pode contar pra eles o que eu te contar, se quiser. Pra mim tanto faz, porque minha língua fala pela boca da minha amiga.

— Se quiser, eu conto pra eles o que você mandar.

— Pra começar, gente que nem eles gasta tempo demais falando das coisa que num sabe. Agora eles tem de xeretar meu namoro com Tea Cake, pra ver se foi tudo certo ou não! Eles num sabe se a vida é um monte de bolinho de fubá, se o amor é uma colcha de retalho!

— Desde que eles pegue um nome pra mastigar, tanto faz de quem é, e o que é, inda mais se eles pode fazer parecer o pior possível.

— Se eles quer saber como é, por que num vão beijar e ser beijado? Aí eu podia me sentar e contar umas coisinha pra eles. Fui delegada na grande associação da vida. Sim, sinhô! A Grande Loja, a grande convenção da vida, foi bem lá que eu andei este ano e meio que ocês num me vê.

Ficaram ali sentadas juntas na jovem e fresca escuridão. Pheoby ávida por sentir e agir por meio de Janie, mas detestando mostrar sua avidez, por receio de que isso fosse julgado simples bisbilhotice. Janie inundada pelo mais antigo dos anseios humanos — a autorrevelação. Pheoby segurou a língua por um longo tempo, mas não podia deixar de mexer os pés. Por isso Janie falou.

— Eles num precisa se preocupar muito tempo comigo e meu macacão, que ainda me resta novecentos dólar no banco. Foi Tea Cake que me mandou usar o macacão... pra ir com ele. Não gastou nenhum dinheiro meu, e também num me deixou por menina nenhuma. Me deu todo consolo do mundo. E era isso que ele ia dizer pra eles, se tivesse aqui. Se num fosse imbora.

SEUS OLHOS VIAM DEUS

Pheoby dilatou-se toda, de avidez.

— Tea Cake foi imbora?

— Pois é, Pheoby, Tea Cake foi imbora. E é só por isso que ocê tá me vendo aqui de volta... porque num tinha mais nada pra me fazer feliz lá onde eu tava. Lá embaixo nas Everglades, no brejo.

— Eu num entendo direito o que ocê diz, do jeito que ocê diz. E também eu sou meio dura de entendimento às vez.

— Não, num tem nada do que você pensa, não. Não adianta eu contar uma coisa, se num dou o entendimento pra acompanhar. Pra quem num vê a pele, a de vison num é diferente da de gambá. Escute, Pheoby, Sam tá esperando ocê pra dar o jantar dele?

— Tá tudo pronto e servido. Se ele num tem juízo pra comer, azar dele.

— Tá bom, então a gente pode se sentar aqui e conversar. Eu abri a casa toda, pra deixar esse ventinho entrar um pouco. Pheoby, a gente é amiga íntima faz vinte ano, por isso eu conto com ocê pra ter uma boa ideia. E tô contando com ocê pra isso.

O tempo tudo envelhece, de modo que a jovem e acariciante escuridão foi-se tornando uma monstruosa coisa velha à medida que Janie falava.

CAPÍTULO 2

Janie via sua vida como uma grande árvore cujas folhas eram as coisas sofridas, desfrutadas, feitas e desfeitas. A aurora e a danação estavam nos galhos.

— Eu sei muito bem o que tenho pra contar, mas num sei direito por onde começar.

"Eu nunca vi meu pai. E num ia conhecer ele se visse. Nem minha mãe. Ela sumiu de lá muito antes de eu crescer pra conhecer. Foi minha avó que me criou. Minha avó e os branco patrão dela. Ela tinha uma casa no quintal e foi lá que eu nasci. Era uns brancos fino lá de West Florida. Chamava Washburn. Ela tinha quatro neto na casa e a gente tudo brincava junto, e foi por isso que eu nunca chamei a avó de nada a num ser Babá, porque era assim que todo mundo na casa chamava ela. Babá pegava a gente fazendo arte e batia em todo menino da casa, e dona Washburn fazia a mesma coisa. Acho que elas nunca dava uma surra de graça, porque os três menino e nós, as duas menina, tinha o diabo no coro.

"Eu vivia tanto com os menino branco que só soube que num era branca com seis ano. E nem aí ia descobrir, não fosse um homem que apareceu lá tirando retrato, e Shelby, o mais velho, sem pedir a ninguém, mandou ele tirar o retrato da gente. Uma semana depois o homem trouxe o retrato pra dona Washburn vê e pagar, e ela pagou, e deu uma boa pisa na gente.

"Aí, quando a gente viu o retrato e apontou todo mundo, só ficou faltando uma menininha pretinha pretinha, com os cabelo em pé, ao lado de Eleanor. Devia de ser eu, mas eu num me conheci naquela menina preta. Aí perguntei: 'Onde é que eu tô? Eu num tô me vendo aí!'

"Todo mundo riu, até Seu Washburn. Dona Nellie, mãe dos menino, que voltou pra casa depois que o marido morreu, apontou a pretinha e disse: 'Essa aí é você, Alfabeto, será que não conhece você mema?'

"Todo mundo me chamava de Alfabeto, porque muita gente tinha me dado um bocado de nome diferente. Fiquei olhando um tempão pro retrato e vi que era meu vestido e meus cabelo, e aí disse:

"— Oh, oh! Eu sou preta!

"Aí foi que eles riu memo. Mas antes de ver o retrato eu achava que era igual aos outro.

"A gente viveu ali muito bem até os menino na escola começar a me arreliar, porque eu morava no quintal dos branco. Tinha uma menina burra chamada Mayrella que ficava brava toda vez que me via. Dona Washburn me dava todos os vestido que as neta num precisava mais, mas que ainda era melhor do que o resto dos preto vestia. Isso deixava Mayrella danada da vida. Por isso ela vivia me arreliando e fazendo os outro arreliar também. Eles me empurrava pra fora das brincadeira e dizia

SEUS OLHOS VIAM DEUS

que num brincava cum ninguém que morava em casa de empregado. Depois me dizia pra num me fazer de besta, porque as mãe delas tinha contado pra elas que meu pai passou uma noite toda fugindo dos cachorro de caça. Que Seu Washburn e o xerife botaram os cachorro na pista pra pegar meu pai pelo que ele fez com a minha mãe. Ninguém dizia como é que ele tentou falar com minha mãe depois pra casar com ela. Não, disso eles num falava de jeito nenhum. Eles fizeram tudo parecê muito pior, pra me botar no meu lugar. Nenhum se lembrava nem do nome dele, mas eles sabia de cor a história dos cachorro. Babá num gostava de me ver triste, por isso achou que ia ser melhor pra gente se a gente tivesse uma casa. Arranjou a terra e tudo mais, e depois Dona Washburn ajudou com as coisa."

Pheoby, ouvindo sedenta, ajudava Janie a contar sua história. Por isso ela continuou recordando os anos de juventude e explicando-os à amiga com frases leves, fáceis, enquanto em toda a casa a noite engordava e escurecia.

Pensou um pouco e concluiu que sua vida consciente começara no portão da Babá. Num fim de tarde, Babá mandou-a entrar em casa, porque a tinha visto deixar Johnny Taylor beijá-la por cima do mourão do portão.

Era uma tarde de primavera em West Florida. Janie passara a maior parte do dia debaixo de uma pereira em flor no quintal. Nos últimos três dias, vinha passando cada minuto que podia roubar das tarefas diárias debaixo daquela árvore. Quer dizer, desde que se abrira a primeira florzinha minúscula. A árvore a havia chamado a contemplar um mistério. De talos marrons a luminosos botões; dos botões à nívea virgindade do branco. Isso a excitou muitíssimo. Como? Por quê? Era como uma música de flauta, esquecida em outra existência, que voltava. Quê?

Como? Por quê? Ouvia aquela música que nada tinha a ver com os ouvidos. A rosa do mundo exalava perfume. E aquele cheiro a acompanhava em todos os momentos que estava desperta, e acariciava-a no sono. Relacionava-se com outras coisas vagamente sentidas que haviam chamado sua atenção, enterrando-se em sua carne. Agora brotavam e interrogavam sua consciência.

Achava-se deitada de costas embaixo da pereira, encharcando-se do canto das abelhas visitantes, do ouro do sol e do arquejante sopro da brisa, quando a voz inaudível daquilo tudo lhe alcançou. Viu uma abelha portadora de pólen mergulhar no sacrário de uma flor; os milhares de irmãs-cálice curvarem-se para receber o beijo do amor, e o arrepio de êxtase da árvore, desde a raiz até o mais minúsculo galho, tornou-se creme em cada flor, espumando de prazer. Então aquilo era um casamento! Haviam-na convocado para contemplar uma revelação. Então Janie sentiu uma dor impiedosamente agradável, que a deixou bamba e lânguida.

Após algum tempo, levantou-se de onde estava e percorreu todo o pequeno jardim. Buscava confirmação da voz e da visão, e por toda parte descobriu e reconheceu respostas. Uma resposta para todas as outras criações, menos para ela mesma. Sentia que uma resposta a buscava, mas onde? Quando? Como? Viu-se na porta da cozinha e cambaleou para dentro. No ar do aposento, moscas atropelavam-se e cantavam, casando-se e dando em casamento. Quando chegou ao estreito corredor, lembrou-se de que a avó estava em casa com dor de cabeça. Babá dormia atravessada na cama, e Janie saiu na ponta dos pés pela porta da frente. Oh, ser uma pereira — *qualquer* árvore em flor! Com abelhas beijadoras cantando coisas sobre o princípio do mundo! Tinha dezesseis anos. Tinha folhas brilhantes e botões estourando, e queria lutar com a vida, mas a vida parecia fugir-lhe. Onde estavam suas abelhas cantoras? Nada no lugar nem na casa da avó lhe respondia. Vasculhou o máximo do mundo que pôde do alto dos degraus da frente, e depois desceu até o portão e se curvou para fora, olhando para um lado e para outro da rua. Olhando, esperando, a respiração curta de impaciência. Esperando que o mundo se fizesse.

Em meio ao ar polinizado, viu um ser glorioso subindo a rua. Em sua cegueira anterior, conhecera-o como o imutável Johnny Taylor, alto e magro. Isso antes de o pó dourado do pólen encantar os farrapos dele aos seus olhos.

Nos últimos estágios do sono, a Babá sonhava com vozes. Vozes distantes mas persistentes, e aproximando-se aos poucos. A voz de Janie. Janie falando em sussurros com uma voz masculina que ela não identificava. Isso a fez despertar. Saltou da cama, espiou pela janela e viu Johnny Taylor rasgando sua Janie com um beijo.

— Janie!

A voz da velha tinha tão pouca autoridade e censura, era tão pejada de esboroante dissolução, que Janie achou que a Babá não a tinha visto. Por isso saiu de seu sonho e entrou em casa. Esse foi o fim de sua infância.

A cabeça e o rosto da Babá pareciam as raízes erguidas de uma velha árvore arrancada por uma tempestade. Base de um antigo poder que não mais contava. As folhas de *palma christi* que Janie tinha amarrado com um pano branco na cabeça da avó para refrescar haviam murchado e se tornado parte dela. Seus olhos não mais furavam e varavam. Difundiam e derretiam Janie, o quarto e o mundo numa só coisa abrangente.

— Janie, cê agora já tá mulher, por isso...

— Não, Babá, não, eu ainda num sou nenhuma mulher, não.

A ideia era demasiado nova e pesada para ela. Janie combateu-a.

Babá cerrou os olhos e balançou a cabeça, numa vagarosa e cansada afirmação, antes de dar-lhe voz.

— É, Janie, cê já é mulher, sim. Por isso é melhor eu ir contando procê o que já tava querendo contar faz tempo. Eu quero que ocê se case logo.

— Eu, casada? Não, Babá, não, sinhora! Quê que eu sei de marido?

— O que eu vi inda agorinha já basta pra mim, querida, eu num quero nenhum preto* imprestável que nem Johnny Taylor fazendo ocê de capacho pra limpar os pé.

---

* Optou-se por traduzir o termo racista *nigger* por preto, pois no contexto norte-americano a palavra "crioulo" tem sentido distinto do da língua portuguesa. Trata-se de um termo profundamente racista, cuja polissemia torna praticamente impossível a sua simples tradução. *Nigger* é uma palavra que identifica e discrimina pessoas negras em razão de sua mera existência enquanto tais, mas também por suas características físicas e fenotípicas, modos de vida, linguagens, culturas, origens e religiões. Sabe-se que, ao menos desde 1619, colonizadores britânicos passaram a usar a palavra "negars" ou "negers" em relação aos trabalhadores negros de Jamestown, o primeiro assentamento britânico permanente, fundado em 1607. Já naquele momento, a palavra foi utilizada para identificar pessoas negras como propriedades de pessoas brancas. Pouco a pouco, porém, o termo ofensivo passou a se tornar parte do vocabulário da língua inglesa e do seu próprio aprendizado e uso pela população negra escravizada. Diversos intelectuais negros refletiram sobre a relação de forte ambivalência entre a situação de violência linguística que o uso do termo implica e a sua reversão por meio da transformação da ofensa em termo utilizado entre e por pessoas negras e nas suas comunidades, por vezes de modo afetuoso. Em resumo, ainda hoje a palavra *nigger* é considerada a mais grave e violenta ofensa racial que se pode dirigir aos afro-americanos. A evitação da palavra fez com que se passasse a mencioná-la como apenas como a "palavra-N". A sua singularidade reside no fato de que reduz toda e qualquer pessoa de pele negra à escravidão e, ao mesmo tempo, à condição de objetos e alvos de diversas formas de racismo, a despeito do caráter "mestiço", do local de nascimento ou da eventual ascendência dessas pessoas, como no caso da palavra crioulo.(*N. do R.T.*)

As palavras da Babá faziam o beijo de Janie por cima do mourão do portão parecer um monte de estrume após a chuva.

— Olha pra mim, Janie. Num fica aí com essa cabeça baixa. Olha pra sua avó! — A voz começava a rasgar-se nas presas de seus sentimentos. — Eu num gosto de falar com ocê desse jeito. A verdade é que eu rezei muito pro meu Criador, de joelho, pedindo *por favor*... que Ele não fizesse minha carga muito pesada pra eu aguentar.

— Babá, eu só... eu num queria fazer nada de mau.

— É isso que me dá medo. Cê num quer fazer o mal. Nem sabe onde tá o mal. Eu já tô velha. Num posso tá sempre guiando seus pé pra longe do mal e do perigo. Quero ver ocê casada logo logo.

— E com quem eu vou me casar assim de repente? Eu num conheço ninguém.

— O Senhor proverá. Ele sabe que eu carreguei a carga no calor do dia. Uma pessoa me falou de ocê faz muito tempo. Eu num falei nada porque num era isso que eu queria procê. Queria que cê fosse pra escola e tirasse a fruta dum galho mais alto, uma baga mais doce. Mas ocê num pensa assim, eu tô vendo.

— Babá, quem... quem foi que andou perguntando por mim à sinhora?

— Irmão Logan Killicks. Ele é um homem de bem.

— Não, Babá, não, sinhora! É por isso que ele ficava rodando por aqui? Parece mais uma caveira num cemitério.

A velha empertigou-se e pôs os pés no chão, jogando fora as folhas do rosto.

— Então ocê num quer casar direito, é? Só quer ficar por aí se abraçando e se beijando e se esfregando primeiro com um e depois com outro, né? Quer me fazer sofrer que nem sua mãe, né? Minha cabeça velha inda num tá branca bastante. Minhas costa num tá vergada bastante pro seu gosto.

A visão de Logan Killicks profanava a pereira, mas Janie não sabia como dizer isso à Babá. Apenas se encolheu e ficou fazendo biquinho para o chão.

— Janie.

— Sinhora?

— Você me responde quando eu falar. Num fica aí fazendo biquinho pra mim despois de tudo que eu fiz procê!

Estapeou com violência o rosto da menina, e obrigou-a a levantar a cabeça, para que seus olhos se encontrassem na luta. Com a mão erguida para o segundo tapa, viu a enorme lágrima que subia do coração de Janie e brotava em cada olho. Viu a terrível agonia e os lábios franzidos para baixo, contendo o choro, e desistiu. Em vez disso, afastou os densos cabelos do rosto da neta e ali ficou, sofrendo e amando, e chorando intimamente pelas duas.

— Vem pra sua vó, querida. Senta no colo que nem antigamente. Sua vó num vai fazer mal a um fio de cabelo da sua cabeça. E também num quer que ninguém mais faz, se puder impedir. Querida, o branco manda em tudo desde que eu me entendo por gente. Por isso o branco larga a carga e manda o preto pegar. Ele pega porque tem de pegar, mas num carrega. Dá pras mulher dele. As preta é as mula do mundo até onde eu vejo. Eu venho rezando pra num ser assim com ocê. Senhor! Senhor! Senhor!

SEUS OLHOS VIAM DEUS

35

Por um longo tempo quedou-se sentada, balançando-se, a menina abraçada firme contra o peito cavo. As longas pernas de Janie pendiam por cima de um dos braços da cadeira, e as longas tranças por cima do outro, quase tocando o chão. Babá meio cantava, meio soluçava uma prece contínua por cima da cabeça da neta, que chorava.

— Deus tenha piedade! Tardou muito pra chegar, mas acho que chegou. Oh, Jesus! Vai, Jesus! Eu fiz o melhor que podia.

Finalmente, as duas se acalmaram.

— Janie, faz quanto tempo que cê vem deixando Johnny Taylor te beijar?

— Foi só essa vez, Babá. Eu num amo ele de jeito nenhum. Eu fiz aquilo porque… ah, eu num sei, não.

— 'Brigado, Senhor Jesus!

— Num vô fazer mais isso, Vó. Por favor, num me faz casar com Seu Killicks.

— Num é Logan Killicks que eu quero que ocê aceite, menina, é proteção. Eu num tô ficando velha, querida, eu *já tô* velha. Uma manhã dessa, breve, o anjo da espada vai passar por aqui. O dia e a hora ninguém me disse, mas num tarda muito. Eu pedi ao Senhor quando ocê era um bebê em meus braço que me deixasse ficar aqui até ocê crescer. Ele me poupou pra ver esse dia. Minhas prece agora, todo dia, é que Ele deixe esses dia dourado passar um pouco mais, até eu te ver segura na vida.

— Deixe eu esperar, Babá, por favor, só um tiquim mais.

— Cê num pense que eu num tô do seu lado, Janie, porque eu tô. Num podia amar mais ocê nem se eu mesma tivesse sofrido as dor do parto. A verdade é que eu amo muito mais ocê do que amo sua mãe, que eu pari. Mas ocê tem de pensar que ocê num é filha comum que nem a maior parte deles tudo. Cê num tem pai, e mãe é o memo que num ter, pelo que ela te vale. Cê num tem ninguém fora eu. E minha cabeça tá velha e já baixando pra cova. Cê num pode ficar sozinha. O pensamento de ocê chutada dum lado pro outro por aí dói. Toda lágrima que ocê chora espreme um copo de sangue do meu coração. Eu tenho que dar um jeito procê antes que minha cabeça esfrie.

Um suspiro soluçado explodiu do peito de Janie. A velha respondeu com leves tapinhas nas mãos.

— Cê sabe, querida, nós preto é galho sem raiz, e isso faz tudo acontecer de um jeito esquisito. Ocê mesma. Eu nasci no tempo da escravidão, e por isso num podia tornar verdade meus sonho do que devia ser e fazer uma mulher. Isso é um dos mal da escravidão. Mas nada impede que ocê queira. Ninguém pode rebaixar tanto uma pessoa com pancada que roube ela da vontade dela. Eu num queria ser usada que nem boi de carga ou porca parideira, e também num queria que minha filha fosse. Num foi por minha vontade que tudo saiu que nem saiu. Eu odiei até o jeito de ocê nascer. Mas mesmo assim dei graças a Deus, tinha outra chance. Eu queria fazer um grande sermão sobre as preta que tá lá no alto, mas num tinha púlpito. A liberdade me encontrou com um bebê nos braço, por isso eu disse que ia pegar uma vassoura e uma panela e abrir uma estrada real pra ela no meio do deserto. Ela ia dizer o que eu pensava. Mas de um jeito ou de outro ela se perdeu da estrada real, e quando eu menos esperava lá tava ocê no mundo. Por isso, enquanto eu cuidava de ocê de noite, eu disse que ia guardar as palavra procê. Esperei muito

SEUS OLHOS VIAM DEUS 37

tempo, Janie, mas nada que eu passei foi demais, se ocê tomar um lugar lá no alto que nem eu sonhei.

A velha Babá ficou ali embalando Janie como um bebê e recordando, recordando. As imagens mentais traziam sentimentos, e os sentimentos arrastavam dramas para fora das grutas do coração.

— Uma manhã, na fazenda grande perto de Savannah, apareceu um homem montado a toda falando que Sherman tomou Atlanta. O filho do Seu Roberts tinha morrido em Chickamauga. Aí ele pegou a espingarda dele, montou no melhor cavalo e foi com o resto dos homem de cabeça branca e dos menino tocar os ianque de volta pro Tennessee.

"Todo mundo dava viva e gritava e berrava pros homem que ia partir. Eu num pude ver nada, porque sua mãe só tinha uma semana de vida e eu tava estendida na cama. Mas logo depois ele disse que tinha esquecido uma coisa e entrou na minha cabana e me fez soltar os cabelo pela última vez. Meteu as mão neles, puxou meu dedão do pé como sempre fazia, e saiu atrás do resto que nem um raio. Ouvi eles dando um último viva pra ele. Aí a casa grande e o resto ficou quieto e calado.

"Já tava no friozinho da noite quando a Dona entrou pela minha porta adentro. Ela escancarou a porta e ficou ali parada me olhando com aqueles olho e aquela cara. Parecia que tinha vivido cem ano de inverno, sem um dia de primavera. Veio me vigiar de perto na cama.

"— Babá, eu vim ver esse seu bebê.

"Eu tentava num sentir o vento da cara dela, mas ficou tão frio ali dentro que eu tava morta de gelada debaixo dos cobertô. Por isso num me mexi logo que nem eu queria. Mas sabia que tinha de me apressar e me mexer.

"— É melhor você tirar o cobertô dessa menina e depressa! — ela gritou pra mim. — Parece que cê num sabe quem é a sinhora desta fazenda, dona. Mas eu já vou mostrar quem é.

"Eu já tinha dado um jeito de descobrir meu bebê o bastante pra ela ver a cabeça e a cara.

"— Sua preta, quê que faz seu bebê com esses olho cinza e os cabelo amarelo? — Ela se danou a me dar tapa nos queixo pra todo lado. Eu nem senti os primeiro, porque tava cuidando de cobrir meu bebê. Mas os último me queimou que nem fogo. Eu tinha sentimento demais pra saber qual que eu ia seguir, por isso num disse nada nem fiz nada. Mas aí ela continuou perguntando como era que meu bebê parecia uma branca. Me perguntou isso umas vinte e cinco ou trinta vez, como se tivesse de dizer isso e num pudesse parar. Aí eu disse pra ela:

"— Eu num sei nada, só o que mandaram eu fazer, porque eu num sou nada, só uma preta e escrava.

"Em vez de acalmar ela que nem eu pensava, isso parece que só fez ela ficar mais braba ainda. Mas eu acho que tava cansada e vazia, porque num me bateu mais. Foi até os pé da cama e enxugou as mão num lenço.

"— Eu nunca que ia sujar minhas mão no cê. Mas amanhã logo de manhãzinha o feitor vai te levar pro pelourinho, amarrar de joelho e arrancar o coro de suas costa mulata. Cem chibatada de coro cru nas costa nua. Vou mandar te chicotear até o sangue chegar aos calcanhar! Eu mesma quero contar as lambada. E se isso matar ocê eu arco com o prejuízo. De qualquer modo, assim que essa muleca fizer um mês vou vender ela pra longe daqui.

SEUS OLHOS VIAM DEUS 39

"Saiu piscando duro e deixou aquele inverno dela comigo. Eu sabia que num tava com o corpo são, mas num podia pensar nisso. No escuro, embrulhei o bebê o melhor que podia e fugi pros brejo na beira do rio. Sabia que o lugar tava cheio de cobra venenosa, mas tinha mais medo do que tinha lá atrás. Me escondi lá dia e noite, e dava de mamá na menina toda vez que ela pegava a chorar, de medo que alguém ouvisse e eles me descobrisse. Num digo que um ou dois amigo num me ajudou. E o Bom Senhor cuidou que eu num fosse apanhada. Eu num sei como meu leite num matou a menina, com tanto medo e aperreada o tempo todo. O barulho das coruja me metia medo; os galho dos cipreste pegava a se arrastar e andar no escuro, e duas ou três vez eu ouvi umas onça caçando por lá. Mas nada me fez mal, porque o Senhor sabia como era.

"Aí, uma noite, eu ouvi os canhão grande estourando que nem trovão. Durou a noite todinha. E de manhã vi uns barco grande lá longe, e muita correria. Aí eu embrulhei Leafy com mato, botei ela segura numa árvore e desci pro porto. Os homem tava tudo de azul, e eu ouvi gente dizendo que Sherman tava vindo se encontrar com os barco em Savannah, e que nós escravo tava tudo livre. Aí eu corri pra pegar meu bebê e me misturei com o povo e arranjei um lugar pra ficar.

"Mas passou um tempão despois daquele dia até a Grande Rendição em Richmond. Aí o sino de Atlanta pegou a tocar e os homem todo de uniforme cinza teve de ir pra Moultrie e enterrar as espada no chão, pra mostrar que nunca mais ia lutar pela escravidão. Aí a gente soube que tava livre memo.

"Eu num quis me casar com ninguém, memo tendo um monte deles às vez, porque num queria ninguém maltratando meu bebê. Por isso me juntei cuns branco bom e vim pra cá pra West Florida, trabalhar e fazer o sol brilhar dos dois lado da rua pra Leafy.

"Minha patroa me ajudou com ela igualzinho que nem faz com cê. Eu botei ela na escola quando teve escola pra botar. Queria fazer dela uma professora de escola.

"Mas um dia ela num voltou pra casa na hora certa e eu fiquei esperando, e ela num voltou a noite toda. Eu peguei uma lanterna e saí perguntando a todo mundo, mas ninguém sabia dela. No outro dia de manhã, ela chegou se arrastando de quatro. Uma coisa. O professor da escola tinha escondido ela no mato a noite toda, e forçado ela e fugido antes do dia clarear.

"Ela só tinha dezessete ano, e acontecer uma coisa dessa! Deus do céu! Até parece que tô vendo tudo de novo. Ela levou muito tempo pra sarar, e aí a gente já sabia que ocê ia chegar. E depois que ocê nasceu ela pegou a beber muito e a ficar fora a noite toda. Eu num podia fazer ela ficar aqui nem em lugar nenhum. Sabe Deus onde tá agora. Num morreu, porque eu sei disso aqui dentro, mas às vez me dá vontade que tivesse descansado.

"E, Janie, pode num ter sido muito, mas eu fiz o melhor que pude. Virei e mexi e comprei esse pedacinho de terra, procê num ter de ficar no quintal dos branco e baixar a cabeça na frente dos outro menino na escola. Isso era bom quando cê era pequena. Mas quando ocê crescesse o bastante pra entender as coisa, eu queria que ocê cuidasse de ocê mema. Num quero te ver sempre se encolhendo porque as pessoa joga as coisa na sua cara. E num posso morrer em paz pensando que os camarada, branco ou preto, tá fazendo de ocê escarradeira: tenha dó de mim. Tenha jeito comigo, Janie, eu sou um prato rachado."

CAPÍTULO 3

Alguns anos são de perguntas, e alguns outros de respostas. Janie não tinha oportunidade de saber de nada, por isso perguntava. O casamento punha fim à cósmica solidão do solteiro? O casamento trazia à força o amor, como o sol trazia o dia?

Nos poucos dias de vida antes de ir para Logan Killicks e seus sempre mencionados vinte e quatro hectares de terra, Janie perguntava-se interna e externamente. Vivia indo e vindo entre a pereira e a casa, continuamente perguntando-se e pensando. Por fim, com as conversas da Babá e suas próprias conjecturas, formou uma espécie de consolo para si mesma. Sim, amaria Logan depois de casados. Não via como isso podia se dar, mas a Babá e os velhos tinham dito, logo devia ser verdade. Os maridos e mulheres sempre se amavam uns aos outros, e era isso que significava o casamento. Simplesmente era assim. Janie sentiu-se satisfeita com a ideia, que assim não parecia tão destrutiva e mofada. Não seria mais solitária.

Janie e Logan casaram-se na sala de visitas da Babá, numa noite de sábado, com três bolos e grandes pratos de coelho e frango fritos. Comida em abundância. A Babá e a Sra. Washburn haviam cuidado disso. Mas ninguém pôs nada no assento da carroça de Logan para fazê-la rodar gloriosa a caminho da casa dele. Era uma casa solitária, como um toco no meio do mato onde jamais estivera ninguém. E faltava-lhe gosto, também. Mas de qualquer modo Janie entrou, para esperar o começo do amor. A lua nova já viera e se fora três vezes quando ela passou a ficar preocupada. Então foi procurar a Babá na cozinha da Sra. Washburn, no dia dos biscoitos batidos.

A Babá ficou radiante de alegria e mandou-a aproximar-se da tábua de amassar pão para poder beijá-la.

— Deus do céu, querida, eu tô tão alegre de ver minha filha! Vamo entrar e dizer a Dona Washburn que ocê tá aqui. Hum! Hum! Hum! Como vai aquele seu marido?

Janie não entrou onde estava a Sra. Washburn. Também não disse nada que combinasse com a alegria da Babá. Simplesmente desabou as ancas numa cadeira e ficou lá quieta. Com os biscoitos e o orgulho radiante, a Babá não notou isso por um minuto. Mas após algum tempo descobriu que falava sozinha e ergueu o olhar para Janie.

— Que é que há, docinho? Cê num tá muito animada essa manhã.

— Ah, nada de mais, eu acho. Vim pedir uma informaçãozinha à sinhora.

A velha pareceu espantada, depois soltou uma estrepitosa gargalhada.

— Num me diga que ocê já engravidou, vamo vê... este sábado faz dois mês e duas semana.

— Não, sinhora, pelo menos eu acho que não. — Janie enrubesceu um pouco.

SEUS OLHOS VIAM DEUS

— Cê num precisa se envergonhar, querida, ocê é uma mulher casada. Tem seu marido direitinho, que nem Dona Washburn ou qualquer outra.

— Por esse lado eu tô bem. Eu *sei* que num tem nada aí.

— Ocê e Logan andaram brigando? Senhor, será que aquele preto sem-vergonha já pegou e bateu em minha filha! Eu pego um pau e dou uma surra nele!

— Não, sinhora, ele nem falou em me bater. Diz que nem pensa em baixar o peso da mão dele em mim com maldade. Racha toda a lenha que acha que eu preciso e depois carrega pra dentro da cozinha, pra mim. Mantém os dois balde sempre cheio.

— Hum! Num pensa que tudo isso vai continuar. Ele num tá beijando sua boca quando faz assim com ocê. Tá beijando seus pé, e num tem homem que beije pé muito tempo. Beijo na boca é coisa de igual, e isso é natural, mas quando eles pega a se curvar por amor, num tarda muito pra ficar direitinho.

— Sim, sinhora.

— Bem, se ele faz isso tudo, que é que ocê tá fazendo aí com essa cara comprida do tamanho do meu braço?

— Porque a sinhora disse que eu ia amar ele, e eu não amo. Talvez se tivesse quem me dissesse como, eu poderia.

— Ocê vem aqui com um monte de besteira na boca num dia de trabalho. Cê arranja um encosto pra se escorar pra vida toda, proteção, todo mundo tem de tocar no chapéu procê e te chamar de Dona Killicks, e ainda vem me aperrear com essa história de amor.

— Mas Babá, eu quero querer ele às vez. Eu num quero que o querer seja só dele.

— Se ocê num quer ele, devia. Aí está ocê com o único órgão da cidade entre os preto, em sua sala de visita. Tem uma casa comprada e paga, e vinte e quatro hectare de terra dando pra estrada principal, e... Deus do céu! É a coisa que a maioria de nós preto quer. Esse amor! É isso que faz a gente puxar, arrastar, suar e trabalhar do escuro da manhã até o escuro da noite. É por isso que os velho diz que ser tolo num mata ninguém. Só faz a gente suar. Eu aposto que ocê quer um desses almofadinha que tem de olhar pras sola dos sapato toda vez que atravessa a rua, pra vê se ainda sobra couro bastante pra chegar do outro lado. Esses aí cê pode comprar e vender com o que ocê tem. Na verdade pode comprar e dar.

— Eu num tô pensando em nenhum desses. Nem tô ligando pra aqueles hectare de terra. Podia pegar um e jogar por cima da cerca todo dia e nem olhar pra trás pra vê onde caiu. Sinto a mema coisa com o Seu Killicks, também. Tem gente que num foi feito pra ser amada, e ele é um.

— Por quê?

— Porque eu detesto como a cabeça dele é tão cumprida de um jeito e tão chata dos lado, e aquela manta de banha na nuca.

— Num foi ele que fez a cabeça dele. Cê fala muita besteira.

— Num me importa quem fez, num me agrada o serviço. Ele também tem a pança grande, e as unha dos pé parece casco de mula. E nem pensa em lavar os pé toda noite antes de ir pra cama. Num tem nada pra impedir, porque sou eu que boto a água pra ele. Eu preferia levar tiro de cabeça de prego do que me virar na cama e espalhar o ar quando ele tá lá. E nunca diz uma coisa bonita.

Pôs-se a chorar.

— Eu queria coisas bonita no meu casamento, que nem quando a gente se senta debaixo de uma pereira e fica pensando. Eu...

— Num adianta chorar, Janie. Faz muito que a Vó andou pelas estrada. Mas as pessoa é feita pra chorar por uma coisa ou outra. É melhor deixar tudo que nem tá. Ocê inda é moça. Ninguém sabe o que vai acontecer antes de morrer. Espera um pouco, menina. Cê vai mudar de ideia.

A Babá mandou Janie embora com um semblante severo, mas foi encolhendo o resto do dia, enquanto trabalhava. E quando ganhou a intimidade de sua cabaninha, ficou de joelhos por tanto tempo que até ela mesma esqueceu que estava ali. A mente tem uma bacia onde as palavras flutuam em torno de uma ideia e a ideia em som e visão. E também um pensamento profundo, intocado pelas ideias. A Babá tornou a entrar nesse infinito de dor consciente, ali sobre os velhos joelhos. Lá pelo amanhecer, murmurou:

— Senhor, o Senhor conhece meu coração. Eu fiz o melhor que podia. O resto é com o Senhor.

Levantou-se com esforço e caiu pesada atravessada na cama. Um mês depois estava morta.

Assim Janie esperou um tempo de flor, um tempo verde e um tempo laranja. Mas quando de novo o pólen dourou o sol e caiu peneirando sobre o mundo, ela passou a postar-se no portão à espera de alguma coisa. Que coisas? Não sabia exatamente. Tinha a respiração em rajadas e curta. Ela sabia coisas que ninguém jamais lhe contou. Por exemplo, as palavras das árvores e do vento. Muitas vezes falava com as sementes que caíam, e dizia:

— Espero que você caia em chão fofo.

Porque ouviu as sementes dizendo isso umas para as outras ao passarem. Sabia que o mundo era um garanhão rolando no pasto azul do éter. Sabia que Deus rasgava o mundo velho toda noite e construía um novo ao nascer do sol. Era maravilhoso vê-lo tomar forma com o sol e emergir da poeira cinza da sua criação. As pessoas e as coisas familiares haviam falhado com ela, por isso ficava pendurada no portão e olhava a estrada rumo a distância. Já sabia que o casamento não fazia o amor. O primeiro sonho de Janie morrera, e assim ela se tornou uma mulher.

CAPÍTULO 4

Muito antes de o ano acabar, Janie notou que o marido havia parado com as cortesias. Deixou de se maravilhar com seus compridos cabelos negros e de alisá-los. Seis meses antes, ele disse a ela:

— Se eu posso trazer a lenha pra cá e rachar ela procê, parece que você devia poder carregar ela pra dentro. Minha primeira mulher nunca me incomodô com rachar lenha. Ela pegava o machado e rachava que nem um homem. Ocê foi muito mimada.

E Janie lhe disse:

— Eu sou tão fraca quanto você é forte. Se você num pode rachar e carregar lenha, eu acho que também pode ficar sem comer. Desculpe a minha franqueza, Seu Killicks, mas eu num penso em rachar nenhuma lenha, não, sinhô.

— Ah, cê sabe que eu vô rachar a lenha procê. Mesmo cê sendo tão má assim pra mim. Sua Vó e eu mimamo ocê, e acho que eu tenho de continuar com isso.

Uma manhã, logo depois, ele a chamou na cozinha para o celeiro. Estava com a mula selada no portão.

— Escuta, Pequena, me ajuda um pouco. Corta essas semente de batata pra mim. Eu preciso ir apressar uma coisa.

— Onde cê vai?

— Pra Lake City, procurar um homem pra comprar uma mula.

— Pra que cê precisa de duas mula? A num ser que vá trocar essa.

— Não, eu preciso de duas mula esse ano. Batata vai ser batata no outono. Dá preço bom. Eu vô usar dois arado, e esse homem que eu tô falando tem uma mula tão mansinha que até uma mulher pode trabalhar com ela.

Logan manteve o naco de tabaco inteiramente imóvel na boca, como um termômetro de seus sentimentos, enquanto examinava as feições de Janie e esperava que ela dissesse alguma coisa.

— Por isso eu pensei que era melhor ir dá uma olhada.

Parou e engoliu o suco para matar o tempo, mas Janie não disse nada, a não ser:

— Eu corto as batata procê. Quando é que cê volta?

— Num sei direito. Acho que lá pro escurecer. É uma viagem mais pra comprida... inda mais se eu precisar de puxar uma mula na volta.

Quando Janie terminou o trabalho dentro de casa, foi cuidar das batatas no celeiro. Mas a primavera a alcançou ali, e ela transferiu tudo para um lugar no quintal de onde via a estrada. O sol do meio-dia filtrava-se nas folhas do belo carvalho embaixo do qual ela se sentava, e desenhava rendilhados no chão. Já estava ali há muito tempo, quando ouviu um assobio descendo a estrada.

Era um homem citadino, vestido com classe, um chapéu quebrado de banda que não se via por ali. Trazia o paletó

SEUS OLHOS VIAM DEUS 49

dobrado no braço, mas não precisava dele para representar suas roupas. A camisa, com ligas de seda prendendo as mangas, era deslumbrante. Ele assobiava, enxugava o rosto e andava como quem sabia aonde ia. Tinha uma cor marrom de leão-marinho, mas para Janie agia como Sr. Washburn ou alguém assim. De onde viria um homem daquele, e para onde iria? Não olhava para o lado dela nem para o outro, mas em frente, por isso Janie correu para a bomba e acionou o cabo com força. Isso fez muito barulho, e também caírem soltos os seus bastos cabelos. Ele parou e olhou com atenção, depois pediu a ela um gole de água fria.

Janie bombeou a água até ter dado uma boa olhada no homem. Ele falava de uma maneira simpática enquanto bebia.

Chamava-se Joe Starks, sim, Joe Starks da Geórgia e de todo o Estado. Trabalhara para os brancos a vida toda. Guardou um dinheirinho — trezentos dólares certinhos, sim, senhora, bem ali no bolso. Vivia ouvindo dizer que estavam construindo um novo estado ali no Sul, na Flórida, e meio que quis vir. Ganhava dinheiro onde estava. Mas quando ouviu dizer que estavam construindo uma cidade só de gente de cor, soube que aquele era o lugar onde queria estar. Sempre quis ter influência, mas só os brancos tinham influência no lugar de onde ele vinha e em todos os outros, a não ser naquele que a própria gente de cor estava construindo. Estava contente por ter economizado todo aquele dinheiro. Queria chegar lá enquanto a cidade ainda era criança. Pretendia fazer uma grande compra. Sempre teve a vontade e o desejo de ter influência, e precisou viver trinta anos para encontrar uma oportunidade. Onde estavam o pai e a mãe de Janie?

— Eles morreu, eu acho. Eu num sei deles, porque foi minha Vó que me criou.

— Ela morreu também! Ora, quem é que toma conta de uma menina que nem você?

— Eu sou casada.

— Você casada? Cê mal tem idade pra ser desmamada. Aposto que ainda gosta de mamadeira, num gosta?

— É, e eu faço e mamo quando me dá na telha. Também tomo água com açúcar.

— Eu também adoro. Acho que nunca vou ficar velho demais pra num gostar de um refresquinho frio e gostoso.

— A gente tem muito xarope de refresco no celeiro. Xarope de pirulito. Se o sinhô quiser.

— Onde tá seu marido, dona... dona...

— Meu nome é Janie Mae Killicks depois que eu me casei. Antes era Janie Mae Crawford. Meu marido foi comprar uma mula pra mim arar. Me deixou aqui cortando semente de batata.

— Você atrás dum arado! Cê tem tanto a ver cum arado quanto um porco cum feriado! Também num tem nada de tá cortando semente de batata. Uma bonequinha linda que nem você foi feita pra ficar sentada na varanda da frente, balançando numa cadeira de balanço e se abanando, e comendo as batata que os outro planta só pra você.

Janie riu e tirou dois quartos de xarope do barril, e Joe bombeou um balde de água fria. Os dois ficaram sentados embaixo da árvore, conversando. Ele ia para a nova parte da Flórida, mas não fazia mal parar para uma conversinha. Depois concluiu que também precisava de um descanso mesmo. Ia fazer-lhe bem descansar uma ou duas semanas.

Todo dia, depois disso, os dois davam um jeito de se encontrar no mato, entre os carvalhos do outro lado da estrada, e conversar sobre quando ele fosse um mandachuva, com ela colhendo os benefícios. Janie hesitou um longo tempo, porque ele não representava o nascer do sol, pólen e árvores em flor, mas falava do horizonte distante. Falava de mudança e oportunidade. Mas mesmo assim ela hesitava. A lembrança da Babá ainda era forte.

— Janie, se você acha que eu vou te roubar e tratar que nem um cachorro, cê tá muito enganada. Quero fazer de você minha esposa.

— Tá falando sério, Joe?

— No dia que ocê botar a mão na minha, eu num deixo o sol se pôr com nós solteiro. Eu sou um homem de palavra. Cê nunca soube o que é ser tratada que nem uma dama, e eu quero ser o homem que vai mostrar isso procê. Me chame de Jody que nem cê faz às vez.

— Jody — ela ergueu o rosto sorrindo para ele —, mas se...

— Deixa os se e tudo mais por minha conta. Eu vô passar nessa estrada logo depois do sol nascer amanhã de manhã e esperar por você. Cê vem comigo. Aí cê pode viver todo o resto de sua vida que nem deve. Me dá um beijo e balança a cabeça. Quando cê faz isso, seu montão de cabelo rompe que nem o dia.

Janie pensou no assunto naquela noite, na cama.

— Logan, cê tá dormindo?

— Se tivesse, cê tinha me acordado me chamando.

— Eu andei pensando muito na gente; em você e eu.

— Já era hora. Cê é muito independente por aqui, se for parar pra pensar.

— Pensar no quê, por exemplo?

— Pensando que você nasceu numa carruagem sem teto, e sua mãe e ocê nasceram e foram criada no quintal dos branco.

— Você num falou nada disso quando foi pedir à Babá pra eu casar com cê.

— Eu pensei que ocê ia agradecer um bom trato. Pensei que eu ia pegar e fazer de ocê alguma coisa. Do jeito que cê anda por aí, parece que pensa que é branca.

— E se eu fugisse e deixasse ocê um dia?

Pronto! Janie colocou em palavras todos os seus medos contidos. Podia fugir, sem dúvida. A ideia deixou uma dor terrível no corpo de Logan, mas ele achou melhor desprezá-la.

— Eu tô com sono, Janie. Num vamo falar mais. Num tem muitos homem que vai confiar no cê, sabendo de sua gente que nem todo mundo sabe.

— Eu podia pegar e encontrar uma pessoa que confia em mim e deixar ocê.

— Ora bolas! Num tem mais muita gente que nem eu. Muitos homem vai rir procê, mas num vai trabalhar e dar comida. Cê num vai muito longe, nem por muito tempo, e na hora do aperto cê vai ficar muito feliz de voltar pra cá.

— Você só liga pra carne de porco salgada e broa de milho.

— Eu tô com sono. Num vou me aperrear com nenhum se e se não.

Ressentido em sua agonia, se virou e fingiu dormir. Esperava tê-la magoado como Janie o magoou.

Janie levantou-se com ele na manhã seguinte, e já tinha o desjejum meio preparado quando ele berrou do celeiro.

— Janie! — gritava com rudeza. — Vem aqui me ajudar a tirar esse monte de estrume antes do sol esquentar. Cê num tem o menor interesse por essa casa. Num precisa ficar remexendo nessa cozinha o dia todo.

Janie foi até a porta com a panela na mão, ainda mexendo a massa de fubá, e olhou para lá. O sol emboscado ameaçava o mundo com adagas rubras, mas as sombras eram cinzentas e fechadas em torno do celeiro. Logan, com a pá, parecia um urso negro dançando sobre as patas traseiras.

— Você num precisa de minha ajuda aí, Logan. Cê tá no seu lugar e eu no meu.

— Ocê num tem nenhum lugar certo. Seu lugar é onde eu preciso de ocê. Vem já daí, e depressa.

— Minha mãe num me disse que eu nasci com pressa. Então por que é que eu preciso correr agora? De qualquer modo, num é por isso que ocê tá brabo. Cê tá brabo porque eu num caio de joelho e lavro esses vinte e quatro hectare que ocê tem. Cê num fez nenhum favor casando comigo. E se é isso que você diz que fez, eu num agradeço, não. Cê tá brabo porque eu te disse o que você já sabia.

Logan largou a pá e deu dois ou três passos desajeitados em direção à casa, depois parou de repente.

— Num fala muito comigo hoje de manhã, Janie, fui eu que troquei de posição com ocê! Escuta, foi o memo que eu te tirar da cozinha dos branco e fazer do cê uma rainha, e cê vem me rebaixar! Eu vô pegar aquele machado ali e entrar aí e matar ocê! É melhor fechar a matraca! Eu sou honesto e trabalhador demais pra qualquer um da sua família, é por isso que ocê num me quer. — A última frase foi meio soluço, meio grito. — Acho que algum preto vagabundo anda mostrando os dente e mentindo procê. Vai pro inferno.

Janie voltou-se da porta sem responder, e ficou parada no meio do aposento sem se dar conta. Virou-se pelo avesso ali parada, sentindo. Quando passou um pouco o latejo, pensou seriamente no que Logan disse e comparou com outras coisas que tinha visto e ouvido. Quando terminou com isso, jogou a massa na frigideira e alisou-a com a mão. Não estava sequer zangada. Logan acusava-a por sua mãe, sua avó e seus sentimentos, e ela nada podia fazer. Precisava virar a carne de porco salgada na panela. Virou-a e empurrou-a de volta ao lugar. Um pouco de água fria no bule de café, para assentar. Virou a massa com um prato e deu uma risada. Por que estava perdendo tanto tempo? Foi tomada por uma sensação de súbita novidade e mudança. Saiu correndo pela porta da frente e virou para o sul. Mesmo que Joe não estivesse lá à sua espera, a mudança estava fadada a lhe fazer bem.

O ar da estrada matinal parecia um vestido novo. Isso fez com que ela sentisse o avental amarrado na cintura. Desamarrou-o, atirou-o num matagal à beira da estrada e seguiu andando, colhendo flores e fazendo um buquê. Depois chegou ao lugar onde Joe Starks a esperava com uma carruagem alugada. Ele se mostrou muito solene e ajudou-a a subir ao banco a seu lado. Com ele sentado, o banco parecia um trono, soberano. Daquele momento até a morte, ela ia ter tudo polvilhado com pó de flor e primavera. Uma abelha para sua flor. Suas antigas ideias agora seriam úteis, mas precisava criar e dizer novas palavras que lhes servissem.

— Green Cove Springs — disse ele ao cocheiro.

E casaram-se antes de o pôr do sol, exatamente como Joe havia dito. Com roupas novas de seda e lã.

Sentaram-se na varanda da pensão e viram o sol mergulhar na mesma fenda da terra da qual surgia a noite.

CAPÍTULO 5

No trem, no dia seguinte, Joe não fez muitas declarações de amor, mas comprou-lhe as melhores coisas dos vendedores da estação, como maçãs e uma lanterna de vidro cheia de doces. Falou sobretudo dos planos para a cidade quando lá chegasse. Precisariam de alguém como ele. Janie lançou-lhe muitas olhadas, e sentiu-se orgulhosa do que viu. Era meio avantajado, como os brancos ricos. E não se assustava com trens, pessoas e lugares estranhos. Quando saltaram, em Maitland, logo encontrou uma charrete para levá-los à cidade dos negros.

Era o início da tarde quando lá chegaram, e Joe disse que deviam andar pela cidade para dar uma olhada. Deram-se os braços e andaram de uma ponta à outra do lugar. Joe notou a mera dúzia de casas envergonhadas espalhadas pela areia e raízes de palmito, e disse:

— Meu Deus do céu, eles chamam isso de cidade? Ora, num passa dum arraial no meio do mato.

56 ZORA NEALE HURSTON

— É bem menor do que eu pensava — Janie admitiu sua decepção.

— É bem que nem eu pensava — disse Joe. — Muita conversa e ninguém faz nada. Meu Deus do céu, onde tá o prefeito? — perguntou a alguém. — Eu quero falar com o prefeito.

Dois homens deitados sob um imenso carvalho sentaram-se ao ouvirem sua voz. Olharam o rosto de Joe, suas roupas e esposa.

— De onde ocês vêm com tanta pressa? — perguntou Lee Cooker.

— Da Geórgia — respondeu secamente Joe. — Eu me chamo Joe Starks, da Geórgia e de todo o Estado.

— Você e sua filha veio se juntar a nós como cumpanheiro? — perguntou a outra figura deitada. — É um baita dum prazer pra nós. Eu me chamo Hicks, chefe Amos Hicks, de Buford, Carolina do Sul. Livre, solteiro, sem compromisso.

— Meu Deus do céu, eu num tô nem perto da idade de ter filha crescida. Essa aqui é minha esposa.

Hicks tornou a cair de costas e perdeu imediatamente o interesse.

— Onde tá o prefeito? — insistiu Starks. — Eu quero falar com *ele*.

— Cê chegou um pouquinho cedo demais pra isso — disse-lhe Cooker. — Nós inda num tem ninhum.

— Num tem prefeito! Ora, quem diz procês o que fazer?

— Ninguém. Todo mundo é crescido. E também eu acho que nós num pensou nisso. Eu sei que eu num pensei.

— Eu até que pensei, um dia — disse Hicks, com uma voz de sonho —, mas depois m'esqueci, e depois num pensei mais.

SEUS OLHOS VIAM DEUS

— Não admira que num teja tudo melhor — comentou Joe. — Eu vô comprar terra aqui, e muita. Assim que a gente achar um lugar pra dormir essa noite, nós camarada têm de juntar as pessoa e fazer um comitê. Depois a gente pode fazer tudo andar por aqui.

— Eu posso te mostrar um lugar pra dormir — propôs Hicks. — Um homem fez a casa dele mas a mullher dele inda num chegou.

Starks e Janie foram para o lado indicado, com Hicks e Cooker atrás varando suas costas com os olhos.

— Esse homem aí fala que nem um chefe de turma — comentou Cooker. — É um bocado mandão.

— Ora bolas! — disse Hicks. — Eu tenho as calça tão comprida quanto as dele. Mas essa mulher dele! Quero ser mico de circo se num vô pra Geórgia buscar uma dessa pra mim.

— Com o quê?

— Com minha lábia, rapaz.

— É preciso dinheiro pra dar de comer a uma mulher bonita. Elas num liga pra lábia.

— Pra minha, liga. Elas adora me ouvir porque num entende. Minha conversa de amor é muito profunda. Tem muito amor.

— Hum!

— Cê num acredita em mim, né? Cê num sabe as mulher que eu posso pegar.

— Hum!

— Você nunca me viu curtindo uma diversão e divertindo os outro.

— Hum!

— Foi bom ele se casar com ela antes dela me vê. Eu sei armar umas presepada quando me dá na telha.

— Hum!

— Eu sou um cão com as dama.

— Taí uma coisa que eu preferia mais ver que ouvir. Vamos lá ver o que ele vai fazer nessa cidade.

Levantaram-se e foram onde Starks morava no momento. A cidade já descobrira os estranhos. Joe, na varanda, falava a um grupinho de homens. Via-se Janie pela janela do quarto se instalando. Joe alugara a casa por um mês. Os homens o cercavam, e ele conversava com eles fazendo perguntas.

— Como se chama mesmo esse lugar?

— Uns diz West Maitland, outros Eatonville. Porque foi o capitão Eaton que deu uma terra pra nós, mais Seu Laurence. Mas foi o capitão Eaton que deu o primeiro pedaço.

— Quanto eles deu?

— Ah, uns vinte hectare.

— E quanto tem agora?

— Ah, mais ou meno a mesma coisa.

— Isso num dá. Quem é dono da terra junto da de ocês?

— O capitão Eaton.

— Onde *tá* esse capitão Eaton?

— Lá em Maitland, a num ser quando vai fazer visita e essas coisa.

— Deixa eu falar com minha esposa um minuto, que eu vou procurar esse homem. Ninguém pode ter cidade sem terra pra fazer casa. Ocês tudo num tem aqui o bastante pra ter nem um gato sem ficar com a boca cheia de pelo.

— Ele num tem mais terra pra dá. Cê precisa de um bocado de dinheiro se quer comprar mais.

SEUS OLHOS VIAM DEUS

— Tô pensando em pagar.

A ideia era engraçada para eles, e tiveram vontade de rir. Esforçaram-se para se conter, mas explodia dos olhos e vazava dos cantos das bocas suficiente riso de incredulidade para revelar a qualquer um o que pensavam. Por isso Joe se afastou abruptamente. A maioria acompanhou-o para mostrar o caminho e estar lá quando ele tivesse que provar que o que disse era verdade.

Hicks não foi longe. Voltou para a casa assim que sentiu que não dariam pela sua falta na multidão e subiu a varanda.

— Boa noite, Dona Starks.

— Boa noite.

— A sinhora acha que vai gostar daqui?

— Acho que vô.

— Qualquer coisa que a sinhora precise de mim, é só me chamar.

— Muito brigada.

Seguiu-se uma longa pausa silenciosa. Janie não aproveitava sua oportunidade como devia. Parecia que mal tomava conhecimento de que ele estava ali. Precisava ser acordada.

— As pessoa deve de ser muito calada lá de onde a sinhora vem.

— É mesmo. Mas deve de ser diferente na sua terra.

Ele levou muito tempo pensando, mas finalmente entendeu e desceu os degraus meio tonto.

— Até.

— Até logo.

Naquela noite, Cooker lhe fez perguntas a respeito.

— Eu vi ocê quando cê saiu de mansinho pra voltar pra casa de Starks. Bom, como é que foi?

— Quem, eu? Nem cheguei perto de lá, rapaz. Fui pro lago tentar pegar uns peixe.

— Hum!

— Aquela mulher num é tão bonita assim quando a gente olha duas vez. Eu precisei passar na frente da casa na volta e vi ela bem. Num tem nada de mais, tirando aqueles cabelão.

— Hum!

— E de qualquer jeito, eu tomei simpatia pelo rapaz. Num ia fazer nenhum mal a ele. Ela num chega nem perto de ser tão bonita que nem uma menina que eu fugi e deixei na Carolina do Sul.

— Hicks, eu ia ficar muito brabo e dizer que você tá mentindo, se não te conhecesse tão bem. Cê só tá falando pra se consolar com as palavra da boca. Tua cabeça quer, mas cê num tem peso atrás. Um bocado de homem vê a mema coisa que ocê, mas tem mais juízo que ocê. Cê devia de saber que ninguém toma uma mulher daquela dum homem daquele. Um homem que vai e compra mais de oitenta hectare de terra de vez, e paga ali na bucha.

— Não, ele num comprou isso, não.

— Comprou, sim, sinhô. Saiu com os papel no bolso. Chamou todo mundo pruma reunião na varanda dele amanhã. Eu nunca que vi um homem de cor desses antes em toda minha vida. Vai abrir uma loja e botar uma agência do correio do governo.

Isso irritou Hicks, sem que ele soubesse por quê. Era um mortal como qualquer outro. Perturbava-o acostumar-se ao mundo de um jeito e depois, de repente, vê-lo ficar diferente. Ainda não estava preparado para pensar em gente de cor no correio. Deu uma ruidosa risada.

— Ocês tudo tá é deixando aquele escuro tresmaiado contar mentira pra ocês tudo. Um homem de cor no correio!
— Emitiu um som obsceno.
— Ele já pode fazer isso, Hicks. Pelo menos é o que eu espero. Nós preto é muito invejoso uns dos outro. É por isso que a gente num vai pra frente. A gente fala que o branco deixa a gente lá embaixo. Besteira. Num precisa. Nós memo deixa nós lá embaixo.
— Ora, quem falou que eu num quero que o homem arranje um correio pra gente? Por mim, ele pode ser o rei de Jerusalém. Mesmo assim, num precisa contar mentira só porque um bando de gente num tem juízo. O juízo devia de dizer procês que os branco num vai deixar ele ter nenhuma agência de correio.
— Isso a gente num sabe, Hicks. Ele diz que pode, e eu acredito que ele sabe o que tá dizendo. Acho que se os preto tem sua própria cidade, pode ter agência de correio e tudo mais que eles quiser. E também num acho que os branco lá longe teja nem ligando. Vamo esperar pra vê.
— Ah, eu tô esperando, num tem dúvida. Vô ficar esperando até o inferno virar gelo.
— Ah, dá o braço a torcer. Aquela mulher num quer ocê. Cê tem de aprender que nem toda mulher do mundo foi levada pro mato ainda, nem numa serraria. Tem mulher que num é pro seu bico. Cê num pega *ela* com nenhum sanduíche de peixe.
Discutiram mais um pouco, depois foram até a casa onde estava Joe e encontraram-no em manga de camisa, parado, com os pés afastados, fazendo perguntas e fumando um charuto.

— Onde fica a serraria mais perto? — perguntava a Tony Taylor.

— Uns oito quilômetro pros lado de Apokpa — respondeu-lhe Tony. — Tá pensando em começar logo?

— Meu Deus do céu, tô, sim. Mas não a casa que penso pra morar. Isso pode esperar até eu me decidir onde quero botar. Acho que nós tudo precisa logo é de uma loja.

— Uma loja? — gritou Tony, surpreso.

— Pois é, uma loja bem aqui na cidade, com tudo que ocês precisa. Num precisa todo mundo ir até Maitland comprar um pouco de farinha de milho e de trigo, quando pode comprar aqui memo.

— Isso ia ser bom, irmão Starks, já que o sinhô tá dizendo.

— Meu Deus do céu, óbvio que ia! E uma loja é boa também de outras forma. Eu preciso de um lugar pra ficar quando vim gente comprar terra. E além disso tudo tem de ter um coração e um centro, e uma cidade num é diferente de lugar nenhum. Era muito natural que a loja fosse o ponto de encontro da cidade.

— Isso é bem verdade.

— Ah, a gente vai botar essa cidade toda certinha. Ocês num esquece de vim pra reunião amanhã.

Mais ou menos na mesma hora da reunião do comitê convocada para sua varanda no dia seguinte, chegava a carroça de madeira, e Joe foi mostrar aos homens onde descarregar. Mandou Janie entreter o comitê até ele voltar, pois não queria perdê-los, mas pretendia contar cada metro de tábua antes que elas tocassem o chão. Podia ter poupado o fôlego, e Janie continuado com o que fazia. Em primeiro lugar, todos che-

SEUS OLHOS VIAM DEUS 63

garam atrasados; depois, assim que souberam onde estava Jody, foram para onde a madeira deixava a carroça chocalhando e era empilhada debaixo do grande carvalho. Por isso foi lá que se deu a reunião, com Tony Taylor atuando como presidente e só Jody falando. Marcou-se um dia para as ruas, e todos combinaram trazer machados e coisas assim e abrir duas, correndo para cada lado. Isso se aplicava a todo mundo, com exceção de Tony e Cooker. Eles eram carpinteiros, e Jody contratou-os para trabalhar em sua loja logo cedo na manhã seguinte. O próprio Jody estaria ocupado indo de cidade em cidade para falar às pessoas sobre Eaton e convocar cidadãos a mudarem-se para lá.

Janie ficou pasmada ao ver como o dinheiro que Jody gastara na terra voltava depressa. Dez novas famílias compraram lotes e mudaram-se para a cidade em um mês e meio. Tudo parecia grande demais e rápido demais para ela acompanhar. Antes que a loja ganhasse um telhado completo, Jody já tinha artigos enlatados empilhados no chão, e vendia tanto que não tinha tempo para sair nas excursões de convocação. Ela teve o primeiro gosto de presidi-la no dia em que concluíram a loja. Jody mandou-a vestir-se bem e ficar lá aquela noite toda. Todo mundo vinha mais ou menos nos trinques, e ele não queria que a esposa de ninguém se igualasse a ela. Janie devia ver-se como a vaca sineira, e as outras mulheres como a vacaria. Portanto, ela pôs um dos vestidos que havia comprado e subiu a rua recém-aberta toda embonecada de vermelho-vinho. As outras mulheres usavam percal e chita, com um pano de cabeça aqui e ali entre as mais velhas.

Ninguém comprava nada naquela noite. Não tinham ido ali para isso. Tinham ido dar as boas-vindas. Por isso Jody abriu um barril de biscoitos de água e sal e cortou um pouco de queijo.

— Todo mundo chegue pra cá e aproveite. Meu Deus do céu, é por minha conta.

Deu uma daquelas suas risadas ri-ri-ri e recuou. Janie mergulhava a concha no refresco como ele havia dito. Um caneco grande de estanho para cada um. Tony Taylor sentiu-se tão bem quando acabou que teve vontade de fazer um discurso.

— Minhas sinhora e cavaleiro, nós tá aqui junto e reunido pra receber entre nós uma pessoa que decidiu jogar a sorte dele com a da gente e ele num veio só pra cá. Julgou por bem trazer a... ééé, ééé... a luz do lar dele, quer dizer, a esposa dele, pro meio da gente também. Ela num podia ser mais bunita nem mais nobre se fosse a rainha da Inglaterra. É um prazer pra nós ela tá aqui no meio da gente. Irmão Starks, nós dá as boas-vinda procê e tudo que ocê julgou por bem trazer pro meio da gente... sua esposa, sua loja, sua terra...

Uma sonora gargalhada cortou-lhe a palavra.

— Já chega, Tony — berrou Lige Moss. — Seu Starks é um homem esperto, nós tudo tá pronto pra dizer isso, mas no dia em que ele aparecer na estrada carregando oitenta hectare de terra nas costa, eu quero tá lá pra vê isso.

Outra grande explosão de gargalhada. Tony ficou um pouco irritado por ver o único discurso de sua vida arruinado daquele jeito.

— Ocês tudo sabe o que eu queria dizer. Num vejo porque...

— Porque você se mete a fazer discurso sem saber — perguntou Lige.

— Eu tava falando bem até ocê meter a colher.

— Não, num tava, não, Tony. Cê tá fora de suas água. Num pode dá as boas-vinda prum homem e a esposa dele sem falar de Isaac e Rebbeca no poço, senão num mostra o amor dos dois.

Todos concordaram que era verdade. Foi um tanto penoso para Tony não saber que não podia fazer um discurso sem dizer isso. Alguns deram risadinhas de sua ignorância. Por isso ele disse, irritado:

— Se todo mundo que veio bancar o palhaço já acabou, nós agradece o Irmão Starks uma resposta.

Assim, Joe Starks e seu charuto ocuparam o centro do palco.

— Eu agradeço ocês tudo pelas bondosa boas-vinda e por me oferecer a mão direita da camaradagem. Tô vendo que essa cidade tem muita união e amor. Tô pensando em botar as mão no arado aqui e fazer tudo pra fazer dessa cidade a metrópole do estado. Por isso é melhor eu ir dizendo procês, caso ocês num sabe, que se a gente quer ir pra frente, tem de se constituir como município* que nem todas as outra cidade. Tem de se constituir, e ter um prefeito, se nós quer fazer tudo direito. Eu recebo ocês tudo em meu nome e no da minha esposa nessa loja e nas outras coisas futura. Amém.

---

* No original, "incorporate", isto é, constituir-se como uma corporação ou sociedade anônima. Nos Estados Unidos, a partir do século XIX, muitos municípios foram fundados dessa maneira, constituindo-se legalmente como "corporações municipais". Como tais, tornavam-se responsáveis pela administração e governo local, podendo-se assim estabelecer agências próprias de correios e forças policiais, em razão da autorização concedida pelo Estado em que foi constituída a municipalidade.(*N. do R.T.*)

Tony abriu os ruidosos aplausos, e ocupava o centro do palco quando eles pararam.

— Meus irmão e minhas irmã, como a gente num pode nunca esperar uma escolha melhor, eu apresento a moção que a gente faça do Irmão Starks o nosso prefeito, até a gente poder vê mais longe.

— Moção apoiada!!! — Era todo mundo falando ao mesmo tempo, de modo que não foi preciso submeter a proposta à votação.

— E agora vamo ouvir umas palavra de encorajamento de Dona Prefeita Starks.

A explosão de aplausos foi cortada rapidamente pelo próprio Jody assumindo a tribuna.

— Obrigado pelos seus cumprimento, mas minha esposa num sabe fazer discurso. Eu num casei com ela pra nada disso. Ela é mulher e o lugar dela é em casa.

Janie obrigou-se a sorrir após uma breve pausa, mas não foi muito fácil. Jamais havia pensado em fazer um discurso, nem sabia se gostaria de fazer um. Deve ter sido a forma de Joe falar, sem lhe dar oportunidade de dizer sim ou não, que tirou a alegria de tudo. Mas de qualquer forma, ela desceu a rua atrás dele naquela noite sentindo frio. Ele seguia em frente com passos firmes, investido de sua nova dignidade, pensando e fazendo planos em voz alta, ignorando as ideias dela.

— O prefeito de uma cidade que nem essa num pode ficar muito em casa. O lugar precisa crescer, Janie, vou arranjar um empregado pra loja e cê pode cuidar de tudo enquanto eu toco as outra coisa.

— Ah, Jody, eu num posso fazer nada na loja sem ocê lá. Eu podia vim dá uma ajudinha quando as coisa apertasse, mas...

— Meu Deus do céu, eu num vejo por que ocê num pode. Num é nada pra te matar se ocê tem um tiquinho de juízo. Cê tem de ter. Eu tenho muitas outras coisa pra cuidar como prefeito. Essa cidade precisa de um pouco de luz agora mesmo.

— Um-hum, *tá* um pouco escuro por aqui.

— Óbvio que tá. Num é bom ficar topando nesses toco e raiz no escuro. Vou fazer uma reunião sobre o escuro e as raiz já, já. Vô cuidar primeiro desse caso.

No dia seguinte, com dinheiro de seu próprio bolso, encomendou os lampiões de rua na Sears, Roebuck and Company, e mandou a cidade reunir-se na noite da quinta-feira seguinte para votar sobre o assunto. Ninguém jamais pensara em postes de rua, e alguns disseram que era uma coisa inútil. Chegaram a votar contra, mas a maioria venceu.

A cidade toda, porém, ficou vaidosa quando a luz chegou. Isso se deu porque o prefeito não tirou simplesmente o lampião do caixote e pregou-o num poste. Ele o desembrulhou, mandou limpá-lo com todo cuidado e o expôs numa vitrine para todo mundo ver. Depois, marcou uma data para a instalação e mandou avisar a todo Orange County, para que todos comparecessem. Enviou homens ao pântano para cortar os mais finos e retos postes de cipreste que encontrassem, e fê-los voltar várias vezes, até encontrarem um que agradasse. Já falara ao povo sobre a hospitalidade da ocasião.

— Ocês tudo sabe que a gente num pode convidar as pessoa pra nossa cidade e deixar elas com fome. Deus do céu, não. É preciso dar qualquer coisa pra comer, e num tem nada que o povo goste mais do que churrasco. Eu memo vô dar um porco inteiro. Parece que o resto de ocês tudo junto pode dar mais dois. Ocês mande suas mulher fazer umas torta e bolo e pão de batata-doce.

E assim foi. As mulheres juntaram os doces e os homens cuidaram das carnes. No dia anterior à iluminação, cavaram um grande buraco no fundo da loja, encheram de lenha de carvalho e queimaram até ficar um leito rubro de brasas. Levaram a noite toda para assar os três porcos. Hambo e Pearson tinham toda a responsabilidade, os outros ajudavam virando a carne de vez em quando, e Hambo a pincelava com o molho. Enquanto isso, contavam histórias e cantavam modinhas. Faziam toda espécie de brincadeira e cheiravam a carne, que chegava aos poucos à perfeição, com o tempero penetrando até os ossos. Os meninos armavam os cavaletes com tábuas para as mulheres usarem como mesas. Então veio o amanhecer e todo mundo que não era necessário foi para casa descansar para a festa.

Às cinco horas, a cidade estava cheia de todo tipo de veículo e formigando de gente. Queriam ver o lampião ser aceso ao escurecer. Perto da hora, Joe reuniu todo mundo na rua diante da loja e fez um discurso.

— Pessoal, o sol tá baixando. O Criador do sol levanta ele de manhã, e manda ele pra cama de noite. Nós pobre ser humano num pode fazer nada pra apressar nem atrasar ele. Nós só pode, se quer alguma luz depois do poente ou antes do nascer, é criar ela nós mesmo. Por isso que os lampião foi feito. Essa noite nós tá tudo reunido aqui pra acender o lampião. Essa ocasião é uma coisa pra nós lembrar até o dia da nossa morte. O primeiro lampião em nossa cidade de preto. Ocês levante os olho e olha. E quando eu encostar o fósforo no pavio daquele lampião, que a luz entre dentro de ocês, e

SEUS OLHOS VIAM DEUS

brilhe, e brilhe, e brilhe. Irmão Davis, conduz a gente numa palavra de prece. Pede uma bênção pra essa cidade, de uma forma muito especial.

Enquanto Davis entoava uma tradicional prece-poema com suas próprias variações, Joe subia num caixote ali posto para esse fim e abria a portinhola de bronze do lampião. Quando foi dita a palavra Amém, ele tocou o fósforo aceso no pavio, e o alto soprano da Sra. Bogle explodiu:

Andaremos na luz, na linda luz
Vinde para onde brilham as gotas de orvalho da caridade
Brilham em toda a volta dia e noite
Jesus, a luz do mundo

Todos, o povo todo, entraram em coro e cantaram o hino repetidas vezes, espremeram-no até deixá-lo seco e não mais poderem conceber qualquer inovação de tom e andamento. Depois calaram-se e comeram o churrasco.

Quando tudo acabou, naquela noite, na cama, Jody perguntou a Janie:

— Bom, querida, que tal ser a Dona Prefeita?

— Acho que tá tudo bem, mas ocê num acha que deixa a gente assim meio aperreada?

— Aperreada? Você fala em cozinhar e servir as pessoa?

— Não, Jody, é só que deixa a gente dum jeito que num é normal um com o outro. Ocê tá sempre falando e dando um jeito em tudo, e eu me sinto que nem se tivesse só contando tempo. Espero que isso acabe logo.

— Acabe, Janie? Meu Deus do céu, eu inda nem comecei! Eu te falei desde o comecinho que eu queria ter influência.

Você devia de tá contente, porque isso faz de você uma grande mulher.

Uma sensação de frio e medo apoderou-se dela. Janie sentiu-se distante de tudo e solitária.

Janie logo começou a sentir o impacto do respeito e da inveja contra suas sensibilidades. A esposa do prefeito não era apenas mais uma mulher, como supunha. Ela dormia com a autoridade, e, portanto, fazia parte da autoridade na cabeça da cidade. Ela só podia aproximar-se da maioria deles em espírito. Isso foi sobretudo notável depois que Joe forçou a abertura de uma vala para drenar a rua em frente à sua loja. Houve murmúrios irados de que a escravidão tinha acabado, mas todo mundo cumpriu sua tarefa.

Joe tinha alguma coisa que intimidava a cidade. Não se tratava de medo físico. Ele não era nenhum valentão. Não tinha nem um vulto imponente para um homem. Nem era por ser mais alfabetizado que os outros. Uma outra coisa fazia os homens cederem diante dele. Tinha um poder de comando no rosto, e cada passo que dava tornava isso mais tangível.

Vejam, por exemplo, a nova casa dele. Tinha dois andares com varandas, balaustradas e essas coisas. O resto da cidade parecia um conjunto de quartos de criados cercando a "casa grande". E ao contrário de todos os demais na cidade, ele adiou a mudança até que a casa estivesse pintada, por dentro e por fora. E vejam a maneira como pintou — um branco brilhante, faiscante. O tipo de branco esplanada que tinham as casas do bispo Whipple, W. B. Jackson e os Vanderpool. Fazia a vila sentir-se pouco à vontade para falar com ele como com qualquer outra pessoa. Depois houve a questão das es-

SEUS OLHOS VIAM DEUS

carradeiras. Assim que se instalou como prefeito, agente dos correios, lojista, ele comprou uma escrivaninha como a do Sr. Hill ou Sr. Galloway lá em Maitland, com uma daquelas cadeiras giratórias junto. Mordendo o charuto, poupando o fôlego na conversa e girando naquela cadeira, deixava as pessoas tontas. E depois cuspia naquele vaso que parecia de ouro, que qualquer outro ficaria feliz em pôr na mesa da sala de visita. Dizia que era uma escarradeira igual à que o antigo patrão tinha em seu banco lá em Atlanta. Não precisava se levantar e ir até a porta toda vez que tinha de cuspir. E não cuspia no chão. Tinha o vaso dourado ali à mão. Mas foi além disso. Comprou uma escarradeirazinha de senhora para Janie cuspir dentro. Pôs bem na sala de visitas, com talinhos de flor pintados em toda a volta. Isso surpreendeu as pessoas, porque a maioria das mulheres mascava fumo e, certamente, tinha uma caneca para cuspir em casa. Mas como podiam saber que as pessoas modernas cuspiam em coisinhas floridas como aquela? Isso deixou-as sentindo-se como se houvessem sido enganadas. Como se houvessem escondido alguma coisa delas. Talvez houvessem escondido mais coisas do mundo que vasos de cuspir, quando não lhes diziam que não deviam cuspir em latas de massa de tomate. Já era bastante ruim quando se tratava dos brancos, mas quando um da nossa própria cor podia ser tão diferente, isso fazia a gente ficar imaginando. Era como ver a irmã da gente virar um jacaré. Uma aberração conhecida. A gente continua vendo a irmã no jacaré, e preferia não ver. Não havia dúvida de que a cidade o respeitava e até admirava, de certa forma. Mas qualquer um que entra no poder e na posse de bens tem de enfrentar ódio. Assim, quando os oradores se erguiam em cerimônias e diziam: "Nosso querido prefeito", era uma dessas coisas que todo mundo diz, mas ninguém acredita de fato, como: "Deus está em toda parte." Era apenas uma manivela para dar corda na língua. À medida que passava o tempo e os benefícios que ele proporcionara à cidade iam ficando para trás, sentavam-se na varanda de sua loja, enquanto ele estava ocupado lá dentro, e discutiam-no. Que um dia, depois de pegar Henry Pitts com uma carroça de cana dele, tomara as canas e o expulsara da cidade. Alguns achavam que Starks não devia ter feito isso. Tinha tanta cana e tudo mais. Mas não diziam isso quando Joe Starks estava na varanda. Quando chegava a correspondência de Maitland e ele entrava para separá-la, todos davam seu palpite.

Sim, Jones começou assim que teve de certeza de que Starks não podia escutá-lo.

— É um pecado e uma vergonha tocar o pobre do homem daqui desse jeito. Os preto num deve de ser tão severo uns com os outro.

— Já eu por mim penso diferente — disse bruscamente Sam Watson. — Os preto deve de aprender a trabalhar pelo que quer que nem todo mundo. Ninguém impediu Pitts de plantar as cana que ele queria. Starks deu trabalho a ele, que mais que ele queria?

— Eu sei disso também — disse Jones —, mas, Sam, Joe Stark é muito severo com as pessoa. Tudo que ele tem conseguiu do resto de nós. Num tinha isso tudo quando veio pra cá.

— Pois é, mas também nada disso que ocê tá vendo e tá falando num tava aqui quando ele veio. É preciso reconhecer.

— Mas ora, Sam, cê sabe que ele só faz andar por aí dando ordem nos outro. Adora que todo mundo obedeça o som da voz dele.

SEUS OLHOS VIAM DEUS

— A gente sente a chibata na mão dele quando ele fala com a gente — queixou-se Oscar Scott. — Essa mania de castigar dele dá coceira na pele da gente.

— É um redemoinho no meio dos vento — interveio Jeff Bruce.

— Por falar em vento, ele é o vento e nós o mato. A gente se curva pra todo lado que ele sopra — concordou Sam Watson —, mas a gente precisa dele. A cidade num era nada se num fosse por ele. Ele pode ser tirado a mandão. Tem gente que precisa de trono, cadeira de mando e coroa para impor influência. Ele tem um trono nos fundilho das calça.

— O que eu num gosto no homem é que ele fala com gente analfabeta como quem tem livro nos dente — queixou-se Hicks. — Arrotando cultura. Quem me vê assim num diz, mas eu tenho um irmão pastor em Ocala que tem cultura. Se ele tivesse aqui, Joe Starks num ia fazer ele de bobo que nem faz com o resto de nós.

— Eu muitas vez imagino como é que aquela mulhezinha dele se entende com ele, porque é um homem que muda tudo, mas nada muda ele.

— Sabe, eu já pensei nisso um monte de vez. Ele cai em cima dela de vez em quando, quando ela faz um errinho na loja.

— Quem é que faz ela andar pela loja com pano amarrado na cabeça que nem uma velha? Ninguém ia me fazer amarrar nenhum pano na cabeça se eu tivesse os cabelo dela.

— Talvez ele faz ela fazer. Talvez de medo que um de nós homem vai tocar neles na loja. Num tem dúvida que isso é um mistério pra mim.

— Se vê que ela num é de falar muito. O jeito que ele dá uns coice na loja às vez quando ela faz um erro, é lá meio malvado, mas ela parece que nem se importa. Acho que os dois se entende.

A cidade tinha uma carrada de bons e maus sentimentos em relação à posição e às posses de Joe, mas ninguém se atrevia a contestá-lo. Preferiam curvar-se diante dele, porque era tudo isso, e também ele era tudo isso porque a cidade se curvava diante dele.

CAPÍTULO 6

Toda manhã, o mundo caía sobre a cidade e a expunha ao sol. E Janie tinha mais um dia. E todo dia tinha a loja, a não ser aos domingos. A loja em si era um lugar agradável, se ela não tivesse de vender coisas. Quando as pessoas se sentavam na varanda e passavam em volta os retratos de suas ideias para outros olharem e verem, era bom. O fato de os retratos mentais serem sempre ampliações a creiom tornava ainda melhor escutar.

Vejam, por exemplo, o caso do mulo ruço de Matt Bonner. Traziam-no sempre para a conversa, todo dia que Deus dava. Sobretudo se Matt lá estivesse para escutar. Sam, Lige e Walter eram os chefes das autoridades no mulo. Os outros entravam com o que podiam arranjar, mas parecia que Sam, Lige e Walter ouviam e sabiam mais sobre o tal mulo do que todo o município junto. Só precisavam ver a figura comprida e magra de Matt descendo a rua, que quando ele chegava à varanda já estavam prontos.

— Olá, Matt.

— 'Noite, Sam.

— Foi muito bom você aparecer bem agora, Matt. Eu e os outro tava mesmo falando em ir atrás de tu.

— Pra quê, Sam?

— Uma coisa muito da séria, rapaz. Séria!!!

— Pois é, rapaz — intervinha Lige, com ar de pena. — Cê tem de prestar muita atenção. Num pode perder tempo.

— Mas que é que há? Ocês precisa me contar logo.

— Acho que é melhor nós num contar aqui na loja. É muito longe pra adiantar alguma coisa. É melhor a gente ir logo descendo pro lago Sabelia.

— Quê que há, rapaz? Eu num tô pra nenhuma das brincadeira docês agora.

— Aquele seu mulo, Matt. É melhor ir atrás dele. Ele tá mal.

— Onde? Ele entrou no lago e um jacaré pegou?

— Pior. As mulher pegou seu mulo. Quando eu desci pro lago lá pelo meio-dia, minha esposa e umas outra tava com ele deitado de lado, usando as costelas dele como tábua de lavar.

Explode a grande rajada de gargalhadas que vinham contendo. Sam não dá um sorriso.

— Pois é, Matt, aquele mulo tá tão magrinho que as mulher tá usando as costela pra esfregar roupa, e pendurando a roupa nos osso dos quarto dele pra secar.

Matt percebe que tornaram a enganá-lo, e as risadas o deixam furioso, e quando fica furioso gagueja.

— Cê num passa dum mentiroso nojento, Sam, e seus pé num combina um com o outro. O-c-ê-ê-cê!

— Ora, rapaz, num precisa ficar brabo. Cê sabe que ocê num dá de comer ao mulo. Como é que ele vai engordar?

— E-e-eu do-dou d-de comer a e-ele! Eu d-d-dei pra ele um balde che-cheio de milho to-toda vez.

SEUS OLHOS VIAM DEUS

— Lige conhece esse tal de balde de milho. Ele ficou escondido perto do celeiro te vendo. Num é com nenhum balde que ocê mede a comida. É com uma xicrinha de chá.

— Eu dou de comer a ele, sim, sinhô. Só que ele é ruim demais pra engordar. Fica triste e que nem um esqueleto daquele jeito de pirraça. Com medo de ter de trabalhar um pouco.

— Pois é, cê dá de comer a ele. Alimenta com "levante" e tempera com chicoteio.

— Como come o miserável! Eu posso dá tudo, que num vou longe com ele. Empaca toda hora puxando o arado, e até joga as orelha pra trás, dá coice e morde quando eu entro na baia pra dá de comer a ele.

— Calma, Matt — tranquilizou Lige. — Nós tudo sabe que ele é tinhoso. Eu vi ele correr atrás do fio de Roberts na rua, e ia pegar ele e podia até pisar e matar se o vento num virasse de repente. Sabe, o menino tava correndo pra cerca da horta de cebola de Starks, com o mulo coladinho atrás e chegando mais perto com cada salto, quando de repente o vento virou e soprou o mulo pra fora do rumo, que ele é muito fraquinho, e antes que o miserável pegasse, o menino já tinha saltado a cerca.

Todo mundo na varanda riu e Matt voltou a enfurecer-se.

— Quem sabe ele num ataca todo mundo — disse Sam — porque acha que todo mundo que vê chegando é Matt Bonner, que vem fazer ele trabalhar de barriga vazia?

— Ah, não, não. Para agora memo com isso — protestou Walter. — Aquele mulo num acha eu parecido com Matt Bonner. Num é tão burro assim. Se eu achasse que ele num tem juízo, mandava tirar meu retrato e dava pra aquele mulo pra ele aprender. Num vou deixar que ele me culpe de nada assim.

Matt tentou dizer alguma coisa, mas a língua faltou, e por isso ele saltou da varanda e se afastou o mais furiosamente que pôde. Mas isso não fazia parar a conversa sobre o mulo. Contavam-se mais histórias sobre o infortúnio do animal; a idade; o mau gênio e a última façanha. Todos se entregavam à conversa sobre ele. Vinha depois do prefeito em importância, e dava melhor assunto.

Janie adorava essa chacrinha, e às vezes inventava boas histórias sobre o mulo, mas Joe a proibu de misturar-se. Não a queria falando com aquela ralé.

— Ocê é a Dona Prefeito Starks, Janie. Meu Deus do céu, eu num sei o que uma mulher da sua posição ia querer ouvindo todas essas besteira de gente que num tem nem a casa onde dorme. Num é bom, de jeito nenhum. Eles num passa de uma arraia miúda brincando nos dedos dos pé do Tempo.

Janie observou que, embora ele próprio não falasse do mulo, sentava-se com os outros e ria. E dava sua grande risada ri-ri-ri. Mas aí, quando Lige, ou Sam, ou Walter, ou alguns dos outros grandes retratistas das palavras usavam uma banda do mundo como tela, Joe mandava-a para dentro da loja, para vender alguma coisa. Parecia sentir prazer em fazer isso. Por que não ia ele mesmo às vezes? De qualquer modo, ela já passara a odiar o interior daquela loja. E o Correio também. As pessoas sempre entrando e perguntando pela correspondência na hora errada. Bem na hora em que ela tentava calcular ou escrever alguma coisa num livro-caixa. E não conseguia ler a letra de todos. Algumas pessoas escreviam de um modo muito esquisito, e com uma ortografia diferente da que ela conhecia. Em geral, Joe cuidava pessoalmente da correspondência, mas às vezes, quando estava fora, era ela quem tinha de cuidar, e sempre acabava em confusão.

A própria loja lhe dava dor de cabeça. O trabalho de tirar as coisas de uma prateleira ou de um barril não era nada. E desde que as pessoas quisessem apenas uma lata de massa de tomate ou meio quilo de arroz, tudo bem. Mas e quando entravam e pediam setecentos e cinquenta gramas de toucinho e duzentos e cinquenta de banha? A coisa toda passava de uma andada e uma esticada do corpo a um dilema matemático. Ou então era o queijo que custava setenta e quatro centavos o quilo e alguém entrava e pedia dez centavos. Ela passava por muitas rebeliões silenciosas com essas coisas. Era uma total perda de vida e tempo. Mas Joe vivia dizendo que ela podia fazê-lo, se quisesse, e queria que ela usasse seus privilégios. Era o rochedo contra o qual Janie se via lançada.

O negócio do pano de cabeça a irritava muito. Mas Jody estava decidido. Ela NÃO ia exibir os cabelos na loja. Não era de modo algum ajuizado. Porque Joe jamais dizia a Janie que tinha ciúmes dela. Nunca lhe dizia quantas vezes vira os outros homens se chafurdando, figuradamente, em seus cabelos, quando ela fazia as coisas na loja. E certa noite pegou Walter parado atrás dela, esfregando muito de leve as costas da mão na ponta solta de sua trança, como para desfrutar a sensação sem que Janie soubesse o que ele fazia. Joe estava no fundo da loja e Walter não o vira. Sentiu vontade de avançar com a faca de açougueiro e decepar a mão criminosa. Naquela noite, ordenou que Janie amarrasse os cabelos na loja. Só isso. Ela estava ali para *ele* olhar, não os outros. Mas jamais dizia essas coisas. Simplesmente não era de seu feitio. Vejam o caso do mulo ruço, por exemplo.

No fim de uma tarde, Matt veio dos lados do Oeste com um cabresto na mão.

— Tava caçando meu mulo. Alguém aí viu ele?

— Eu vi hoje de manhã cedo, lá atrás da escola — disse Lum. — Lá pelas dez hora. Ele devia ter passado a noite toda fora pra tá lá tão cedo assim.

— Passou — respondeu Matt. — Eu vi ele onte de noite, mas num pude pegar. Preciso pegar ele hoje de noite, porque preciso arar um pouco amanhã de manhã. Prometi arar a horta de Thompson.

— E cê acha que faz o serviço com aquele mulo? — perguntou Lige.

— Ah, aquele mulo é muito forte. Só é tinhoso e num quer ser tocado.

— É. Diz que foi ele que te trouxe pra essa cidade. Diz que você ia pra Miccanopy, mas o mulo teve mais juízo e trouxe ocê pra cá.

— Isso é mentira! Eu vim pra cá quando saí de West Florida.

— Cê tá dizendo que veio montado naquele mulo desde West Florida até aqui?

— Certo que veio, Lige. Mas não porque queria. Tava satisfeito lá, mas o mulo não. Aí, uma manhã, ele se viu preso em cima do mulo e o mulo trouxe ele pra cá. O mulo tinha juízo. As pessoa por lá só vê pão uma vez por semana.

Havia sempre alguma coisa de sério por trás das brincadeiras com Matt, por isso quando ele se arrufava e ia embora ninguém se importava. Sabia-se que ele comprava carne enjeitada. Levava para casa saquinhos de fubá e farinha de trigo. Não ligava muito, desde que não lhe custasse nada.

Cerca de meia hora depois que ele foi embora, ouviu-se o zurro do mulo na entrada da mata. Logo ia passar pela loja.

SEUS OLHOS VIAM DEUS 81

— Vamo pegar o mulo de Matt pra ele e brincar um pouco.

— Ora, Lum, cê sabe que aquele mulo num vai deixar ninguém pegar ele. Mas vamo vê *você* tentar

Quando o mulo passou diante da loja, Lum desceu e foi pegá-lo. O animal jogou a cabeça para trás, baixou as orelhas e atacou. Lum teve de correr em busca de segurança. Outros cinco ou seis homens deixaram a varanda e cercaram a fera rebelde, agarrando-a pelos flancos e fazendo-a mostrar seu gênio. Mas o bicho tinha mais ânimo do que o que lhe restava de corpo. Logo estava arquejando e bufando do esforço de girar a velha carcaça. Todos se divertiam em provocar o mulo. Todos, menos Janie.

Ela desviou os olhos do espetáculo e pôs-se a murmurar para si mesma.

— Eles devia de se envergonhar. Maltratar o coitado do bichinho desse jeito! Ele trabalhou até quase morrer; ficou brabo de tanto maltrato, e agora eles tem de atentar ele até a morte. Eu queria poder mandar neles tudo.

Afastou-se da varanda e procurou alguma coisa em que se ocupar no fundo da loja, de modo que não viu que Jody tinha parado de rir. Não sabia que ele a ouvira, mas ouviu-o berrar:

— Lum, Meu Deus do céu, já chega. Ocês já se divertiu bastante. Para com essa besteira e vá dizer a Matt Bonner que eu quero ter uma conversa com ele agora mesmo.

Janie voltou para a varanda e sentou-se. Não disse nada, nem Joe. Mas após algum tempo ele baixou os olhos e disse:

— Janie, eu acho melhor cê ir me pegar aquelas velha botina preta. Esses sapato marrom tá deixando meus pé pegando fogo. Tá folgado, mas dói assim memo.

Ela se levantou sem uma palavra e foi buscar as botinas. Uma pequena guerra em defesa das coisas desprotegidas se travava em seu íntimo. As pessoas deviam ter uma certa consideração pelas coisas desprotegidas. Ela queria lutar por isso.

— Mas eu odeio briga e confusão, logo é melhor calar a boca. Assim fica difícil conviver.

Não se apressou a voltar. Demorou-se o bastante para consertar a cara. Quando retornou, Joe falava com Matt.

— Quinze dólar? Meu Deus do céu, ocê é tão maluco quanto sua praga! Cinco dólar.

— Vamo entrar num acordo, Irmão Prefeito. Vamo fazer dez.

— Cinco dólar. — Joe rolou seu charuto na boca e desviou os olhos, indiferente.

— Se aquele mulo vale alguma coisa pro *sinhô*, Seu Prefeito, vale mais pra mim. Mais ainda quando eu tenho um trabalho amanhã de manhã.

— Cinco dólar.

— Tudo bem, Seu Prefeito. Se o sinhô quer roubar de um pobre que nem eu tudo que ele tem pra ganhar a vida, eu fico com os cinco dólar. Aquele mulo tá comigo faz vinte e cinco ano. Dá muita pena.

O prefeito Starks trocou deliberadamente os sapatos antes de meter a mão no bolso para pegar o dinheiro. A essa altura Matt se espremia e retorcia como uma galinha em cima de um tijolo quente. Mas assim que fechou a mão sobre o dinheiro, o rosto abriu-se num sorriso.

— Um negoção dessa vez, Starks! Aquele mulo pode tá morto antes da semana acabar. O sinhô num vai tirar nada dele.

— Eu num comprei ele pra trabalhar. Meu Deus do céu, eu comprei aquela praga pra dá um pouco de descanso pra ele.

SEUS OLHOS VIAM DEUS 83

Um silêncio respeitoso abateu-se sobre o lugar. Sam olhou para Joe e disse:

— Taí uma ideia nova pras praga, Prefeito Starks. Mas eu gosto. O sinhô fez uma coisa bonita.

Todo mundo concordou.

Janie ficou quieta enquanto todos comentavam. Quando acabaram, ela se postou diante de Joe e disse:

— Jody, foi uma bela coisa o que cê fez. Num é todo mundo que ia pensar numa coisa dessa, porque num é uma ideia de todo dia. Libertar aquele mulo faz do cê um grande homem. Assim como George Washington e Lincoln. Abraham Lincoln tinha os Estados Unidos todo pra mandar, e libertou os preto. Você tem uma cidade e libertou um mulo. É preciso de ter poder pra libertar as coisa, e isso faz de você um rei ou qualquer coisa parecida.

Hambo disse:

— Sua esposa nasceu oradora, Starks. A gente nunca soube disso. Ela deu as palavra exata pros pensamento da gente.

Joe mordeu com força o charuto e ficou todo radiante, mas não disse uma palavra. A cidade falou disso durante três dias, todos dizendo que era exatamente o que teriam feito, se fossem ricos como Joe Starks. De qualquer modo, um mulo liberto na cidade era uma novidade para discutirem. Starks pôs um monte de forragem embaixo da grande árvore junto da varanda, e o mulo estava sempre em torno da loja, como os outros cidadãos. Quase todo mundo pegou o hábito de trazer um punhado de forragem e jogar no monte. O bicho ficou quase gordo, e eles tinham um grande orgulho dele. Novas mentiras brotaram sobre seus feitos de mulo liberto. Diziam que ele empurrou a porta da cozinha de Lindsay uma noite e dormiu lá, e não saiu enquanto não fizeram café para seu desjejum; que enfiara a cabeça na janela da casa dos Pearson, quando a família se achava à mesa, e a Sra. Pearson o tomou pelo reverendo Pearson e passou-lhe um prato; que expulsara a Sra. Tully do campo de croquê por ser muito feia; que correu e alcançou Becky Anderson no caminho de Maitland, para se proteger do sol sob a sombrinha dela; que se fartou de ouvir as palavrosas preces de Redmond e entrou na igreja Batista e desfez a assembleia. Fazia tudo, menos deixar que lhe pusessem o cabresto e visitar Matt Bonner.

Mas passado um tempo ele morreu. Lum encontrou-o debaixo da grande árvore com as costas esqueléticas no chão e as quatro patas no ar. Não era natural, e não pareceu direito, mas Sam disse que teria sido ainda menos natural se ele se houvesse deitado de lado e morrido como qualquer outro animal. Vira a morte chegando e defendeu-se lutando como um homem normal. Lutou até o último alento. Naturalmente, não teve tempo de ficar forte. A morte teve de pegá-lo do jeito que o encontrou.

Quando a notícia se espalhou, foi como o fim de uma guerra ou alguma coisa parecida. Todos que podiam largaram o trabalho para ficar parados em volta conversando. Mas finalmente nada mais restou senão arrastar o animal como todos os demais animais mortos. Arrastá-lo até a borda do pântano que ficava distante o bastante para satisfazer as condições sanitárias da cidade. O resto era com os urubus. A notícia tirou o prefeito Starks da cama antes da hora. Seu par de cavalos cinzentos já se achava embaixo da árvore e os homens mexiam com os arreios quando Janie chegou à loja com o desjejum de Joe.

SEUS OLHOS VIAM DEUS 85

— Meu Deus do céu, Lum, fecha bem essa loja antes de sair, tá me ouvindo?

Comia depressa, e falava de olho na porta, observando as operações.

— Por que cê tá mandando ele fechar, Jody? — perguntou Janie, surpresa.

— Porque num vai ter ninguém aqui pra cuidar da loja. Eu mesmo vô arrastar.

— Eu num tenho nada muito importante pra fazer hoje, Jody. Por que num vô com ocê pra arrastar?

Joe ficou sem fala por um minuto.

— Ora, Janie! Você num ia querer ser vista arrastando, ia? Com todo mundo numa confusão, empurrando e dando tranco sem nenhuma educação. Não, não.

— Você ia tá lá comigo, num ia?

— É, mas eu sou homem, mesmo sendo prefeito. Agora, a esposa do prefeito já é coisa diferente. De qualquer modo, eles pode precisar de mim pra dizer umas palavra sobre a carcaça, já que é um caso especial. Mas *você* num vai se meter nessa bagunça de gente ordinária. Tô espantado até de cê me pedir.

Limpou o molho de presunto dos lábios e pôs o chapéu.

— Fecha a porta quando sair, Janie. Lum tá ocupado demais com as corda.

Após outros berros de conselho, ordens e comentários inúteis, a cidade acompanhou a saída da carcaça. Não, a carcaça se mudou com a cidade, e deixou Janie parada na porta.

No pântano, fizeram uma grande cerimônia com o mulo. Zombaram de tudo que há de humano na morte. Starks deu a partida com um grande elogio de nosso cidadão que partiu, nosso mais distinto cidadão e a dor que deixou atrás, e o povo adorou o discurso. Tornou-o mais considerado do que o tornara a construção da escola. Ele subira na barriga inchada do mulo, como se fosse um palanque, e gesticulava. Quando desceu, ergueram Sam e ele falou do mulo primeiro como um professor. Em seguida, pôs o chapéu como John Pearson e imitou a pregação dele. Falou das alegrias do céu dos mulos, pelo qual nosso amado deixara este vale de lágrimas; os mulos anjos voando em torno; os quilômetros e quilômetros de milho verde e água fresca, um pasto de pura palha com um rio de melaço correndo no meio; e o mais glorioso de tudo, *sem* Matt Bonner com campos para arar e cabrestos para enfiar e corromper. Lá em cima, onde os anjos mulos deixavam as pessoas cavalgar para e do seu palácio ao lado do trono de luz, o querido irmão falecido olharia para o inferno embaixo e veria o diabo fazendo Matt Bonner puxar o arado o dia todo, num sol quente infernal, e mandando a chibata nas costas dele.

Com isso, as irmãs ficaram alegres e gritavam tanto que tiveram de ser contidas pelos homens. Todos se divertiram ao máximo, e depois deixaram o mulo para os já impacientes urubus, que faziam uma grande assembleia volante acima dos enlutados, e algumas árvores próximas já estavam povoadas pelos vultos de ombros caídos.

Assim que a multidão sumiu de vista, eles se aproximaram em círculos. Os mais próximos chegaram perto, e os mais distantes mais perto. Um círculo, um mergulho de asas abertas. Mais próximo, mais próximo, até que alguns dos mais famintos ou ousados pousaram sobre a carcaça. Queriam começar, mas o Pastor não estava ali, e enviaram um mensageiro aonde ele estava empoleirado num galho.

O bando teve de esperar o chefe de cabeça branca, mas foi difícil. Eles se empurravam uns aos outros e davam-se bicadas nas cabeças, de faminta irritação. Alguns percorriam o animal da cabeça à cauda, da cauda à cabeça. O Pastor permanecia imóvel num pinheiro morto, a cerca de três quilômetros. Farejara a matéria tão rápido quanto os demais, mas o decoro exigia que ficasse indiferente até ser avisado. Então partiu num voo pesado, circulou e baixou, circulou e baixou, até os outros dançarem de alegria e fome com sua aproximação.

Finalmente ele pousou no chão e andou em volta do corpo, para ver se estava de fato morto. Espiou dentro das narinas e da boca. Examinou-o bem de ponta a ponta, saltou em cima e fez uma mesura, e os outros dançaram em resposta. Acabando isso, ele se balançou e perguntou:

— Que foi que matou esse homem?

O coro respondeu:

— Pura, pura banha.

— Que foi que matou esse homem?

— Pura, pura banha.

— Que foi que matou esse homem?

— Pura, pura banha.

— Quem paga esse funeral?

— Nós!!!

— Bem, tudo bem agora.

Bicou os olhos, da maneira cerimonial, e o banquete prosseguiu. O mulo ruço sumiu da cidade, a não ser pelas conversas na varanda, e pelas crianças que visitavam seus ossos embranquecidos de vez em quando, num espírito de aventura.

Joe voltou para a loja com muita alegria e bom humor, mas não queria que Janie notasse, porque viu que ela estava amuada e não gostou disso. Não tinha nenhum direito de estar, da maneira como ele via as coisas. Nem agradecia os seus esforços, e tinha muitos motivos para agradecer. Ali estava ele despejando honrarias sobre ela; criando um trono para ela sentar-se e olhar o mundo de cima; e ela fazia biquinho! Não que ele quisesse qualquer outra, mas muitas mulheres se sentiriam felizes por estar no lugar dela. Devia dar-lhe um sopapo no queixo! Mas não tinha vontade de brigar nesse dia, por isso atacou-a de modo mais sutil.

— Eu tive de rir com as pessoa lá no mato hoje de manhã, Janie. A gente num pode deixar de rir com as travessura que eles faz. Mas memo assim, eu ainda queria que meu povo trabalhasse mais e num gastasse tanto tempo com besteira.

— Nem todo mundo pode ser que nem você, Jody. Alguém tem de querer rir e brincar.

— Quem num gosta de rir e brincar?

— Você, pelo menos, parece que num gosta.

— Meu Deus do céu, eu num pareço nada disso, é mentira! Tem tempo pra tudo. Mas é uma vergonha vê tanta gente só querer encher a pança e achar um lugar pra deitar e dormir depois. Às vez isso me deixa triste, outras brabo. Eles diz coisa que me mata de vontade de rir, mas eu num rio só pra não dá trela pra eles.

Janie tomou a saída mais fácil para evitar uma briga. Não mudou de opinião, mas concordou com a boca. Seu coração disse: "Mesmo assim, você num precisa chorar por isso."

Mas às vezes Sam Watson e Lige Moss arrancavam uma gostosa gargalhada do próprio Joe com suas eternas discussões, que jamais acabavam, porque não havia nenhum fim a alcançar. Era uma disputa de hipérboles, travada sem outro motivo.

SEUS OLHOS VIAM DEUS 89

Às vezes Sam estava sentado na varanda quando Lige entrava. Se não havia ninguém para quem falar, nada acontecia. Mas se lá estava toda a cidade, como nos sábados à noite, Lige chegava com um ar muito sério. Não podia nem passar o tempo, de tão ocupado em pensar. Então, quando lhe perguntavam qual era o problema, para provocá-lo, ele dizia:

— Esse pobrema quase que me deixou doido. E Sam sabe tanto de tudo, que eu quero saber mais do assunto.

Walter Thomas devia falar e abordar o assunto.

— Pois é, Sam sempre conhece mais coisa do que sabe o que fazer com elas. Ele diz pra gente qualquer coisa que a gente quer saber.

Sam começa uma complicada exibição de quem quer evitar a luta. Isso atrai todo mundo na varanda para o disse me disse.

— Por que ocê quer que eu te diga? Cê vive dizendo que se encontrou com Deus na esquina e Ele te contou todos os segredo d'Ele. Num precisa me perguntar nada. Eu é que te pergunto.

— Como é que você vai fazer isso, Sam, quando fui eu que comecei essa conversa? Sou eu que tô perguntando *procê*.

— Me perguntando o quê? Cê ainda num falou do assunto.

— Nem vô falar. Vô deixar ocê na ignorância até o fim. Se ocê é tão esperto que nem diz que é, cê pode descobrir.

— Cê tá é com medo de me dizer o que é, porque sabe que eu vô te fazer em pedacinho. Você tem de ter um assunto pra falar, se quer conversar. Se a gente num tem um limite, num tem lugar ninhum pra parar.

A essa altura, já são o centro do mundo.

— Bom, então tá bom. Já que você confessa que num é esperto mesmo pra descobrir do que é que eu tô falando, eu te digo. Que é que faz com que uma pessoa num se queime num fogão quente: o cuidado ou a natureza?

— Ora! Eu achava que você tinha uma coisa difícil pra me perguntar. Walter pode te responder isso.

— Se a conversa é séria dimais procê, por que num diz logo, e cala essa boca? Walter num pode me responder nada. Eu sou um homem educado, guardo minhas coisa na cachola, e se isso fez eu passar a noite toda pensando, num é Walter que vai poder me ajudar. É preciso uma pessoa que nem você.

— E também, Lige, eu vô te dizer. Vô acabar logo com essa conversa. É a natureza que afasta a pessoa do fogão em brasa.

— Um-hum! Eu sabia que você ia correr pra essa toca! Mas eu vô fumigar você daí. Num é a natureza coisa nenhuma, é o cuidado, Sam.

— Num é, não, sinhô! A natureza diz a gente pra não facilitar com o fogão quente, e a gente num facilita memo.

— Escuta aqui, Sam, se fosse a natureza, ninguém ia precisar vigiar os bebê pra eles não botar a mão nos fogão, ia? Porque eles por eles memo nunca que ia botar. Mas óbvio que eles bota. Logo, é o cuidado.

— Não, num é não sinhô, é a natureza, porque a natureza dá o cuidado. É a coisa mais estranha que Deus já fez. Pra falar a verdade, foi a única coisa que Deus fez. Ele fez a natureza, e a natureza fez o resto tudo.

— Não, num fez não. Tem um monte de coisa que ainda nem foi feito.

— Me diz uma coisa dessas que inda num foi feita.

— Ela num fez dum jeito que a gente pode montar numa vaca sem chifre agarrado nos chifre.

— É, mas num era isso que ocê tava dizendo.

SEUS OLHOS VIAM DEUS

— Era, sim.

— Não, num era não.

— Bom, então quê que eu tava dizendo?

— Você inda num disse, até agora.

— Disse, sim — intervém Walter. — Ele tava falando no fogão quente.

— Ele sabe muita coisa, mas inda num provou nada.

— Sam, eu tô te dizendo que é a natureza, não o cuidado, que afasta as pessoa do fogão quente. Como pode o filho vim antes do pai? A natureza é a primeira de tudo. Desde quando a gente é gente, a natureza afasta as pessoa dos fogão quente. Esse cuidado que você tá falando aí num passa de embromação. É um besouro, que nada que tem é dele. Tem olho como tudo mais; asa como as outras coisa… tudo! Até o zumbido é o barulho dos outro.

— Rapaz, quê que ocê tá falando aí? O cuidado é a maior coisa do mundo. Se num fosse pelo cuidado…

— Me mostre uma coisa que o cuidado já fez! Olha o que a natureza pegou e fez. A natureza foi tão boa com a galinha preta que ela bota ovo branco. Agora me diz, que foi que deu no homem pra ele ter cabelo em volta da boca! A natureza!

— Isso num é…

A varanda já fervia. Starks deixou a loja com Hezekiah Potts, o menino de entregas, e veio tomar assento em seu trono.

— Olha só o velho patifão daquele bicho lá no posto de gasolina de Hall, um patifão velho. Ele come as pessoa toda da casa, depois come a casa.

— Num tem ninhuma praga em lugar ninhum que come uma casa! Isso é mentira. Eu tava lá inda ontem e num vi nada disso. Onde é que ele tá?

— Eu num vi ele, mas acho que tá lá pra trás no quintal. Mas eles botou o retrato dele lá na frente. Eles tava pregando quando eu passei hoje de noite.

— Tá bom, se ele come as casa, por que num come o posto de gasolina?

— Porque eles amarrou ele, pra ele num poder. Botaro um retrato grande dizendo quantos galão daquela gasolina Sinclair, de alta pressão, ele bebe de vez, e que ele tem mais de um milhão de ano.

— Num tem *nada* com um milhão de ano!

— O cartaz tá bem num lugar onde todo mundo pode ver. Eles num pode fazer o retrato sem ver o bicho, pode?

— Como é que eles vai saber que ele tem um milhão de ano? Ninguém nasceu tão pra trás assim.

— Eu acho que é pelos anel do rabo. Rapaz, esses branco tem jeito de descobrir qualquer coisa que eles quer saber.

— Bem, então onde ele andou esse tempo todo?

— Eles pegou ele lá no Egito. Diz-que ele andava por lá comendo as pedra das cova dos faraó. Eles tirou o retrato dele comendo elas. A natureza trabalha bem numa praga dessa. A natureza e o sal da vida. É isso que faz os homem grande que nem o Conquistador João Grande*. Era um homem de sal. Dava gosto a *tudo*.

---

* João (no original, John) é um dos principais heróis da cultura popular afro-americana, sendo retratado como o personagem que, através do riso, da ironia ou da astúcia, desafia os senhores brancos, assim como a Deus e ao diabo. Além disso, "Grande João, o Conquistador" (Big John the Conqueror) também era o nome dado a uma raiz frequentemente utilizada para afastar feitiços malignos. Em sua obra, Zora Neale Hurston produz uma espécie de síntese entre os atributos do personagem e da raiz.(*N. do R.T.*)

— Pois é, mas era um homem que era mais que um homem. Num tem mais que nem ele. Não cavava batata, nem separava feno: num aceitava chibata, e num fugia.

— Oh, sim. Outro também podia, se quisesse memo. Eu memo, eu tenho sal em *mim*. Se eu gostasse de carne de gente, comia uma pessoa todo dia, alguns é tão porcaria que deixava eu comer eles.

— Deus, eu gosto de falar de João Grande. Vamo contar lorota do velho João.

Mas então surgem Bootsie, Teadi e Mulherão descendo a rua, fazendo-se de bacanas pela maneira como andam. Têm aquele gosto fresco, novo, das folhas novas de mostarda na primavera, e a turma da varanda não vê a hora de lhes contar e oferecer uns tragos.

— Aí vem o que eu pedi a Deus — anuncia Charles Jones, e desce correndo da varanda para recebê-las.

Mas tem muita concorrência. Uma valente mostra de trancos e empurrões. Pedem às moças que comprem o que quiserem. Por favor, deixem que eles paguem. Pedem a Joe que empacote todos os doces da loja e encomende mais. Todos os amendoins e refrigerantes — tudo!

— Menina, eu tô maluco por você — diz Charles, para diversão de todos. — Faço qualquer coisa no mundo por você, tirando trabalhar, e te dou todo o meu dinheiro.

As moças e todos os demais riem. Sabem que não é uma corte. É corte teatral, e todo mundo está na peça. As três moças ocupam o centro do palco, até Daisy Blunt aparecer descendo a rua ao luar.

Daisy anda num passo de tambor. Quase se ouve o rufar, pelo jeito como anda. É negra e sabe que as roupas brancas lhe assentam bem, e as usa para embonecar-se. Tem belos olhos pretos, com um grande brilho branco, que os faz reluzir como dinheiro novinho em folha, e também sabe para que Deus deu cílios às mulheres. Os cabelos não são o que se chamaria de lisos. É cabelo de negro, mas tem uma espécie de sabor branco. Como o pedaço de barbante do presunto. Não é presunto coisa nenhuma, mas ficou tanto tempo junto que pegou o gosto. A cabeleira cai-lhe espalhada e densa pelos ombros, e fica muito bem sob o chapelão branco.

— Sinhô, Sinhô, Sinhô — exclama o mesmo Charlie Jones, correndo para ela. — Eles deve tá de folga lá no céu, se São Pedro deixou os anjo sair assim. Cê já tem três homem caído na beira da morte por você, e aqui tá outro bobo pronto pra cumprir pena na sua cadeia.

Todos os demais solteiros já se aglomeraram em torno de Daisy a essa altura. Ela se exibe e enrubesce ao mesmo tempo.

— Se você sabe de alguém que tá pra morrer por minha causa, então cê sabe mais do que eu — diz Daisy com desdém. — Eu bem que queria saber quem é.

— Ora, Daisy, *cê* sabe que Jim, e Dave, e Lum tão pra matar um o outro por sua causa. Não fica aí com essa velha história de que num entendeu.

— Eles fez um segredo danado se isso é verdade. Eles nunca me disse nada.

— Um-hum, você falou depressa demais. Olha, Jim e Dave tá bem aí na varanda, e Lum tá lá dentro da loja.

Uma grande explosão de risada, diante do desconcerto de Daisy. Os rapazes também tinham de encenar sua rivalidade.

SEUS OLHOS VIAM DEUS

Só que desta vez todo mundo sabia que parte da coisa era a sério. Mas ainda assim a varanda gostava da peça, e ajudava sempre que era preciso.

David disse:

— Jim num ama Daisy. Ele num te ama como eu.

Jim berrou indignado:

— Quem que num ama Daisy? Eu sei que ocê num tá falando de mim.

Dave:

— Tá bom, tudo bem, vamo provar isso agorinha mesmo. Vamo provar agora quem ama mais a moça. Quanto tempo você tá pronto pra dar pra Daisy?

— Vinte ano!

Dave:

— Tá vendo? Eu te disse que esse preto num te amava. Que o Juiz me enforque se eu der nada meno que a vida toda.

Ouviu-se uma grande e extensa gargalhada na varanda. Então Jim exigiu um teste.

— Dave, o que que você tava pronto pra fazer por Daisy se ela caísse na besteira de casar com ocê?

— Eu e Daisy já falou disso, mas se você quer saber, eu comprava um trem de passageiro e dava pra ela.

— Hum! Só isso? Eu comprava era um vapor, e depois empregava uns homem pra dirigir ele pra ela.

— Daisy, num deixa Jim te enganar com essa conversa fiada. Ele num vai fazer nada procê. Um vapôzim! Daisy, eu limpo o oceano Atlântico procê qualquer hora que ocê mandar.

Deram uma grande risada, e depois calaram-se para escutar.

— Daisy — começou Jim —, cê conhece meu coração e tudo que eu tenho na cabeça. E cê sabe que se eu voasse num aeroplano bem no alto do céu, olhasse pra baixo, visse ocê andando e soubesse que cê tinha de andar quinze quilômetro pra chegar em casa, eu descia do avião só pra te acompanhar.

Seguiu-se uma daquelas explosões de risos, e Janie rolava-se nela. Então Jody veio estragar tudo.

A Sra. Bogle vinha descendo a rua rumo à varanda. Era muitas vezes avó, mas tinha um vigoroso ar de conquista em torno das bochechas afundadas. Quando ela passava, a gente via um leque abanando à sua frente, flores de magnólia e sonolentos lagos ao luar. Não havia motivo óbvio para isso, apenas era assim. O primeiro marido fora cocheiro, mas "estudou júri" para conquistá-la. Acabara tornando-se pregador, para retê-la até morrer. O segundo trabalhava no laranjal de Fohnes — mas tentava pregar quando chamou a atenção dela. Jamais foi além de chefe de turma, mas já era alguma coisa para oferecer a ela. Provava seu amor e orgulho. Ela era um vento do mar. Carregava homens, mas o timão determinava o porto. Nessa noite, subiu os degraus e os homens a olharam até que ela entrou na loja.

— Meu Deus do céu, Janie — disse Jody impaciente —, por que você num vai ver o que Dona Bogle quer? Quê que ocê tá esperando?

Janie queria ouvir o resto da peça e saber como terminava, mas levantou-se amuada e entrou. Voltou para a varanda toda abespinhada e com a insatisfação estampada em todo o rosto. Joe percebeu e arrufou um pouco as próprias penas.

Jim tomara em segredo dez centavos emprestados, e em breve suplicava Daisy aos berros a aceitar alguma coisa por

SEUS OLHOS VIAM DEUS 97

sua conta. Ela acabou deixando que ele lhe pagasse um pé de porco em conserva. Janie atendia a um grande pedido quando os dois entraram, e foi Lum quem os atendeu. Quer dizer, foi até o barril mas voltou sem o pé de porco.

— Seu Starks, os pé de porco acabou! — gritou.

— Não, num acabou, não, Lum. Eu comprei um barril novo na última encomenda de Jacksonville. Chegou ontem.

Joe foi ajudar Lum, mas também não encontrou o novo barril, por isso foi ao prego acima da escrivaninha que usava como arquivo, a fim de procurar o pedido.

— Janie, onde tá o último pedido de banha?

— Tá bem aí no prego, num tá, não?

— Não, num tá. Você num botou ele onde eu mandei. Se ocê tirasse a cabeça da rua e botasse ela nos negócio, até que podia fazer alguma coisa direito às vez.

— Ah, olha por aí, Jody. Essa nota num pode ter ido pra lugar ninhum. Se num tá pregada no prego, tá na sua mesa. Você vai achar se procurar.

— Com ocê aqui, eu num devia de precisar olhar e procurar tanto. Eu disse procê num sei quantas vez pra pregar todos os papel nesse prego. Cê só precisa me escutar. Por que num pode fazer que nem eu mando?

— Tá se vendo que ocê gosta de me dar ordem, mas eu num posso te dizer nada. Eu tô vendo!

— É porque ocê precisa das ordem — ele disse, irritado. — Ia ser uma desgraça se eu num desse. Alguém tem de pensar pelas mulher, pelos menino, as galinha e as vaca. Meu Deus do céu, elas num pode pensar nada sozinha.

— Eu sei de umas coisa, e as mulher também pensa às vez.

— Ah, não, num pensa, não. Elas só pensa que pensa. Quando eu vejo uma coisa, eu entendo dez. Ocê vê dez coisa e num entende ninhuma.

Ocasiões e cenas como esta faziam Janie pensar na condição interna do casamento. Chegou o momento que retaliou com a língua o melhor que pôde, mas não lhe serviu de nada. Só fez Joe piorar. Ele queria a submissão dela, e continuaria lutando até achar que a conseguiu.

Assim, aos poucos, ela foi cerrando os dentes e aprendendo a calar-se. O espírito do casamento deixou o quarto de dormir e passou a viver na sala de visitas. Estava lá para cumprimentar quem aparecesse, mas nunca mais voltou para o quarto. Ela pôs alguma coisa em seu lugar para representar o espírito, como uma imagem da Virgem Maria numa igreja. A cama não era mais um canteiro de margaridas onde ela e Joe brincavam. Era um lugar onde ela se deitava quando estava como sono e cansada.

Não mais tinha as pétalas abertas quando estava com Joe. Tinha vinte e quatro anos e sete de casada quando descobriu isso. Descobriu-o um dia em que ele lhe deu uns tapas na cozinha. Aconteceu num desses jantares que humilham todas as mulheres, às vezes. Elas planejam, consertam, fazem, e aí algum daqueles demônios que habitam as cozinhas enfiam uma porcaria queimada, empapada e sem gosto nas panelas e frigideiras. Janie era boa cozinheira, e Joe ansiava pelo jantar como um refúgio contra outras coisas. Assim, quando o pão não cresceu, o peixe ficou meio cru e o arroz esturricado, ele a estapeou até deixá-la com os ouvidos zumbindo, chamando-a de desmiolada, antes de voltar danado para a loja.

Janie ficou parada onde ele a deixara por um tempo incalculável, pensando. Ficou ali até que alguma coisa caiu de sua prateleira interna. Aí entrou em si mesma para ver o que era. Era a imagem de Joe guardada lá dentro, que caiu e se despedaçou. Mas, olhando-a, ela viu que a imagem jamais fora a figura de carne e osso de seus sonhos. Só uma coisa que havia agarrado para encobrir seus sonhos. De certa forma, deu as costas à imagem caída e olhou mais à frente. Não tinha mais fendas florais polvilhando pólen sobre seu homem, nem qualquer novo fruto reluzente no lugar das pétalas. Sentiu que tinha uma infinidade de pensamentos que jamais expressara a ele, e numerosas emoções das quais jamais lhe falara. Coisas embrulhadas e guardadas numa parte de seu coração que ele jamais poderia encontrar. Guardava sentimentos para um homem que ela nunca havia visto. Tinha agora um interior e um exterior, e de repente sabia como não os misturar.

Tomou banho, pôs um vestido limpo, um pano de cabeça e foi para a loja, antes que Joe tivesse tempo de mandar chamá--la. Era uma mesura às coisas externas.

Jody estava na varanda, e Eatonville enchia a varanda, como de hábito naquela hora do dia. Ele caçoava da Sra. Tony Robbins, como sempre fazia quando ela vinha à loja. Janie viu que Jody a observava pelos cantos dos olhos enquanto fazia brincadeiras pesadas com a Sra. Robbins. Queria voltar a fazer as pazes com ela. Sua risada exagerada era tanto para ela quanto para a caçoada. Ansiava pela paz, mas nos seus próprios termos.

— Meu Deus do céu, Dona Robbins, que é que faz a sinhora vim aqui me incomodar quando tá vendo que eu tô lendo meu jornal? — O prefeito Starks baixou o jornal com fingido incômodo.

100 ZORA NEALE HURSTON

A Sra. Robbins assumiu sua pose de piedade e adotou a voz.

— É porque eu tô com fome, Seu Starks. Tô mesmo. Eu e meus filho tá com fome. Tony num me dá de comer!

Era o que a varanda esperava. Todos caíram na risada.

— Dona Robbins, como é que a sinhora pode dizer que tá com fome, quando Tony vem aqui todo sábado e compra mercadoria que nem um homem? Três semana de vergonha pra sinhora.

— Se ele compra tudo isso que o sinhô tá dizendo aí, Seu Starks, só Deus sabe o quê que ele faz com as compra. Nunca leva elas pra casa, e eu e meus pobre filho tem *tanta* fome! Seu Starks, por favor, me dá um naquinho de carne pra eu e meus filho.

— Eu sei que a sinhora num precisa, mas vá entrando. Num vai me deixar ler enquanto eu num der.

O êxtase da Sra. Robbins era divino.

— Muito 'brigado, Seu Starks. O sinhô é nobre. É o maior cavaleiro que eu já vi. É um rei.

A caixa de porco salgado ficava no fundo da loja, e ao se encaminharem para lá a Sra. Tony ia com tanta pressa que tropeçava nos calcanhares de Joe, às vezes até passando um pouco à frente dele. Parecia um gato faminto quando alguém põe seu prato de carne. Corria um pouco, acariciava um pouco, e não parava de emitir gritinhos de encorajamento.

— É mesmo, Seu Starks, o sinhô é muito nobre. Tem pena de mim e dos pobre dos meus filho. Tony num dá nada pra gente comer e a gente vive com *tanta* fome! Tony num me dá de comer!

Chegaram à caixa. Joe pegou a grande faca de açougueiro e escolheu um pedaço de carne de terceira para cortar. A Sra. Tony só faltava dançar em redor.

SEUS OLHOS VIAM DEUS

101

— Tá bom, Seu Starks. Me dê um pedacinho desse tamanho. — Indicou o tamanho como sendo o de seu pulso e mão. — Eu e meus filho tá com *tanta* fome!

Starks mal olhou a medida. Já as vira várias vezes. Marcou um pedaço muito menor e enfiou a faca. A Sra. Tony só faltou cair no chão, em sua agonia.

— Deus Todo-Poderoso! Seu Starks, o sinhô num vai dá esse tiquinho pra mim e meus filho todo, vai? Sinhô, a gente tá com *tanta* fome!

Starks continuou cortando e pegou um papel de embrulho. A Sra. Tony saltou longe do corte de carne oferecido, como se fosse uma cascavel.

— Eu nunca que ia nem tocar nisso! Esse tiquinho de toucinho pra mim e meus filho todo! Sinhô, tem gente que tem tudo e é tão pão-duro e sovina!

Starks fez que ia jogar a carne de volta na caixa e fechá-la. A Sra. Tony pulou como um raio e agarrou-a, e partiu para a porta.

— Tem gente que num tem coração no peito. Quer ver uma coitada duma mulher morrendo de fome com os filho abandonado. Deus vai prender eles tudo, um dia desse, com a sovinice deles.

Desceu os degraus da varanda e saiu marchando em passo cadenciado. Alguns riam, outros ficaram furiosos.

— Se fosse mulher minha — disse Walter Thomas — eu mandava ela direto pro cimitério.

— Inda mais despois d'eu comprar tudo que meu salário dá, que nem Tony — disse Coker. — Pra começar, eu num ia gastar cum mulher *nenhuma* o que Tony gasta com *ela*.

Starks voltou para sua cadeira. Tivera de parar para acrescentar a carne à conta de Tony.

— Bem, Tony mandou fazer as vontade dela. Ele se mudou pra cá, do norte do Estado, pra ver se ela mudava, mas num mudou, não. Diz que não pode dexar ela e num quer matar ela, logo num pode fazer nada a num ser aguentar.

— É porque ele gosta dela demais — disse Coker. — Eu domava ela se fosse minha. Ou domava ou matava. Me fazer de bobo na frente de todo mundo.

— Tony nunca que bateu nela. Diz que bater em mulher é que nem pisar em pinto. Diz que num tem lugar nas mulher pra gente bater — disse Joe Lindsay, com desdenhosa desaprovação — mas eu matava um bebê que nasceu hoje de manhã por uma coisa dessa. É só uma pirraça das pior contra o marido que faz ela fazer isso.

— É a mais pura verdade — concordou Jim Stone. — É isso memo.

Janie fez o que nunca fizera antes, quer dizer, meteu-se na conversa.

— Às vez Deus se mistura com nós mulher também e conta os segredo d'Ele. Ele me disse que tava espantado porque ocês tudo ficou tão esperto depois que Ele fez ocês diferente; e que ocês vai ficar espantado se um dia descobrir que num sabe nem metade do que acha que sabe de nós. É muito fácil cês se fazer de Deus Todo-Poderoso quando só tem de pelejar com as mulher e as galinha.

— Você tá é ficando muito faladeira, Janie — disse-lhe Starks. — Vai buscar o tabuleiro de damas pra mim, *e* as peça. Sam Watson, essa é por tua conta.

CAPÍTULO 7

Os anos tiraram toda combatividade do rosto de Janie. Por algum tempo, ela pensou que tinham lhe tirado também a alma. Por mais que Joe fizesse, ela não reagia. Aprendera a falar um pouco e calar um pouco. Era um buraco na estrada. Muita vida por baixo da superfície, mas mantida socada pelas rodas que passavam. Às vezes projetava-se no futuro, imaginando sua vida diferente do que era. Mas a maior parte do tempo vivia dentro de seus limites, com as perturbações emocionais parecendo os desenhos das sombras na mata — indo e vindo com o sol. Só obtinha de Jody o que o dinheiro podia comprar, e a isso não dava valor.

De vez em quando, pensava numa estrada rural ao nascer do sol e meditava uma fuga. Para onde? Para o quê? E depois também se lembrava de que trinta e cinco é o dobro de dezessete, e nada continuava absolutamente igual.

— Talvez ele num seja nada — advertia-se —, mas é alguma coisa na minha boca. Tem de ser, senão eu num tenho nada porque viver. Vou mentir e dizer que ele é. Se eu não fizer, a vida num é nada mais que uma loja e uma casa.

Não lia livros, por isso não sabia que ela era o mundo e os céus condensados numa gota. O homem tentando subir a alturas indolores, de seu monte de estrume.

Então, um dia, viu sua sombra cuidando da loja e prostrando-se diante de Jody, enquanto ela mesma se sentava à sombra de uma árvore, com o vento soprando-lhe os cabelos e as roupas. Alguém ao lado fazendo da solidão verão.

Foi a primeira vez que isso aconteceu, mas após algum tempo se tornou tão comum que ela deixou de surpreender--se. Parecia uma droga. De certa forma era bom, porque a reconciliava com tudo. Deixava-a de tal modo que aceitava tudo com a impassibilidade da terra, que se encharca de urina e perfume com a mesma indiferença.

Um dia, notou que Joe não se sentava. Simplesmente se punha na frente da cadeira e desabava. Isso a fez examiná-lo com atenção. Já não estava tão jovem quanto antes. Já havia nele alguma coisa morta. Já não dobrava os joelhos. Aquela imobilidade na nuca. A pança de prosperidade que se projetava de um modo tão pugnaz, intimidando as pessoas, caía como um fardo pendurado dos flancos. Não mais parecia fazer parte dele. Os olhos um tanto ausentes, também.

Jody também devia ter notado isso. Talvez tivesse notado muito antes de Janie, e temesse que ela visse. Porque se pôs a falar da idade dela o tempo todo, como se não quisesse que ela ficasse jovem enquanto ele envelhecia. Era sempre:

— Você deve botar alguma coisa em cima dos ombro quando sai. Cê num é mais uma franguinha nova. Já tá uma galinha velha.

SEUS OLHOS VIAM DEUS 105

Um dia chamou-a no campo de croquê:

— Isso é coisa pra gente moça, Janie, você saltando por aí, num vai aguentar se levantar da cama amanhã.

Se pensava enganá-la, estava errado. Pela primeira vez, ela via a cabeça de um homem sem o crânio. Via as ideias astutas correndo para dentro e para fora das grutas e promontórios da mente, muito antes que se precipitassem para o túnel da boca. Via que ele sofria por dentro, e por isso deixava passar sem dizer nada. Apenas deu-lhe uma certa medida de tempo e guardou-a para esperar.

A coisa ficou terrível na loja. Quanto mais as costas dele doíam, os músculos se dissolviam em banha e a banha se derretia dos ossos, mais belicoso ele se tornava com ela. Sobretudo na loja. Quanto mais gente havia, mais ridículo ele despejava sobre o corpo dela, para desviar a atenção do seu próprio. Um dia, Steve Mixon pediu fumo de rolo e Janie cortou-o errado. Ela detestava aquela faca de fumo mesmo. Era muito dura. Debateu-se com a coisa e cortou muito longe da marca. Mixon não ligou. Ergueu-a de brincadeira, para caçoar um pouco dela.

— Olha aqui, Irmão Prefeito, o que foi que tua esposa fez. — O corte era cômico, e todo mundo riu. — Mulher e faca... qualquer faca... num combina mesmo.

Deram mais algumas risadas bem-humoradas, à custa das mulheres.

Jody não riu. Veio correndo do lado do correio, tomou o naco de fumo de Mixon e tornou a cortá-lo. Cortou-o exatamente na marca e fuzilou Janie com os olhos.

— Meu Deus do céu Todo-Poderoso! Uma mulher vive numa loja até ficar velha que nem Matusalém, e mesmo assim num sabe cortar um naquim de fumo de rolo! Cê num fica aí revirando esses olho pra mim, com esse balaio quase caindo nos joelho.

Houve um começo de risada na loja, mas as pessoas pensaram e pararam. Era engraçado visto por cima, mas tornava-se doloroso quando se pensava um pouco. Era como se alguém arrancasse parte das roupas de uma mulher distraída, diante da rua cheia. E também Janie ocupou o centro do aposento para responder direto na cara de Jody, o que era uma coisa que ninguém fizera antes.

— Pare de misturar o que eu faço com o que eu pareço, Jody. Depois que você me ensinar cumé que a gente corta um naco de fumo, cê pode me dizer se eu tô com o balaio direito ou não.

— Que... que que cê tá dizendo, Janie? Você deve de ter perdido o juízo.

— Não, também num perdi o juízo, não.

— Deve de ter, sim. Falando com uma linguagem dessa.

— Foi você que começou a falar do que as pessoa tem por baixo das ropa. Num fui eu, não.

— Que foi que deu no cê agora? Cê num é ninhuma menina pra ficar toda ofendida com tua aparência. Num é ninhuma menina namoradeira. Cê é uma velha, de quase quarenta ano.

— Pois é, eu tenho quase quarenta ano, e ocê quase cinquenta. Por que num fala disso de vez em quando, em vez de tá sempre falando de mim?

— Num precisa ficar tão braba, Janie, porque eu disse que ocê num é mais menina. Ninguém aqui tá querendo ocê pra esposa. Velha que nem você.

— É. Eu num sou mais ninhuma menina nova, mas também num sô ninhuma velha, não. Acho que pareço ter a minha idade. Mas cada pedacinho de mim é uma mulher, e eu sei disso. É muito mais do que *ocê* pode dizer do cê. Você empurra essa pança por aí com muita pose, mas só tem gogó. Hum! Falar que *eu* tô velha. Quando cê baixa as calça, é que nem se mudasse de vida.

— Grande Deus de Sion! — arquejou Sam Watson. — Ocês tudo tá soltando os cachorro hoje de noite.

— Que... que foi que ocê disse? — contestou Joe, esperando não ter ouvido direito.

— Cê ouviu ela, ocê num é cego — provocou Walter.

— Eu preferia receber um tiro de cabeça de prego do que ouvir isso de mim — apiedou-se Lige Moss.

Então Joe Starks entendeu todo o sentido, e sua vaidade sangrou como um dilúvio. Janie roubara-lhe a ilusão de irresistível virilidade que todo homem alimenta, o que era terrível. O que a filha de Saul fizera com Davi. Mas Janie fizera pior, arrancara sua armadura vazia diante de homens, e eles tinham rido, e iam continuar rindo. Quando ele exibisse suas posses dali por diante, não considerariam as duas coisas juntas. Olhariam as coisas com inveja e teriam pena do homem que as possuía. Quando o julgassem, seria a mesma coisa. Imprestáveis como Dave, Lum e Jim não quereriam trocar de lugar com ele. Pois o que pode desculpar a ausência de vigor de um homem aos olhos dos outros homens? Esfarrapados moleques de dezesseis e dezessete anos lhe dariam sua misericórdia impiedosa com os olhos, enquanto as bocas diziam alguma coisa humilde. Nada mais restava a fazer na vida. A ambição era inútil. E o cruel logro de Janie! Fazendo toda aquela exibição de humildade, e o tempo todo desprezando-o! Rindo dele, e agora pondo a cidade para fazer o mesmo. Joe Starks não sabia como dar nome a tudo isso, mas sabia a sensação. Por isso bateu em Janie com toda a sua força e expulsou-a da loja.

CAPÍTULO 8

Após essa noite, Jody mudou suas coisas e foi dormir num quarto do andar de baixo. Não odiava realmente Janie, mas queria que ela pensasse que sim. Saiu arrastando-se para lamber suas feridas. Também não se falavam muito na loja. Qualquer um que não soubesse teria pensado que a tempestade passara, tão calmo e pacífico parecia tudo em volta. Mas a quietude era o sono das espadas. Logo novas ideias teriam de ser pensadas e novas palavras ditas. Ela não queria viver daquele jeito. Por que Joe ficaria tão furioso com ela por fazê-lo parecer menor, quando vivia fazendo isso com ela? Vinha fazendo havia anos. Bem, se precisava ter cautela, então precisava. Jody podia superar seu ataque de fúria a qualquer momento e começar a agir como uma pessoa com ela.

Também notava como ele ia ficando todo flácido. Era como se fossem mochilas penduradas numa tábua de passar roupa. Uma bolsinha pendia dos cantos dos olhos sobre os pômulos; fofas almofadas de penas caíam das orelhas pelo pescoço abaixo, até o queixo. Um saco mole despencava dos flancos sobre as coxas quando ele se sentava. Mas até mesmo essas coisas escorriam como cera de vela com o passar do tempo. Ele fez novas amizades, também. Pessoas com as quais jamais se preocupara agora pareciam merecer sua atenção. Sempre tivera desdém por feiticeiros e toda a sua espécie, mas agora ela via um charlatão dos arredores de Altamira Springs em casa quase todo dia. Sempre falando em voz baixa quando ela chegava perto, ou totalmente calado. Ela não sabia que Joe era levado por uma desesperada esperança de parecer o mesmo de antes às suas vistas. Ela sentia por causa do feiticeiro, porque receava que Joe contasse com ele para curá-lo, quando precisava mesmo era de um médico de verdade. Ficou preocupada ao ver que o marido não comia suas refeições, até descobrir que mandava a velha Davis cozinhar para ele. Sabia que era uma cozinheira muito melhor que a velha, e mais higiênica na cozinha. Por isso comprou um osso e fez-lhe uma sopa.

— Não, 'brigado — ele disse-lhe, sucintamente. — Já tô tendo muito pobrema tentando ficar bom do jeito que tá.

Ela ficou primeiro aturdida, e depois magoada. Foi procurar sua amiga do peito, Pheoby Watson, e falou-lhe a respeito.

— Eu preferia morrer a Jody pensar que eu ia fazer qualquer mal a ele — soluçou para Pheoby. — Num é sempre agradável, porque você sabe como Joe adora o que ele memo faz, mas Deus no céu sabe que eu nunca ia fazer nada pra fazer mal a ninguém. É traição e maldade demais.

— Janie, eu achei que isso podia morrer e você nunca ia ficar sabendo, mas o povo anda dizendo por aí, desde a briga na loja, que fizero um "trabalho" pro Joe, e que foi ocê que fez.

— Pheoby, há muito, muito tempo que eu tô sentindo que tem alguma coisa armada, mas isso é... isso... oh, Pheoby. Quê que eu *posso* fazer?

SEUS OLHOS VIAM DEUS   111

— Cê num pode fazer nada, a num ser fingir que num
sabe. É tarde demais pra ocês se separar e pedir divórcio. Só
volte pra casa, fica quieta e num diga nada. Ninguém acredita
memo.

— E pensar que eu tô com Joe faz vinte ano, e agora tenho
de ter a fama de envenenar ele! Isso me mata, Pheoby. É só
dor no coração.

— Isso é uma mentira que aquele preto mulambento que
se chama de dotô inventou pra ele, pra se dar com ele. Viu que
ele tava doente… todo mundo sabe disso faz muito tempo, e
aí eu acho que ele soube que ocês num tava bem, e foi a vez
dele. No verão passado aquela barata desgraçada andou rondando por aqui, querendo vender uns ferro de frisar cabelo!

— Pheoby, eu nem acredito que Jody ia acreditar numa
mentira dessa! Nunca que ele acreditou nisso. Só tá fingindo
pra me magoar. Eu tô durinha de ficar parada tentando sorrir.

Chorou muitas vezes nas semanas seguintes. Joe ficou
fraco demais para cuidar das coisas e caiu de cama. Mas
recusava-se implacavelmente a recebê-la em seu quarto de
doente. As pessoas entravam e saíam na casa. Entravam na
casa dela com pratos cobertos de sopa e outras comidas de
doente, sem tomar o menor conhecimento dela como esposa
de Joe. Pessoas que jamais tinham sabido o que era entrar no
portão do terreiro do prefeito, a não ser para algum trabalho
braçal, agora desfilavam para dentro e para fora como confi-
dentes dele. Iam à loja e observavam ostensivamente o que ela
fazia, para voltar e contar a ele em casa. Diziam coisas como:

— Seu Starks precisa de *uma pessoa* pra cuidar das coisas
dele até ele tornar a se levantar e cuidar ele mesmo.

Mas Jody nunca voltaria a se levantar. Janie pediu a Sam Watson que trouxesse notícias do doente, e quando ele lhe disse como iam as coisas, mandou-o chamar um médico de Orlando, sem dar a Joe a oportunidade de recusar, e sem dizer que fora ela quem mandara chamar.

— É só uma questão de tempo — disse o médico. — Quando os rins de alguém param inteiramente, não há como viver. Ele precisava de cuidados médicos há dois anos. Agora é tarde demais.

Então Janie começou a pensar na Morte. A Morte, aquele estranho ser de imensos pés redondos que vivia no Oeste. O grande ser que vivia na casa plana como uma plataforma, sem lados e sem teto. Que necessidade tem a Morte de cobertura, e que ventos podem soprar contra ela? Fica lá em sua casa alta, que dá para o mundo. Vigilante e imóvel o dia todo, com a espada desembainhada, à espera de que o mensageiro venha chamá-la. Já estava parada lá antes de haver um onde, um quando ou um então. Agora, a qualquer dia, Janie podia encontrar uma pena da asa dela em seu quintal. Sentia tristeza, e também dó. Coitado do Jody! Não devia ter de forçar a entrada lá sozinho. Mandou Sam sugerir uma visita, mas Jody disse que não. Aqueles médicos estavam muito bem para os doentes normais, mas nada sabiam num caso como o dele. Ia ficar bom assim que o feiticeiro descobrisse o que haviam enterrado contra ele. Não ia morrer de jeito nenhum. Era o que pensava. Mas Sam contou a ela outra coisa, por isso ela sabia. E mesmo que não houvesse contado, na manhã seguinte ela saberia, pois as pessoas começaram a juntar-se no grande terreiro sob a palmeira e as amargoseiras. Gente que não se atrevia a pôr o pé na casa antes, agora chegava de mansinho e não entrava. Apenas ficava acocorada debaixo das árvores, esperando. O boato, pássaro sem asas, encobrira a cidade.

Ela levantou-se naquela manhã com a firme determinação de entrar lá e ter uma boa conversa com Jody. Mas ficou sentada um longo tempo, com as paredes aproximando-se sorrateiras para apertá-la. Quatro paredes espremendo-lhe a respiração. O medo de que ele se fosse enquanto ela ficava sentada ali em cima, tremendo, encorajou-a, e já estava dentro do quarto antes de recuperar o fôlego. Não começou da maneira alegre, casual, que pensara. Uma coisa parecendo um pé de boi pesava-lhe na língua, e também Jody, não Joe, lhe lançou um olhar feroz. Um olhar com toda a impensável frieza do espaço cósmico. Tinha de falar com um homem que se achava a imensidões de distância.

Ele deitava-se de lado, de frente para a porta, como se esperasse alguém ou alguma coisa. Uma espécie de ar mutante no rosto. Um olhar débil mas penetrante nos olhos. Por baixo da fina colcha ela via o que lhe restava da barriga amontoada na cama como uma coisa impotente buscando refúgio.

As roupas de cama mal lavadas feriram o orgulho dela por Jody. Ele sempre fora tão limpo.

— Quê que ocê tá fazendo aqui, Janie?

— Vim saber do cê e como cê tava indo.

Ele soltou um rosnado profundo, como o de um porco morrendo no pântano e tentando afastar a angústia.

— Eu vim pra cá pra me livrar do cê, mas parece que num adiantou nada. Vai imbora. Eu preciso descansar.

— Não, Jody, eu vim aqui pra falar com cê *e* vou falar. É por nós dois que tô falando.

Ele soltou outro rosnado e virou-se de costas.

— Jody, eu posso num ter sido uma esposa muito boa pro cê, mas Jody...

— É porque cê num sente nada por ninguém. Devia de ter um pouco de simpatia no cê. Cê num é ninhuma porca.

— Mas Jody, eu queria ser muito boa.

— Tanta coisa que eu fiz procê. Me fazendo passar vergonha. Ninhuma simpatia!

— Não, Jody, num foi porque eu num tinha simpatia. Tinha, e muita. Só num tive cumo usar nada dela. Cê num me deixou.

— Tá bom, bota a culpa de tudo em mim. Eu num deixei ocê mostrar teus sentimento! Quando, Janie, era só o que eu queria ou pedia.

— Num é isso, Jody. Eu num tô aqui pra botar culpa em ninguém. Só tô querendo dizer procê quem eu sou, antes de ser tarde demais.

— Tarde demais? — ele sussurrou.

Arregalou os olhos num terror boquiaberto, e ela viu a terrível surpresa no rosto dele, e respondeu.

— É, Jody, num me importa o que aquela barata disse procê, pra tirar seu dinheiro, cê vai morrer, e num pode viver.

Um profundo soluço saiu do fraco corpo de Joe. Era como um bumbo batendo num galinheiro. Depois elevou-se como um trombone.

— Janie! Janie! Num me diga que eu vô morrer, eu num tô acostumado a pensar nisso.

— Num tinha precisão do cê morrer memo, Jody, se ocê visse... o médico... mas num adianta falar disso agora. É só o que eu quero dizer, Jody. Cê num quis ouvir. Cê viveu vinte ano comigo e num me conhece nem a metade. E podia conhecer, mas tava muito ocupado adorando o que ocê mesmo fez, e tocando as pessoa, até num vê um monte de coisa que podia ter visto.

— Sai daqui, Janie. E num volte mais.

— Eu sabia que ocê num ia me ouvir. Cê muda tudo, mas nada muda ocê... nem a morte. Mas eu num vô sair daqui e num vô calar a boca. Não, cê vai me ouvir uma vez antes de morrer. Cê fez o que quis a vida toda, pisou e machucou, e depois prefere morrer do que ouvir isso. Escuta, Jody, cê num é o Jody com que eu fugi pela estrada afora. Cê é o que ficou depois que ele morreu. Eu fugi pra viver muito feliz com ocê. Mas cê num ficou satisfeito comigo do jeito que eu era. Não, sinhô! Tinha de espremer e esvaziar minha cabeça pra dar lugar pra tua lá dentro.

— Cala a boca! Eu queria que o raio e o trovão matasse ocê!

— Eu sei disso. E agora precisa morrer pra descobrir que tem de satisfazer alguém fora ocê memo, se quer um pouco de simpatia e amor nesse mundo. Cê num tentou satisfazer *ninguém*, a num ser ocê mesmo. Tava ocupado demais escutando a tua própria vozona.

— Que conversa mais destrutiva! — murmurou Jody, gotas de suor brotando-lhe por todo o rosto e os braços. — Some já daqui!

— Toda essa mesura, toda essa obediência com tua voz... num foi isso que eu corri estrada abaixo pra descobrir do cê.

Ouviu-se um som de esforço na garganta de Joe, mas os olhos fitavam relutantes um canto do quarto, para que Janie soubesse que a vã luta não era com ela. A gélida espada do pé redondo cortara sua respiração e deixara suas mãos numa posição de agônico protesto. Janie deu-lhes paz sobre o peito dele, depois examinou a face morta por um longo tempo.

— Esse negócio de sentar no trono foi duro pra Jody — murmurou.

Tinha muita pena, pela primeira vez em anos. Jody fora duro com ela e com os outros, mas a vida também o maltratou. Coitado do Joe! Talvez se ela tivesse sabido outra maneira de tentar, pudesse ter deixado o rosto dele diferente. Mas qual seria essa outra maneira, não tinha ideia. Pensou no que acontecera na formação da voz de um homem. Depois pensou em si mesma. Anos atrás, mandara seu eu criança esperá-la no espelho. Fazia muito tempo desde que se lembrou disso. Talvez fosse melhor procurar. Foi até a penteadeira e olhou com atenção sua pele e suas feições. A menina se fora, mas uma mulher bonita tomara o seu lugar. Arrancou o lenço da cabeça e soltou a abundante cabeleira. O peso, o comprimento, a glória lá estavam. Ela se avaliou bem, penteou os cabelos e tornou a amarrá-lo. Depois engomou e passou o rosto, fazendo dele exatamente o que as pessoas queriam ver, abriu a janela e gritou:

— Vem cá, gente! Jody morreu. Meu marido me deixou.

CAPÍTULO 9

O funeral de Joe foi a coisa mais requintada que Orange County já vira com olhos negros. O carro fúnebre, os Cadillacs e Buicks; o Dr. Henderson em seu Lincoln; gente de toda parte. E também o ouro, vermelho e roxo, o brilho e fascínio das confrarias secretas, cada uma com seus sinais de poder e glória nem sonhados pelos não iniciados. Pessoas em carroças e mulas; bebês escanchados nos quartos de irmãos e irmãs. A banda de Elk formada diante da igreja tocando "Salvo nos Braços de Jesus", com um ritmo de tambores tão dominante que podia marcar o passo da longa fila que entrava. O Imperadorzinho da encruzilhada deixava Orange County como chegara — com a mão do poder estendida.

Janie engomou e passou o rosto e acompanhou o enterro por trás de seu véu. Era como uma parede de pedra e aço. O funeral ocorria lá fora. Todas as coisas relativas à morte foram ditas e feitas. Acabou. Fim. Nunca mais. Trevas. Buraco fundo. Dissolução. Eternidade. Choro e lamento do lado de fora. Do lado de dentro das caras dobras pretas, ressurreição e vida. Ela não buscou nada do lado de fora, nem as coisas da morte chegavam ali dentro para perturbar sua calma. Janie mandava seu rosto para o funeral de Joe, e ela própria saltitava pelo mundo todo com a primavera. Após algum tempo, as pessoas encerraram a celebração, e ela foi para casa.

Antes de dormir naquela noite, queimou todos os seus panos de cabeça e saiu pela casa no dia seguinte com os cabelos numa grossa trança balançando bem abaixo da cintura. Foi a única mudança que as pessoas viram nela. Manteve a loja do mesmo jeito, a não ser à noite, quando se sentava na varanda, escutava e mandava Hezekiah atender aos fregueses atrasados. Não via motivo para correr a mudar tudo em volta. Teria o resto da vida para fazer o que quisesse.

Passava a maior parte do dia na loja, mas à noite estava lá na casa grande, que às vezes estalava e rangia à noite sob o peso da solidão. Então ficava acordada na cama fazendo algumas perguntas à solidão. Perguntava se queria partir, voltar para o lugar de onde viera e tentar encontrar sua mãe. Talvez cuidar da sepultura da avó. De certa forma, dar uma olhada no antigo lugar que frequentava no geral. Escavando dentro de si mesma assim, descobriu que não tinha o menor interesse pela mãe que vira raras vezes. Detestava a velha avó e escondera isso de si mesma aqueles anos todos, sob um manto de piedade. Vinha se preparando para sua grande jornada até os horizontes, em busca de *pessoas*: era importante para todo o mundo que ela as encontrasse, e elas a encontrassem. Mas fora espancada como um vira-lata, e fugira por uma estrada rural atrás de *coisas*. Tudo dependia de como a gente via as coisas. Algumas pessoas podiam olhar uma poça de lama e ver um oceano cheio de navios. Mas a Babá pertencia ao outro tipo, que adorava lidar com restos. Pegara a maior coisa que Deus já criou, o horizonte — pois, por mais que a gente

SEUS OLHOS VIAM DEUS 119

ande, o horizonte está sempre muito além — e reduzira-o a um pedacinho de coisa que podia amarrar no pescoço da neta, com força suficiente para enforcá-la. Odiava a velha que a havia retorcido de tal forma em nome do amor. A maioria dos seres humanos não amava uns aos outros de modo nenhum, e esse desamor era tão forte que nem os laços de sangue podiam superá-lo sempre. Ela descobriu uma joia dentro de si mesma e quis andar onde as pessoas pudessem vê-la, fazendo-a reluzir. Mas ela havia sido posta à venda no mercado. Posta como isca. Quando Deus fizera o Homem, fizera-o de um material que cantava e brilhava. Então, depois disso, os anjos ficaram com ciúmes e o cortaram em um milhão de pedaços, mas ainda assim ele brilhava e cantarolava. Por isso o malharam até reduzirem-no a nada mais que fagulhas, mas cada fagulhinha tinha seu brilho e sua música. E a solidão das fagulhas as fez buscar umas às outras, mas o barro é surdo e mudo. Como todas as outras bolas de barro cadentes, Janie tentou mostrar o seu brilho.

Janie descobriu muito rápido que sua viuvez e prosperidade eram um grande desafio no sul da Flórida. Antes de se completar um mês da morte de Jody, notou a frequência com que alguns homens que jamais haviam sido íntimos dele percorriam consideráveis distâncias para saber do bem-estar dela e oferecer seus serviços como conselheiros.

— Uma mulher sozinha dá dó — diziam-lhe repetidas vezes. — Elas precisa de ajuda e amparo. Deus num fez elas pra se manter sozinha, não. A sinhora num tá acostumada a bater a cabeça e dá conta de tudo só, Dona Starks. Tinha quem cuidava da sinhora, precisa de um homem.

Janie ria de todos esses bem-intencionados, porque sabia que havia muitas mulheres sozinhas; não era a primeira que eles viam. Mas a maioria das outras era pobre. Além do mais, gostava de estar só, para variar. Aquela sensação de liberdade era ótima. Tais homens não representavam nada que ela quisesse conhecer. Já os experimentara, com Logan e Joe. Tinha vontade de dar uns tapas em alguns deles, por ficarem ali mostrando os dentes para ela como um bando de gatos de Cheshire, tentando fingir que sentiam amor.

Ike Green abordou o caso dela uma noite na varanda da loja, quando deu a sorte de pegá-la sozinha.

— A sinhora precisa ter cuidado com quem vai casar, Dona Starks. Esses homem estranho que anda por aqui querendo se aproveitar de seu estado.

— Casar! — quase gritou Janie. — Nem deu tempo ainda de Joe esfriar na cova. Eu nem comecei a pensar em casar.

— Mas vai. A sinhora é moça demais pra ficar solteira, e bonita demais pros homem deixar a sinhora em paz. Vai ter de casar.

— Eu espero que não. Quer dizer, agorinha agorinha num me parece. Joe morreu num faz nem dois mês. Ainda num sentou na cova.

— Isso é o que a sinhora diz agora, mas com mais dois mês a sinhora vai tá cantando outra música. Aí é que precisa de ter cuidado. As mulher é fácil dos camarada se aproveitar. É preciso num deixar ninhum desses preto tresmaiado que a gente vê por aqui tomar intimidade com a sinhora. Eles num passa dum bando de porco quando vê um cocho. O que a sinhora precisa é um homem que já conhece e sabe tudo aqui pra cuidar de suas coisa pra sinhora, e fazer tudo mais.

Janie saltou de pé.

— Meu Deus do céu, Ike Green, ocê é um caso! Esse assunto que cê tá trazendo aí num é pra ser tratado de jeito ninhum. Deixa eu entrar pra ajudar Hezekiah a pesar aquele barril de açúcar que acabou de chegar. — Correu para dentro da loja e sussurrou para Hezekiah: — Eu vô pra casa. Me avise quando aquele velho mijão for embora, que eu volto.

Seis meses de luto se passaram, e nenhum pretendente ganhara a varanda da casa. Janie conversava e ria na loja às vezes, mas nunca parecia querer ir mais longe. Era feliz, a não ser pela loja. Sabia em sua cabeça que era a dona absoluta, mas de alguma forma sempre lhe parecia que trabalhava para Joe, e que ele logo ia voltar e encontrar alguma coisa errada que ela fizera. Quase pediu desculpa aos inquilinos na primeira vez que foi cobrar os aluguéis. Sentiu-se como uma usurpadora. Mas ocultou esse sentimento mandando Hezekiah, que era a melhor imitação de Joe que seus dezessete anos podiam fazer. Ele até começara a fumar, e a fumar charutos, depois da morte do patrão, e tentava prendê-los num canto da boca como Joe. Toda chance que tinha, instalava-se na poltrona giratória de Joe, tentando estufar a magra barriga numa pança. Ela ria para si mesma das inofensivas poses dele, e fingia que não via. Um dia, quando entrava pela porta dos fundos da loja, ouviu-o berrando com Tripp Crawford:

— Não, nós num pode memo fazer nada disso! Meu Deus do céu, ocê inda num pagou pelas última ração que comeu. Meu Deus do céu, aqui num é Simidão, Flórida, aqui é Eatonville.

Outra vez escutou-o usando a expressão favorita de Joe para indicar a diferença entre ele e a cidade desmazelada, falastrona.

— Eu sou um homem educado, eu seguro minhas coisa nas minhas mão.

Ela riu francamente disso. O teatro do moleque não fazia mal a ninguém, e ela não saberia o que fazer sem ele. Hezekiah percebeu isso e passou a tratá-la como uma irmã pequena, como quem diz: "Coitadinha, dá aqui pro irmãozinho. Ele vai dá um jeito." Seu senso de proprietário também o tornava honesto, a não ser por um ou outro quebra-queixo, ou uma caixa de pastilhas. Estas eram para dizer aos outros meninos e às frangotas que precisava disfarçar o hálito de bebida. Aquele negócio de cuidar de lojas e de mulheres donas de loja era exaustivo para os nervos de um homem. Precisava de um trago de vez em quando para aguentar.

Quando Janie surgia em seu branco de luto, tinha bandos de admiradores da cidade e de fora. Tudo aberto e franco. Homens de posse também, no meio daquela multidão, mas ninguém parecia ir além da loja. Ela vivia sempre ocupada demais para recebê-los em casa. Mostravam-se todos tão respeitosos e formais com ela que era como se ela fosse a imperatriz do Japão. Achavam que não era direito falar de seu desejo à viúva de Joseph Starks. Falava-se de honra e respeito. E tudo que diziam e faziam era refratado pela intenção dela e mandado para as costelas do nada. Ela e Pheoby Watson viviam visitando-se, e de vez em quando se sentavam à beira do lago e pescavam. Janie simplesmente se refestelava na liberdade, a maioria das vezes sem necessidade de pensar. Um coveiro de Sanford insistia em cortejá-la por meio de Pheoby, e Janie escutava com prazer, mas intocada. Podia ser bom casar-se com ele, aliás. Não havia pressa. Essas coisas levam tempo para a gente pensar, ou melhor, fingia para Pheoby que era o que estava fazendo.

— Num é que eu tô preocupada com a morte de Joe, Pheoby. É só que eu adoro essa liberdade.

— Xiu! Num deixa ninguém ouvir ocê dizer isso, Janie. O povo vai dizer que ocê num sente a morte dele.

— Deixa eles dizer o que quiser, Pheoby. Pra mim, o luto num deve de demorar mais que a dor.

CAPÍTULO 10

Um dia, Hezekiah pediu dispensa do trabalho para ir a um jogo do seu time. Janie disse-lhe que não tivesse pressa de voltar. Ela mesma fecharia a loja. Ele advertiu-a sobre os ferrolhos das janelas e portas e saiu gingando para Winter Park.

Os negócios foram ruins o dia todo, porque muitas pessoas tinham ido ao jogo. Ela decidiu fechar cedo, pois dificilmente valia a pena manter a loja aberta numa tarde assim. Marcou seis horas como o limite.

Às cinco e meia, entrou um homem alto. Janie estava encostada no balcão, traçando rabiscos com um lápis num pedaço de papel. Sabia que não sabia o nome dele, mas lhe parecia conhecido.

— 'Noite, Dona Starks — disse ele, com um sorriso maroto, como se os dois tivessem uma grande piada em comum.

Ela gostou da história que o fazia rir mesmo antes de ouvi-la.

— 'Noite — respondeu sorrindo. — O sinhô tá levando vantagem, porque eu num sei o seu nome.

— As pessoa num me conhece que nem conhece *a sinhora*.

— Acho que ficar na loja faz a gente conhecida nas vizinhança. Parece que eu já vi o sinhô em algum lugar.

— Ah, eu num moro muito longe de Orlando. É fácil me ver na rua da Igreja qualquer dia ou noite. A sinhora tem cigarro?

Ela abriu a vitrine.

— Qual?

— Camels.

Ela entregou-lhe os cigarros e recebeu o dinheiro. Ele abriu o maço e pôs um nos lábios cheios, roxos.

— Tem um foguinho aí, dona?

Os dois riram e ela deu-lhe dois fósforos de cozinha tirados de uma caixa. Era hora de ele ir embora, mas não foi. Encostou-se com um cotovelo no balcão e lançou um olhar enviesado a ela.

— Por que a sinhora num foi pro jogo também? Todo mundo tá lá.

— Bom, eu tô vendo mais alguém que num foi. Acabei de vender uns cigarro.

Tornaram a rir.

— É porque eu sou burro. Eu entendi tudo errado. Achei que o jogo ia ser em Hungerford. Por isso peguei uma carona até onde essa estrada sai da Dixie Highway e vim pra cá a pé, e aí descobri que o jogo é em Winter Park.

Isso também pareceu engraçado aos dois.

— E quê cê que vai fazer agora? Todos os carro de Eatonville sumiu.

SEUS OLHOS VIAM DEUS

— Que tal jogar umas damas? A sinhora parece difícil de vencer.

— E sou, porque num sei jogar nada.

— Então num gosta do jogo?

— Gosto, sim, mas também num sei se gosto ou não, porque ninguém nunca me mostrou como é.

— De hoje em diante a sinhora num tem mais *essa* desculpa. Tem um tabuleiro aí?

— Tem, sim. Os camarada gosta desse jogo por aqui.

Ele armou o jogo e pôs-se a mostrar-lhe como era, e ela se sentiu refulgindo por dentro. Alguém queria que ela jogasse. Alguém achava natural que ela jogasse. Aquilo era simpático. Deu uma boa olhada nele e sentiu pequenos estremecimentos com cada ponto positivo. Os olhos cheios, preguiçosos, com os cílios recurvando-se muito para fora, como cimitarras desembainhadas. Os ombros estreitos, com grandes ombreiras, e a cintura fina. Muito simpático!

Ele ia atacar a sua dama! Ela gritou em protesto contra a perda da peça que tanto lhe custara conquistar. Antes que soubesse o que fazia, já havia agarrado a mão dele, para detê--lo. Ele lutou bravamente para libertar-se. Quer dizer, lutou, mas não o bastante para soltar-se dos dedos de uma senhora.

— Eu tenho o direito de pegar ele. A sinhora deixou ele bem no meu caminho.

— Pois é, mas eu num tava olhando quando ocê botou seus homem junto do meu. Num é justo!

— A sinhora num deve deixar de olhar, Dona Starks. O mais importante do jogo é ficar de olho. Solta minha mão.

— Não, sinhô! Essa dama, não. Pode pegar outra, mas essa, não.

Forçaram e derrubaram o tabuleiro, e riram disso.

— De qualquer modo, tá na hora de uma Coca-Cola — ele disse. — Eu venho ensinar mais pra sinhora outra hora.

— Tá bem vir me ensinar, mas não vem me roubar.

— Ninguém vence uma mulher. Elas num deixa. Mas eu venho ensinar de novo. A sinhora vai ser uma boa jogadora, depois de um tempo.

— O sinhô acha? Jody me dizia que eu nunca que ia aprender. Era muito pesado pra minha cachola.

— As pessoa joga com juízo e sem juízo. Mas a sinhora tem um bom tutano na cabeça. Vai aprender. Deixa eu te pagar um refrigerante gelado.

— Ah, tudo bem, 'brigada. Tem muito gelado hoje. Todo mundo foi pro jogo.

— A sinhora deve de ir no próximo jogo. Num adianta ficar aqui quando todo mundo foi. A sinhora num compra da sinhora mema, compra?

— Seu maluco! Óbvio que não. Mas tô meio preocupada com o sinhô.

— Por quê? Com medo que eu num pague as bebida?

— Ah, não! Como vai voltar pra casa?

— Fico por aqui esperando um carro. Se num passar ninhum, eu tenha boa sola de sapato. É só uns dez quilômetro. Isso eu ando num instante. Fácil fácil.

— Se fosse eu, esperava o trem. Dez quilômetro é uma boa caminhada.

— Pra sinhora, que num tá acostumada. Mas eu já vi mulher andar mais que isso. A sinhora também andava, se precisasse.

— Pode ser, mas vô de trem mesmo, enquanto tiver o dinheiro da passagem.

— Eu num preciso de muito dinheiro pra andar de trem, que nem uma mulher. Quando eu boto na cabeça, eu ando, com dinheiro ou sem dinheiro.

— Mas o sinhô num é mesmo uma coisa! Seu... é... é... O sinhô num me disse o seu nome.

— Num disse mesmo. Num pensava que precisava. O nome que minha mãe me deu foi Vergible Woods. Mas todo mundo me chama de Tea Cake.

— Tea Cake! Bolinho de chá. Então ocê é tão doce assim?

Ela riu e ele lhe lançou um olharzinho penetrante, para captar o sentido.

— Eu posso ser culpado disso. É melhor a sinhora me provar pra ver.

Ela fez uma expressão entre uma risada e uma careta, e ele ajeitou o chapéu.

— Acho que eu dei um fora, por isso acho melhor ir tomar um pouco de ar.

Executou um complicado número de esgueirar-se para a porta de fininho. Depois olhou-a lá atrás com um irresistível sorriso no rosto. Janie caiu na risada, a despeito de si mesma.

— Seu maluco!

Ele voltou-se e jogou o chapéu aos pés dela.

— Se ela num jogar ele em cima de mim, eu corro o risco de voltar — anunciou, fazendo gestos de quem se esconde atrás de um poste. Ela pegou o chapéu e jogou-o nele com uma risada. — Mesmo que ela tivesse um tijolo na mão, não ia te machucar — ele disse a um invisível companheiro. — A dona num sabe jogar.

Fez um gesto para o companheiro, saiu de trás do imaginário poste de rua, ajeitou o casaco e o chapéu, e aproximou-se de Janie como se acabasse de entrar na loja.

— 'Noite, Dona Starks. Pode me dá meio quilo de pudim de junta de dedo até sábado? Eu te pago nesse dia.

— Ocê precisa é de uns cinco quilo, Seu Tea Cake. Eu te dou tudo o que eu tenho, e num precisa se preocupar com pagamento.

Ficaram pilheriando até as pessoas começarem a entrar. Então ele se sentou e conversou e riu com os outros até a hora de fechar. Depois que todos haviam saído, disse:

— Acho que fiquei mais do que devia, mas achei que a sinhora precisava de uma pessoa pra ajudar a fechar a loja. Como num tem mais ninguém por aqui, talvez eu possa fazer o serviço.

— Muito 'brigado, Seu Tea Cake. É meio pesado pra mim.

— Mas quem já ouviu um bolinho de chá ser chamado de Seu! Se a sinhora quer falar com distância e me chamar de Seu Woods, isso é com a sinhora. Se a sinhora quer mostrar um pouco de amizade e me chamar Tea Cake, ia ser muito bacana.

Ele fechava e aferrolhava as janelas enquanto falava.

— Tudo bem, então. Muito 'brigado, Tea Cake. Que tal?

— Igual a uma menina com o vestido de Páscoa. Mais bonita ainda! — Ele fechou a porta, sacudiu-a para ter certeza, e entregou-lhe a chave. — Agora vamo, eu levo a sinhora até em casa e desço a Dixie.

Janie já estava no meio da trilha ladeada de palmeiras quando se lembrou de sua segurança. Talvez aquele estranho estivesse preparando alguma coisa! Mas a escuridão entre a casa e a loja não era lugar para mostrar esse medo. E ele a pegara pelo braço. Então, num momento, o medo desapareceu. Tea Cake não era estranho. Parecia que ela o conhecera a vida inteira. Era só ver como podia conversar com ele espontaneamente! Ele tocou a aba do chapéu na porta e se foi com o mais sucinto boa-noite.

E ela ficou sentada na varanda, vendo a lua nascer. Logo seu fluido âmbar estava encharcando de terra, e matando a sede do dia.

CAPÍTULO 11

Janie queria perguntar a Hezekiah sobre Tea Cake, mas receava que ele a entendesse mal e pensasse que estava interessada. Em primeiro lugar, parecia jovem demais para ela. Devia andar aí pelos vinte e cinco, e *ela* pelos quarenta. Depois, também não parecia ter muita coisa. Talvez estivesse rondando para se juntar com ela e despojá-la de tudo que possuía. Era melhor que jamais tornasse a vê-lo. Provavelmente era o tipo de homem que vivia com várias mulheres, mas nunca se casava. A verdade é que decidiu tratá-lo de maneira tão fria, se voltasse a pôr o pé na loja, que ele certamente deixaria de ficar rondando por ali.

Ele esperou uma semana, exatamente, para voltar e receber o desprezo de Janie. Era de tarde, cedo, e ela e Hezekiah estavam sós. Ela ouviu alguém cantarolando como se procurasse o tom e olhou para a porta. Tea Cake lá estava, imitando o dedilhar de um violão. Franzia a testa e lutava com as cravelhas do instrumento imaginário, olhando-a pelos cantos dos olhos com aquela piada secreta a brincar em todo o rosto. Finalmente ela sorriu e ele cantou um dó menor, pôs o violão embaixo do braço e aproximou-se dela.

— 'Noite, pessoal. Achei que ocês podia gostar de um pouquinho de música hoje de noite, por isso trouxe minha viola.

— Maluco! — comentou Janie, irradiando luz.

Ele agradeceu o cumprimento com um sorriso e sentou--se num caixote.

— Alguém aí toma uma Coca-Cola comigo?

— Acabei de tomar uma — Janie contemporizou com sua consciência.

— Vai ter de tomar outra de novo, Dona Starks.

— Por quê?

— Porque num tomou direito da primeira vez. Kiah, traz duas garrafa pra nós do fundo da caixa.

— Como ocê passou desde que eu te vi pela última vez, Tea Cake?

— Num posso me queixar. Podia ser pior. Trabalhei quatro dia nessa semana e tô com o salário no bolso.

— Ah, então a gente tem um homem rico por aqui. Vai comprar trem de passageiro ou navio de guerra essa semana?

— Qualé que *a sinhora* quê? Só depende da sinhora.

— Ah, se o sinhô tá pagando, acho que vô ficar com o trem de passageiro. Se ele estourar, eu inda tô em terra.

— Escolhe o navio de guerra, se é isso que cê quer. Eu sei onde tem um agorinha mesmo. Vi um em Key West outro dia.

— Como é que você vai conseguir?

— Ora, os almirante é sempre gente velha. Ninhum velho vai me impedir de pegar ninhum navio pra sinhora, se é isso que a sinhora quer. Eu tirava o tal navio debaixo dele tão de mansinho que antes que soubesse ia tá andando por cima das água que nem o velho São Pedro.

SEUS OLHOS VIAM DEUS 133

Tornaram a jogar à noite. Todos ficaram surpresos por ver Janie jogando damas, mas gostaram. Três ou quatro postaram-se atrás dela, guiando as suas jogadas, e, em geral, se divertiam com ela de uma maneira contida. Finalmente, todos foram para casa, menos Tea Cake.

— Pode fechar, Kiah — disse Janie. — Acho que eu vô pra casa.

Tea Cake seguiu atrás dela e desta vez subiu até a varanda. Ela lhe ofereceu uma cadeira e riram muito à toa. Perto das onze ela se lembrou de um bolo de libra que guardara. Tea Cake foi até o limoeiro na quina da cozinha, colheu uns limões e espremeu-os. Assim, tomaram limonada também.

— A lua tá bonita demais pra alguém perder dormindo — disse Tea Cake depois de lavarem os pratos e copos. — Vamo pescar.

— Pescar? Nessa hora da noite?

— Um-hum, pescar. Eu sei onde tem brema. Vi eles quando rodeei o lago essa noite. Onde tão as vara? Vamo pro lago.

Foi uma maluquice tão grande cavar minhocas à luz de candeia, e partir para o lago Sabelia depois da meia-noite, que ela se sentiu como uma criança violando as regras. Foi o que a fez gostar. Pegaram dois ou três peixes e voltaram para casa pouco antes de o dia clarear. Depois ela teve de contrabandear Tea Cake para fora pela porta dos fundos, e isso fez a coisa parecer um grande segredo que ela guardava da cidade.

— Dona Janie — começou Hezekiah, amuado, no outro dia —, a sinhora num devia de deixar aquele Tea Cake ir com a sinhora até em casa. Se tá com medo, eu mesmo vô com a sinhora.

— Qualé o problema com Tea Cake, Kiah? Ele é ladrão ou qualquer coisa assim?

— Eu nunca ouvi ninguém dizer que ele roubou nada.

— Ele anda por aí de revólver e faca na mão pra machucar as pessoa?

— Também ninguém diz que ele cortou ou atirou em ninguém.

— Bem, ele tem... ele tem uma esposa ou alguma coisa parecida? Não que seja da minha conta.

Ela conteve a respiração à espera da resposta.

— Não, sinhora. Ninguém ia se casar com Tea Cake, pra morrer de fome, a num ser uma pessoa igual a ele... acostumada com nada. Porque ele vive mudando de roupa. Aquele Tea Cake pernudo num tem onde cair morto. Num tem nada de vim tomando intimidade com ninguém que nem a sinhora. Eu disse que ia contar para sinhora pra sinhora saber.

— Ah, tá tudo bem, Hezekiah. Muito 'brigado.

Na noite seguinte, quando Janie subiu seus degraus, Tea Cake lá estava antes dela, sentado na varanda, no escuro. Trazia-lhe uma fieira de trutas recém-pescadas.

— Eu limpo, você frita, e a gente come — ele disse, com a segurança de não ser recusado.

Foram para a cozinha, prepararam os peixes, broas de milho e comeram. Depois Tea Cake foi ao piano sem sequer pedir licença e começou a tocar e cantar *blues*, lançando sorrisos para trás. Os sons embalaram Janie, levando-a a um cochilo, e ela acordou com ele penteando-lhe os cabelos e fazendo cafuné. Isso a deixou mais relaxada e sonolenta.

— Tea Cake, onde cê arranjou um pente pra pentear meus cabelo?

— Eu trouxe comigo. Vim preparado pra botar minhas mão neles hoje de noite.

— Por quê, Tea Cake? Que bem faz *procê* pentear meus cabelo? É uma coisa *minha*, não sua.

— É minha também. Eu já num durmo direito faz uma semana, de vontade de botar as mão nos teus cabelo. É tão bonito. Parece a parte debaixo da asa de uma pomba na minha cara.

— Hum! Ocê te satisfaz com pouco. Eu tenho esse mesmo cabelo junto da cara desde o primeiro choro, e nunca me deu tremelique ninhum.

— Eu vô falar que nem ocê me falou: cê é muito difícil de satisfazer. Aposto que esses lábio num te satisfaz também.

— Tem razão, Tea Cake. Eles tá aí e eu uso eles sempre que é preciso, mas num é nada especial pra mim.

— Hum! Hum! Hum! Aposto que cê nunca vai no espelho e aprecia seus olho também. Deixa os outro se encantar com eles, sem aproveitar nada ocê mesma.

— Não, eu nunca olho eles no espelho. Se os outro tira prazer deles ninguém me contou.

— Tá vendo? Ocê tem o mundo nas mão e num sabe. Mas eu tô contente porque sou eu que tô te dizendo.

— Eu acho que você já disse isso tudo a muita mulher.

— Eu sou o Apóstolo Paulo pros gentio. Eu digo pra eles e depois mostro pra eles.

— Foi o que eu pensei. — Ela bocejou e fez que ia levantar-se do sofá. — Cê me deixou com tanto sono cum seus cafuné que eu mal aguento chegar até na cama.

Levantou-se então, arrebanhando os cabelos. Ele permaneceu imóvel.

— Não, você num tá com sono, não, Dona Janie. Só quer que eu vá embora. Tá pensando que eu sou vagabundo e gigolô, e que já perdeu muito tempo conversando comigo.

— Ora, Tea Cake! Quem foi que botou essa ideia na sua cabeça?

— O jeito que ocê olhou pra mim quando eu falei o que falei. Sua cara me deu um susto tão danado que até as costeleta se encolheu.

— Eu num tenho por que ficar braba com nada que ocê diz. Cê entendeu tudo errado. Eu num tô braba de jeito ninhum.

— Eu sei, e é isso que me dá vergonha. Ocê só tá com nojo de mim. Sua cara deixou isso aqui e foi pra outra parte. Não, cê num tá braba comigo. Eu ia ficar contente se tivesse, porque aí eu podia fazer alguma coisa pra agradar ocê. Mas desse jeito...

— O que eu gosto e o que num gosto num deve de fazer diferença ninhuma procê, Tea Cake. Isso é com tua namorada. Eu sou só uma amiga passageira...

Janie dirigiu-se devagar para a escada, e Tea Cake ficou sentado onde estava, como se tivesse congelado no assento, temendo que, tão logo se levantasse, jamais tornasse a sentar-se nele de novo. Engoliu em seco e olhou-a afastando-se.

— Eu num pensei em te falar disso, pelo meno não já, mas eu prefiria tomar um tiro de cabeça de prego do que ocê me tratar como tá tratando agora. Você me pegou com a sua ladainha.

No pilar da escada, Janie voltou-se, e pelo espaço de um pensamento iluminou-se como uma transfiguração. O pensamento seguinte a fez desabar. Só está dizendo qualquer coisa pra ganhar tempo, achando que me deixou de tal modo que

SEUS OLHOS VIAM DEUS

137

eu vou acreditar nele. O pensamento seguinte sepultou-a sob toneladas de fria futilidade. Está negociando com o fato de ser mais jovem que eu. Pronto para se rir de mim por ser uma velha boba. Mas oh, o que eu não daria para ser doze anos mais nova, para poder acreditar nele!

— Ah, Tea Cake, cê só diz isso essa noite porque o peixe e a broa tava bom. Amanhã ocê muda de ideia.

— Num mudo não. Eu tenho juízo.

— De qualquer jeito, pelo que ocê me disse lá na cozinha, eu sou quase doze ano mais velha que ocê.

— Eu já pensei nisso tudo e quis lutar contra, mas num adiantou nada. O pensamento de ser moço num me satisfaz que nem sua presença.

— Faz um monte de diferença pra muita gente, Tea Cake.

— Essas coisa tem muito que vê com a conveniência, mas nada com o amor.

— Bem, eu vô adorar descobrir o que ocê pensa depois do sol nascer amanhã. Isso é só o que cê tá pensando hoje de noite.

— Cê tem lá suas ideia e eu cá as minha. Aposto um dólar que ocê tá errada. Mas acho que ocê num aposta dinheiro.

— Nunca apostei até hoje. Mas que nem diz sempre os velho, eu nasci mas num morri. Ninguém sabe o que eu ainda vô fazer.

Ele se levantou de repente e pegou o chapéu.

— Boa noite, Dona Janie. Parece que a gente levou nossa conversa de raiz de grama pra pinheiro grande. Té logo.

Quase correu porta afora.

Janie ficou apoiada no pilar da escada pensando, por tanto tempo que quase dormiu ali. Contudo, antes de ir para a cama deu uma boa olhada em sua boca, olhos e cabelos.

No dia seguinte, em casa e na loja, pensou em resistir a pensar em Tea Cake. Chegou a ridicularizá-lo em sua mente, e ficou um pouco envergonhada da ligação com ele. Mas a cada uma ou duas horas a batalha tinha de ser travada toda de novo. Não conseguia fazê-lo parecer com qualquer outro homem. Ele parecia com as ideias de amor das mulheres. Podia ser uma abelha para uma flor — uma folha de pereira na primavera. Parecia espremer perfume do mundo com as pisadas. Esmagar ervas aromáticas a cada passo que dava. Especiarias pendiam a toda a sua volta. Era um olhar de Deus.

Ele não voltou naquela noite, e ela ficou deitada na cama fingindo lembrá-lo com desdém. "Mas ele tá por aí em alguma espelunca. Inda bem que eu tratei ele com frieza. Quê que eu quero com um preto vagabundo das rua? Aposto que tá vivendo com alguma mulher e me tomando por boba. Inda bem que eu me segurei a tempo." Tentava consolar-se dessa maneira.

Na manhã seguinte, acordou ouvindo uma batida na porta da frente e encontrou Tea Cake lá.

— Olá, Dona Janie, acho que acordei a sinhora.

— Óbvio que acordou, Tea Cake. Entra e tira o chapéu. Que cê tá fazendo aqui tão cedo assim?

— Pensei em tentar chegar aqui o mais cedo pra te contar meus pensamento durante o dia. Vejo que ocê precisa saber meus sentimento durante o dia. Acho que num precisa de noite.

— Seu maluco! Foi pra isso que cê veio aqui no amanhecer?

— Sim. A gente precisa dizer e mostrar, e é o que eu tô fazendo. Catei uns morango, também, achei que ocê ia gostar.

SEUS OLHOS VIAM DEUS

— Tea Cake, eu juro que num sei o que entender do cê. É tão maluco. É melhor deixar eu te preparar um café.

— Eu num tenho tempo. Tem um trabalho. Tenho de tá em Orlando às oito hora. Vejo ocê depois, te falo mais direto.

Saltou para a calçada e desapareceu. Mas naquela noite, quando ela deïxou a loja, encontrou-o estendido na rede da varanda, com o chapéu na cara, fingindo dormir. Chamou--o. Ele fingiu não ouvir. Roncou mais alto. Ela foi até a rede sacudi-lo e ele a agarrou e puxou para si. Após algum tempo, ela deixou-o acomodá-la em seus braços e ficou ali deitada um pouco.

— Tea Cake, eu num sei você, mas eu tô com fome, vamo jantar.

Entraram, e suas risadas reverberaram primeiro na cozinha, e depois pela casa toda. Janie acordou no outro dia sentindo que Tea Cake quase a sufocava de beijos. Abraçava-a e acariciava-a como se temesse que ela escapasse entre os seus braços e voasse. Depois teve de vestir-se às pressas para chegar a tempo ao trabalho. Não quis que ela lhe fizesse nenhum desjejum. Queria que descansasse. Obrigou-a a ficar onde estava. No fundo do coração, ela queria fazer o desjejum para ele. Mas ficou na cama muito tempo depois de ele ter partido.

Tanta coisa havia transpirado pelos poros, que Tea Cake continuava ali. Ela o sentia e quase o via saltando pelo quarto, em pleno ar. Após um longo tempo de passiva felicidade, levantou-se, abriu a janela e deixou Tea Cake lançar-se e subir ao céu num pé de vento. Foi assim que tudo começou.

Na fresca da tarde, o demônio que o inferno manda especialmente aos amantes chegou ao ouvido de Janie. A dúvida. Todo o medo que a circunstância podia oferecer e o coração sentir atacou-a de todos os lados. Era uma sensação nova para ela, mas não menos angustiante. Se ao menos Tea Cake lhe desse certeza! Ele não voltou naquela noite, nem na seguinte, e ela mergulhou no abismo e desceu até a nona escuridão, onde a luz jamais estivera.

Mas no quarto dia ele voltou ao anoitecer, dirigindo um carro que caía aos pedaços. Saltou feito um veado e fez o gesto de amarrá-lo a uma coluna da varanda. Com o sorriso a postos! Ela o adorava e odiava ao mesmo tempo. Como podia ele fazê-la sofrer tanto e depois aparecer sorrindo assim, daquele seu jeito gostoso? Ele beliscou-lhe o braço quando passou pela porta.

— Eu trouxe uma coisa procê carregar com ocê — disse com aquela risadinha secreta. — Pega o chapéu se ocê vai botar um. A gente tem de comprar comida.

— Eu vendo comida bem aqui nesta loja, Tea Cake, se ocê por acaso num sabe.

Tentou parecer fria, mas sorria a despeito de si mesma.

— Não a que gente precisa pra ocasião. Cê vende comida pro povo comum. A gente vai comprar *procê*. O grande Piquenique Dominical da Escola é amanhã… aposto que ocê esqueceu… e a gente vai tá lá com uma bela cesta e nós mesmo.

— Eu num sei nada disso, Tea Cake. Vou dizer o que cê vai fazer. Vai lá pra casa e espera por mim. Teja lá agorinha mesmo.

Assim que julgou que pareceria direito, esgueirou-se pelos fundos e foi juntar-se a Tea Cake. Não precisava enganar-se. Talvez ele estivesse sendo apenas cortês.

SEUS OLHOS VIAM DEUS 141

— Tea Cake, tem certeza de que quer que eu vá pra esse piquenique com ocê?

— Eu me esfolo pra arranjar dinheiro pra levar ocê... trabalhei feito um cachorro duas semana inteirinha... e ela vem me perguntar se eu quero que ela vá! Tive um trabalhão dos diabo pra arranjar o carro, procê ir pra Winter Park ou Orlando comprar as coisa que precisa, e essa mulher fica aí sentada e me pergunta se eu quero que ela vá!

— Num fique brabo, Tea Cake, eu só num queria que ocê fizesse nada por cortesia. Se ocê prefere levar outra pessoa, pra mim tá tudo bem.

— Não, num tá bem procê, não. Se tivesse, cê num tava aí dizendo isso. Tenha a coragem de dizer o que pensa.

— Bom, tudo bem, Tea Cake, eu quero muito mesmo ir com cê, mas... Olha lá, Tea Cake, não finja pra mim.

— Janie, eu quero que Deus me mate se eu tô mentindo. Ninguém no mundo chega nem a seus pé, menina. Cê tem as chave do reino.

CAPÍTULO 12

Foi depois do piquenique que a cidade começou a notar e ficou furiosa. Tea Cake e a Sra. Prefeito Starks! Ela podia escolher o homem que quisesse, e ficava andando por aí com alguém como Tea Cake! E tem mais, não fazia nem nove meses que Joe Starks morrera, e lá estava ela toda serelepe num piquenique, com um vestido de linho novinho em folha. Deixara de frequentar a igreja, onde ia sempre. Ia para Sanford num carro com Tea Cake, toda embonecada de azul! Era uma vergonha. Passou a usar sapatos de salto alto e um chapéu de dez dólares! Parecia uma mocinha, sempre de azul, porque Tea Cake disse para ela usar. Coitado do Joe Starks. Apostavam que ele se revirava na cova todo dia. Tea Cake e Janie foram caçar. Tea Cake e Janie foram pescar. Tea Cake e Janie foram ao cinema em Orlando. Tea Cake e Janie foram a um baile. Cortaram a árvore de que ela jamais gostara junto à janela da sala de jantar. Todos aqueles sinais de posse. Tea Cake num carro emprestado ensinando Janie a dirigir. Tea Cake e Janie jogando damas; jogando cunca; jogando pôquer na loja a tarde toda, como se não houvesse mais ninguém lá. Dia após dia, semana após semana.

— Pheoby — disse Sam Watson uma noite, quando ia se deitar —, eu acho que tua amiga tá enrabichada com aquele Tea Cake, com toda certeza. Eu num acreditei no começo.

— Ah, num é nada sério, não. Acho que ela tá meio interessada naquele coveiro de Sanford.

— É alguém, porque ela anda com uns ar muito bom. Os vestido novo, os cabelo pentiado dum jeito diferente quase todo dia. É preciso ter alguma coisa pra mudar os cabelo. Quando cê vê uma mulher mexer tanto nos cabelo, só pode ser por causa de homem.

— É óbvio que ela pode fazer o que quer, mas é bem possível que acabe em Sanford. A mulher do homem morreu e ele tem uma casa bonita pra levar ela... já com os móvel. Melhor que a casa que Joe deixou pra ela.

— É melhor cê dar uns conselho pra ela, porque Tea Cake só pode ajudar ela a gastar o que tem. Acho que é disso que ele anda atrás. Jogar fora o que Joe Starks deu duro pra juntar.

— É o que parece. Mesmo assim, ela é dona do nariz dela. Já devia de saber o que qué fazer.

— Os homem tava falando nisso na horta hoje e discascando ela e Tea Cake. Eles acha que ele tá gastando com ela agora pra fazer ela gastar com ele depois.

— Hum! Hum! Hum!

— Ah, eles já adivinhou tudo. Pode num ser tão ruim que nem eles diz, mas eles fala e faz parecer ruim mesmo da parte dela.

— É ciúme e maldade. Muitos daqueles homem quer fazer o mesmo que eles diz que tem medo que Tea Cake teja fazendo.

— O pastor diz que Tea Cake num deixa ela ir na igreja nem de vez em quando porque precisa dos trocado pra

SEUS OLHOS VIAM DEUS   145

comprar gasolina pro carro. Arrasta a mulher pra longe da igreja. Mas de qualquer modo, ela é tua amiga do peito, por isso é melhor ocê dá um jeito nela. Dá umas indiretazinha de vez em quando, e se Tea Cake tá tentando passar ela pra trás, ela vai abrir os olho. Eu gosto dela, e num ia gostar de vê ela acabar que nem Dona Tyler.

— Ah, meu Deus, não! Acho melhor eu ir lá amanhã e ter uma conversinha com Janie. Ela num tá pensando no que faz, só isso.

Na manhã seguinte, Pheoby foi até a casa de Janie como uma galinha que vai ciscando até o quintal do vizinho. Parou e conversou um pouco com todo mundo que encontrava, momentaneamente desviada para uma ou duas varandas — reta por linha torta. Assim sua firme intenção parecia um acaso, e não tinha de dar sua opinião às pessoas ao longo do caminho.

Janie pareceu contente por vê-la, e depois de algum tempo Pheoby abordou o assunto:

— Janie, todo mundo tá dizendo que aquele Tea Cake tá te arrastando pra uns lugar que você num tá acostumada. Jogo de beisebol, caçada e pescaria. Ele num sabe que cê tá acostumada a gente mais alta. Você sempre foi exigente nessas coisa de classe.

— Era Jody que fazia eu ser exigente nessas coisas de classe. Eu, não. Não, Pheoby, Tea Cake num tá me arrastando pra ninhum lugar que eu num goste de ir. Eu sempre quis muito andar por aí, mas Jody num deixava. Quando eu num tava na loja, ele queria que eu ficasse sentada com as mão cruzada sem fazer nada. E eu ficava com as parede se fechando em cima de mim e espremendo minha vida pra fora. Pheoby, essas mulher educada tem muita coisa pra ficar sentada pensando.

Alguém ensinou elas por que sentar. Ninguém ensinou a pobre de mim, e eu ainda me preocupo com isso. Eu quero me usar todinha.

— Mas, Janie, Tea Cake, mesmo num sendo ninhum caso de cadeia, num tem um tostão. Cê num tem medo que ele só teja atrás de seu dinheiro... sendo mais novo que ocê?

— Ele inda num pediu um tostão, e se gosta de ter as coisa, num é diferente do resto de nós tudo. Todos esses velho que tá aí atrás de mim qué a mesma coisa. Tem mais três viúva na cidade, por que eles num sai correndo atrás delas? Porque elas num tem nada, é por isso.

— As pessoa viu ocê de roupa colorida e acha que ocê num tá mostrando o devido respeito com seu marido morto.

— Eu num tô sofrendo, então por que eu tenho de botar luto? Tea Cake gosta de mim de azul, por isso eu uso. Jody nunca na vida dele escolheu uma cor pra mim. Foi o mundo que escolheu preto e branco pro luto, não Joe. Por isso eu num tô usando por ele. Tô usando pelo resto de ocês tudo.

— Mas de qualquer jeito, toma cuidado, Janie, e num deixa ninguém se aproveitar. Cê sabe como é esses rapaz com as mulher mais velha. Na maioria das vez eles tá atrás do que pode conseguir, depois some que nem peru no milharal.

— Tea Cake num fala assim. Ele quer ficar comigo. A gente já decidiu se casar.

— Janie, cê é dona do teu nariz, e eu espero que ocê pense no que tá fazendo. Espero que ocê num seja igual a um gambá, que quanto mais velho fica, menos juízo tem. Eu ia me senti muito melhor por ocê se ocê se casasse com aquele homem lá de Sanford. Ele tem alguma coisa pra juntar com o que ocê tem, e isso faz as coisa muito melhor. Ele tem sustança.

SEUS OLHOS VIAM DEUS   147

— Mesmo assim, eu prefiro ficar com Tea Cake.

— Bom, se ocê já decidiu, ninguém pode fazer nada. Mas ocê tá correndo um risco dos diabo.

— Não mais do que corri antes, nem do que todo mundo corre quando se casa. O casamento sempre muda as pessoa, e às vez traz pra fora sujeira e maldade que nem a pessoa mesma sabia que tinha lá dentro. Cê sabe disso. Pode ser que com Tea Cake seja assim. De qualquer modo, eu tô pronta pra experimentar com ele.

— Bom, quando vai ser?

— Isso nós num sabe. É preciso vender a loja e depois a gente vai se casar em algum lugar.

— Por que cê vai vender a loja?

— Porque Tea Cake num é Jody Starks, e se quisesse ser, ia ser um fracasso total. Mas assim que eu me casar com ele, todo mundo vai comparar. Por isso a gente vai pra algum lugar e começar tudo de novo do jeito de Tea Cake. Num é ninhuma proposta comercial nem corrida pra pegar propriedade e título. É uma coisa de amor. Eu já vivi do jeito da Avó, agora quero viver do meu.

— Quê que ocê quer dizer, Janie?

— Ela nasceu nos tempo da escravidão, quando as pessoa, quer dizer, os preto, num se sentava quando queria. Por isso se sentar nas varanda que nem a sinhá branca parecia uma coisa pra lá de boa pra ela. Era o que ela queria pra mim, por cima de pau e pedra. Se sentar num trono e ficar lá. Ela num teve tempo de pensar no que fazer depois de subi no tamborete. O negócio era subir lá. Por isso eu subi no tamborete alto que nem ela mandou, mas Pheoby, eu quase morri murcha lá em cima. Achava que o mundo tava gritando as notícia extra e eu num tinha lido nem as comum.

— Pode ser, Janie. Mesmo assim, eu queria experimentar só um ano. Pra mim, de onde eu tô, isso parece o céu.

— Acredito.

— Mas de qualquer modo, Janie, ocê tem cuidado com esse negócio de vender e ir embora com um homem estranho. Olha o que aconteceu com Annie Tyler. Ela pegou tudo que tinha e foi pra Tampa com aquele rapaz que eles chama de Who Flung. É uma coisa procê pensar.

— É. Mesmo assim, eu não sou Dona Tyler, e ele num é estranho ninhum pra mim. A gente já tá o mesmo que casado. Mas eu num tô espalhando isso por aí. Tô contando *procê*.

— Eu sou que nem galinha. Galinha bebe água mas num mija.

— Oh, eu sei que ocê num fala. Nós num é sem-vergonha. Nós só num quer ninhum grande barulhão ainda.

— Você tá certa de num falar, mas Janie, cê tá correndo um risco dos diabo.

— Num é tão grande que nem parece, Pheoby. Eu sou mais velha que Tea Cake, sim. Mas ele me mostrou onde tá o pensamento que faz a diferença nas idade. Se as pessoa pensa do mesmo jeito, pode dá certo. Por isso, no começo a gente teve de pensar novos pensamento e dizer novas palavra. Depois que eu me acostumei com isso, a gente se dá muito bem. Ele me ensinou a língua da donzela tudo de novo. Espere só até vê o novo cetim azul que Tea Cake escolheu pra mim usar com ele. Sapato de salto alto, colar, brinco, *tudinho* que ele quer que eu use. Uma manhã dessa, e num vai demorar muito, você vai acordar me chamando e eu já fui embora.

CAPÍTULO 13

Jacksonville. A carta de Tea Cake dizia Jacksonville. Ele trabalhara lá antes, na oficina da ferrovia, e seu antigo patrão lhe prometera um emprego no dia do próximo pagamento. Não era preciso Janie esperar mais. Pusesse o vestido de cetim azul, porque ele pretendia se casar com ela assim que saltasse do trem. Que se apressasse a ir, porque ele estava para se tornar puro açúcar pensando nela. Venha, filhinha, o papai Tea Cake aqui nunca pôde ficar brabo com você!

O trem de Janie chegou muito cedo para a cidade ver muita coisa, mas os poucos que a viram partir deram pleno testemunho. Tinham de reconhecer, estava linda, mas não tinha nada de fazer aquilo. Era difícil amar uma mulher que sempre deixava a gente tão cheio de desejo.

O trem se batia e dançava nos reluzentes trilhos quilômetro após quilômetro. De vez em quando o maquinista tocava o apito para as pessoas nas cidades por onde passava. E foi sacolejando até Jacksonville, para um monte de coisas que ela queria ver e conhecer.

E lá estava Tea Cake na velha estação grande, com um terno novo e um chapéu de palhinha, arrastando-a para a casa de um pregador logo na chegada. Depois, direto para um quarto onde ele vinha dormindo sozinho fazia duas semanas, à espera de que ela viesse. E nunca se viram abraços e beijos e êxtases iguais. Isso a deixou tão contente que teve medo de si mesma. Ficaram em casa e descansaram nessa noite, mas na seguinte foram a um espetáculo e depois rodaram nos bondes e deram uma olhada em tudo. Tea Cake gastava do próprio bolso, por isso Janie não lhe falou dos duzentos dólares que pregara com alfinetes por dentro da camisa, junto da pele. Pheoby insistira em que ela os trouxesse e mantivesse em segredo, apenas por precaução. Depois de pagar a passagem, tinha dez dólares na carteira. Que Tea Cake pensasse que era só o que possuía. As coisas podiam não sair como Janie pensava. A cada minuto desde que saltara do trem ria do conselho de Pheoby. Pretendia contar a piada a Tea Cake num momento em que tivesse certeza de que ela não ia magoar os sentimentos dele. Logo aconteceu que estava casada há uma semana, e mandou a Pheoby um postal com um retrato.

Naquela manhã, Tea Cake acordou mais cedo que Janie. Ela se sentia sonolenta e pediu-lhe que comprasse peixe para comerem frito no desjejum. Quando ele saísse e voltasse, ela já teria acabado seu cochilo. Ele disse que ia fazer isso e ela virou-se e voltou a dormir. Acordou e ele ainda não tinha voltado, o relógio dizia que estava ficando tarde, e ela se levantou e lavou o rosto e as mãos. Talvez ele estivesse lá embaixo na cozinha, consertando alguma coisa para deixá-la dormir. Janie desceu e a senhoria a fez tomar um pouco de café com ela, porque disse que o marido morrera e era ruim ter de tomar o café da manhã sozinha.

— Seu marido foi trabalhar essa manhã, Dona Woods? Eu vi ele sair já faz um bocado de tempo. A gente faz companhia uma pra outra.

— Oh, sim, é mesmo, Dona Samuels. A sinhora me lembra minha amiga lá em Eatonville. É, a sinhora é boa e simpática que nem ela.

Janie tomou seu café e voltou para o quarto sem perguntar nada à senhoria. Tea Cake devia estar procurando o tal peixe por toda a cidade. Manteve essa ideia na cabeça para não pensar demais. Quando ouviu o apito do meio-dia, decidiu levantar-se e vestir-se. Foi aí que descobriu que os duzentos dólares haviam desaparecido. Lá estava a bolsinha de pano, e o dinheiro não se achava em parte alguma do quarto. Ela sabia desde o início que o dinheiro não estaria em lugar algum senão naquela bolsinha presa ao colete de seda cor-de-rosa. Mas o esforço de procurar pelo quarto a mantinha ocupada, e fazia-lhe bem continuar se mexendo, embora só fizesse rondar em círculos sobre as próprias pegadas.

Mas, por mais firme que seja nossa determinação, não podemos continuar rodando num lugar como um cavalo moendo cana. Por isso Janie passou a sentar-se em vários lugares do quarto. Sentava-se e olhava. O interior do quarto era como a boca de um jacaré — escancarada para engolir alguma coisa. Além da janela, Jacksonville parecia precisar de uma cerca em redor, para impedi-la de evaporar-se no seio do éter. Era grande demais para ser simpática, quanto mais para precisar de alguém como ela. Passou o dia e a noite toda preocupada.

Bem tarde na manhã seguinte, veio visitá-la a lembrança de Annie Tyler e Who Flung. Annie Tyler, que aos cinquenta anos ficara viúva com uma boa casa e o dinheiro do seguro.

A Sra. Tyler dos cabelos tingidos, recém-alisados, da troncha dentadura falsa, da pele parecendo couro, manchada de pó, e da risadinha. Dos casos de amor com garotos de menos de vinte anos ou pouco mais, com os quais gastava seu dinheiro em roupas, sapatos, relógios e coisas assim, e que a deixavam quando se satisfaziam. Então, quando se soube que o dinheiro líquido dela acabara, apareceu Who Flung, denunciando o antecessor como um patife e assumindo o lugar. Foi quem a convenceu a vender a casa e ir com ele para Tampa. A cidade a vira sair capengando. Os apertados sapatos de salto alto castigavam-lhe os pés cansados, que pareciam ser só joanetes. O corpo espremido e estufado num corpete justo que empurrava a barriga para baixo do queixo. Mas partira rindo e segura. Tão segura quanto Janie.

Então, duas semanas depois, o carregador e o condutor do trem do norte haviam-na ajudado a descer em Maitland. Os cabelos cheios de mechas grisalhas, pretas, azuladas, avermelhadas. Todas as estripulias que faz a tintura barata mostravam-se naqueles cabelos. Os sapatos tortos e amassados, exatamente como os pés exaustos. O corpete desaparecera, e a velha trêmula se despencava toda. Tudo à vista despencara. O queixo pendia das orelhas em dobras, como cortinas, pelo pescoço abaixo. Caídos o peito, a barriga, as nádegas e as pernas, que escorriam em ondas sobre os tornozelos. Ela gemia, mas nunca ria.

Estava acabada, seu orgulho se fora, e contou aos que perguntavam o que acontecera. Who Flung levara-a para um

SEUS OLHOS VIAM DEUS

quarto miserável, numa casa miserável, numa rua miserável, e prometera-lhe casar-se no dia seguinte. Haviam ficado no quarto dois dias inteiros, e então a Sra. Tyler descobrira que o rapaz e o dinheiro dela tinham ido embora. Começara a circular para ver se o encontrava, e descobrira-se cansada demais para fazer muita coisa. Descobrira apenas que era uma jarra velha demais para conter vinho novo. No dia seguinte, a fome a fez sair. Ficou nas ruas sorrindo, sorrindo, depois sorrindo e mendigando, depois só mendigando. Após uma semana apanhando do mundo, apareceu um jovem de sua terra e a viu. Ela não pôde explicar-lhe nada. Dissera-lhe apenas que ao descer do trem alguém havia lhe roubado a bolsa. Naturalmente, ele acreditou e a levou para casa, a fim de dar-lhe tempo de descansar um ou dois dias, e depois pagou-lhe a passagem de volta.

Puseram-na na cama e mandaram chamar a filha casada lá para os lados de Ocala, a fim de que viesse cuidar dela. A filha veio assim que pôde e levou Annie Tyler para morrer em paz. Ela havia esperado a vida toda por algo, e quando a encontrou, isso a matou.

Essa história se transformou em imagens, que pairavam ao lado da cama de Janie a noite toda. De qualquer modo, não voltaria para Eatonville, para ser motivo de chacota e pena. Tinha dez dólares na carteira e mil e duzentos no banco. Mas, oh, Deus, que Tea Cake não teja em algum lugar ferido e eu aqui sem saber de nada. E Deus, por favor, num deixa ele amar mais ninguém fora eu. Pode ser que eu seja uma boba, Sinhô, que nem eles diz, mas Sinhô, eu tava tão sozinha, e esperando, Jesus. Esperei muito tempo.

Janie cochilou e caiu no sono, mas acordou a tempo de ver o sol mandando espiões à frente para sinalizar a estrada no meio da escuridão. Ele espiou por cima do batente da porta do mundo e fez uma bobagem com o vermelho. Mas imediatamente pôs tudo isso de lado e foi cuidar de sua vida todo de branco. Para Janie, porém, tudo ia continuar na escuridão, se Tea Cake não voltasse logo. Ela deixou a cama, mas uma cadeira não a podia conter. Caiu no chão de cabeça com a cadeira de balanço.

Após algum tempo, ouviu alguém tocando violão do lado de fora da porta. Tocava bem. E parecia bonito. Mas era triste ouvi-lo sentindo-se tão infeliz. Então, quem quer que fosse, pôs-se a cantar "Tocai os sinos da misericórdia. Chamai de volta o pecador". O coração quase a sufocou.

— Tea Cake, é você?

— Cê sabe muito bem que é, Janie. Por que num abre logo essa porta?

Mas não esperou. Entrou com o violão e um sorriso. O violão pendurado no pescoço por um cordão de seda vermelha, o sorriso pendurado das orelhas.

— Num precisa me perguntar onde eu andei esse tempo todo, porque eu vô precisar do dia todo pra te contar.

— Tea Cake, eu...

— Bom Sinhô, Janie, quê que cê tá fazendo aí sentada no chão?

Tomou-lhe a cabeça entre as mãos e enfiou-se na cadeira. Ela ainda não dizia nada. Ele sentou-se alisando-lhe a cabeça e olhando seu rosto embaixo.

— Eu entendo o que foi. Cê duvidou de mim pelo dinheiro. Achou que eu tinha pegado e fugido. Eu num te culpo, mas num foi que nem ocê tá pensando. Inda num nasceu, e a mãe já morreu, a menina que vai me fazer gastar o dinheiro da gente com ela. Eu te disse antes que ocê tem as chave do reino. Pode acreditar nisso.

— Mesmo assim, cê saiu e me deixou sozinha o dia e a noite toda.

— Num foi por querer, e eu juro por Deus que num foi ninhuma mulher. Se ocê num tivesse o poder de me segurar, e segurar firme, eu num ia tá chamando ocê de Dona Woods. Eu conheci um monte de mulher antes do cê. Cê é a única no mundo que um dia eu falei em casar. Ocê ser mais velha num faz ninhuma diferença. Nunca mais pense nisso. Se um dia eu começar a andar com outra mulher num vai ser por causa da sua idade. Vai ser porque ela me pegou do mesmo jeito que ocê... e eu num pude me aguentar.

Sentou-se no chão junto dela, beijou-a e brincou repuxando os cantos dos seus lábios para cima até ela sorrir.

— Olha aí, pessoal — anunciou para uma plateia imaginária —, Dona Woods vai largar o marido!

Janie riu e deixou-se encostar nele. Depois anunciou para a mesma plateia:

— Dona Woods arranjou um novo galinho pra ela, mas ele sumiu e num quer contar pra ela onde foi.

— Primeiro que tudo, Janie, a gente precisa comer. Depois a gente fala.

— Uma coisa: eu num vou mandar cê procurar peixe.

Ele deu-lhe um beliscão no lado e ignorou o que ela disse.

— Ninhum de nós precisa trabalhar hoje de manhã. Chama Dona Samuels e manda ela preparar o que ocê quiser.

— Tea Cake, se você num me contar logo, eu vô deixar essa tua cabeça chata que nem uma moeda de tanta pancada.

Tea Cake resistiu até tomar o café da manhã, depois contou e representou a história.

Viu o dinheiro quando dava o nó na gravata. Pegou-o e olhou por curiosidade, e o colocou no bolso para contá-lo quando saísse à procura do peixe para fritar. Ao descobrir quanto era, ficou excitado e teve vontade de dizer ao pessoal quem era ele. Antes de achar a feira de peixe, encontrou um sujeito com quem trabalhara na oficina da ferrovia. Uma palavra puxa outra, logo decidiu gastar um pouco. Nunca tivera tanto dinheiro na mão em toda a sua vida, por isso decidiu ver como era ser milionário. Foram a Callahan, depois da oficina, e ele decidiu dar um grande jantar de galinha com macarrão naquela noite, de graça para todo mundo.

Comprou o material e encontrou alguém para tocar violão e dançarem um pouco. Espalharam a notícia, para todos aparecerem. E apareceram mesmo. Uma mesa grande coberta de galinha frita, biscoitos e uma banheira de macarrão, com muito queijo. Quando o sujeito se pôs a tocar, começou a aparecer gente do leste, do oeste, do norte e da Austrália. E ele ficou na porta, pagando dois dólares a toda mulher feia para *não* entrar. Uma mulherona lanzuda era tão feia que merecia cinco dólares para não entrar, e ele pagou.

Divertiram-se a valer, até aparecer um sujeito dando uma de doido. Queria rasgar todas as galinhas e tirar o fígado e a moela para comer. Ninguém conseguiu acalmá-lo, e chamaram Tea Cake para ver se podia detê-lo. Tea Cake aproximou-se e perguntou-lhe:

— Escute, quê que há com tu, hein?

SEUS OLHOS VIAM DEUS

— Eu num quero ninguém me dando nada. Especialmente num quero ninguém me dando ração. Eu sempre escolho minhas ração.

Continuou rasgando o monte de galinhas. Tea Cake ficou furioso.

— Cê tem muita coragem. Me diz uma coisa: em qual correio *cê* já mijou? Tô doido pra saber.

— Quê que cê tá dizendo? — o cara perguntou.

— Eu tô dizendo... que pra vim aqui rasgar todas as galinha que eu comprei é preciso a mesma coragem que pra fazer uma brincadeira dessa num Correio dos Estados Unido. Some já daqui. Diabos se eu num vô vê se ocê é bom mesmo essa noite.

Aí foram todos para fora, para ver se Tea Cake podia cuidar daquela assombração. Tea Cake quebrou-lhe dois dentes, e o homem foi-se embora. Depois dois outros tentaram puxar briga entre si, e Tea Cake mandou que se beijassem e fizessem as pazes. Eles não quiseram. Disseram que preferiam ir para a cadeia, mas os outros gostaram da ideia e os obrigaram a fazer o que Tea Cake mandara. Depois os dois cuspiram, se engasgaram e limparam a boca com as costas da mão. Um saiu e comeu um punhado de grama, como cachorro com dor de barriga, segundo ele para aquilo não matá-lo.

Depois todos se puseram a berrar com o músico, porque o sujeito só sabia tocar três músicas. Aí Tea Cake pegou o violão e tocou ele mesmo. Ficou satisfeito com a oportunidade, porque não punha a mão num violão desde que havia colocado o seu numa casa de penhores a fim de arranjar um dinheirinho e alugar um carro para Janie, logo depois de conhecê-la. Sentia saudade de sua música. Isso lhe deu a ideia de que devia ter um violão. Comprou aquele na hora e pagou quinze dólares à vista. Na verdade, valia sessenta e seis em qualquer lugar.

Pouco antes do amanhecer, a festa morreu. Tea Cake apressou-se em voltar para sua nova esposa. Ele havia descoberto como era ser rico, tinha um belo violão, ainda lhe restavam doze dólares no bolso, e só precisava agora de um grande abraço e um beijo de Janie.

— Você deve de achar tua esposa um bocado feia. As mulher que ocê pagou dois dólar pra num entrar pelo menos chegou até a porta. Cê nem me deixou chegar tão perto.

Fez biquinho.

— Janie, eu dava Jacksonville com Tampa de quebra procê tá lá cumigo. Eu saí pra vim te buscar umas duas ou três vez.

— Bom, por que num veio me buscar?

— Janie, ocê ia se eu viesse?

— Óbvio que ia. Eu gosto tanto de festa que nem ocê.

— Janie, eu queria, muito mesmo, mas tava com medo. Muito medo de perder ocê.

— Por quê?

— Num era lá gente muito granfa. Era tudo trabalhador da estrada de ferro com as mulher dele. Cê num tá acostumada com gente daquela, e eu tava com medo que ocê ficasse braba e me deixasse por misturar ocê com eles. Mas eu queria ocê comigo mesmo assim. Antes da gente se casar, eu tomei a decisão de num deixar ocê vê nada de ordinário em mim. Quando eu volto pros maus hábito, eu saio pra esconder do cê. Num penso em arrastar *ocê* pra baixo comigo.

— Escuta, Tea Cake, se você fugir de mim pra cair na farra desse jeito e voltar aqui me dizendo que eu sou muito bacana, eu te mato. Tá me ouvindo?

SEUS OLHOS VIAM DEUS 159

— Então ocê quer dividir tudo, né?

— É, Tea Cake, num me importa o que é.

— É só o que eu queria saber. Daqui pra frente ocê é minha esposa e minha mulher e tudo mais no mundo que eu preciso.

— É o que eu espero.

— E querida, num se preocupe com aqueles velho duzentos dólar. Sábado é o grande dia de pagamento na estrada de ferro. Eu vô pegar esses doze dólar no meu bolso e ganhar tudo de volta, e mais ainda.

— Como?

— Querida, já que ocê me solta e me dá licença de contar tudo de mim, eu vô te contar. Ocê se casou com um dos melhor jogador que Deus já fez. Baralho ou dado, qualquer coisa. Eu pego um vintém e faço um milhão. Queria que ocê me visse rolando os dado. Mas essa vez só vai ter uns homem bruto, falando tudo que é palavrão, e num é lugar procê ir, mas eu num demoro muito pra voltar.

Tea Cake passou todo o resto da semana ocupado a treinar com os dados. Jogava-os no chão nu, no tapete e na cama. Agachava-se e jogava, sentava-se numa cadeira e jogava, ficava de pé e jogava. Era muito excitante para Janie, que jamais tocara num dado em sua vida. Depois ele pegava o maço de baralho, embaralhava e cortava, embaralhava, cortava e dava, depois examinava cada mão com cuidado, e tornava a repetir. Então chegou o sábado. Ele saiu e comprou uma nova faca de mola e dois maços de baralho pela manhã, e deixou Janie lá pelo meio-dia.

— Eles já vai começar a pagar daqui a pouco. Eu quero começar no jogo enquanto tem dinheiro graúdo. Num tô pra ninharia hoje. Ou eu volto pra casa com o dinheiro ou numa padiola.

Cortou nove fios de cabelos de Janie para dar sorte e saiu alegre.

Janie esperou até meia-noite sem se preocupar, mas depois começou a ficar com medo. Levantou-se e sentou-se, assustada e infeliz. Imaginando e receando todo tipo de perigos. Admirando-se, como muitas vezes fizera naquela semana, por não estar chocada com a jogatina de Tea Cake. Era parte dele, logo estava bem. Via-se mais furiosa com pessoas imaginárias que podiam tentar criticar. Que os velhos hipócritas aprendessem a cuidar de sua vida, e deixassem os outros em paz. Tea Cake não chegava nem perto, tentando ganhar algum dinheiro, do mal que eles viviam fazendo com suas línguas mentirosas. Tea Cake tinha melhor natureza nas unhas dos pés do que eles em seus chamados corações cristãos. Era melhor não dar ouvidos a nenhum dos velhos fuxiqueiros que falavam do *seu* marido! Por favor, Jesus, não deixe que aqueles negros maldosos façam mal a seu rapaz. Se fizerem, Senhor Jesus, dê a ela uma boa arte e uma chance de dar um tiro neles. Tea Cake tinha uma faca, era verdade, mas só para proteger-se. Deus sabia que ele não faria mal a uma mosca.

A luz do dia se insinuava pelas fendas do mundo quando Janie ouviu uma fraca batida na porta. Saltou e escancarou-a. Tea Cake lá estava, parecendo dormir de pé. De uma maneira estranha, era apavorante. Janie pegou-lhe o braço para despertá-lo e ele entrou cambaleando no quarto e caiu.

— Tea Cake! Menino! Que foi, querido?

— Eles me deu umas facada, só isso. Num chora. Tira meu paletó o mais depressa que puder.

SEUS OLHOS VIAM DEUS 161

Disse-lhe que só levara dois cortes, mas ela o fez ficar nu para olhá-lo todo e tratá-lo até onde podia. Ele pediu-lhe que não chamasse um médico, a não ser que piorasse muito. Era só perda de sangue mesmo.

— Eu ganhei o dinheiro que nem disse que ia fazer. Lá pela meia-noite eu já tinha seus duzento dólar e ia sair, mesmo ainda tendo mais um monte de dinheiro no jogo. Mas eles queria uma chance de recuperar o dinheiro, e eu voltei pra jogar mais um pouco. Sabia que o velho Double-Ugly tava quase quebrado e queria brigar por isso, e voltei pra dar a ele a chance de ganhar o dinheiro de volta, e também de fazer uma viagem rápida pro inferno se tentasse puxar aquela navalha que eu vi no bolso dele. Querida, ninhum espertinho me engana com ninhuma navalha. O homem que tem uma faca de mola retalha o outro todo enquanto ele inda tá procurando a navalha. Mas Double-Ugly diz que já foi longe demais pra se machucar, e eu sei que não.

"Lá pelas quatro eu já tinha limpado eles bonitinho... eles todo, menos dois que se levantou e foi embora enquanto inda tinha dinheiro pra feira, e um que deu sorte. Aí eu me levantei pra me despidir. Ninguém gostou, mas todos viu que era justo. Eu dei pra eles uma chance justa. Todos, menos Double-Ugly. Disse que eu troquei os dado. Eu enfiei meu dinheiro no fundo do bolso, peguei o chapéu e o paletó com a mão esquerda e fiquei com a direita na faca. Num me importava com o que ele dizia, contanto que num fizesse *nada*. Botei o chapéu e enfiei um braço no paletó, indo pra porta. Ele saltô em cima de mim quando eu me virei pra vê o degrau do lado de fora e me deu dois talho nas costa.

"Menina, eu enfiei o outro braço no paletó e agarrei aquele preto pela gravata antes que ele pudesse piscar o olho, e caí em cima dele que nem molho de carne em cima de arroz. Ele largou a navalha pra se livrar de mim. Berrava pra eu soltar ele, mas menina, eu fiz tudo *meno* soltar. Dexei ele na rua e vim correndo pra cá. Eu sei que num tô muito cortado, porque ele tava morto de medo pra chegar muito perto. É só grudar a pele com esparadrapo. Tô bom num dia ou dois."

Janie passava iodo e chorava.

— Num é ocê que deve de tá chorando, Janie. A velha dele é que deve. Cê me deu sorte. Dê uma olhada no bolso esquerdo da minha calça que vai ver o que o papai trouxe procê. Quando eu digo que vô trazer, trago mesmo.

Contaram juntos — trezentos e vinte e dois dólares. Era quase como se Tea Cake houvesse assaltado o Trem Pagador. Ele obrigou-a a pegar os duzentos dólares e guardá-lo num lugar seguro. Então Janie lhe falou do resto do dinheiro que tinha no banco.

— Bote esses duzento junto com o resto, Janie. Meus dado. Eu num preciso de ajuda pra dar de comer pra minha mulher. Daqui pra frente, ocê vai comer o que meu dinheiro der pra comprar, e vestir também. Quando eu num tenho nada, ocê também não.

— Pra mim tá tudo bem.

Tea Cake estava ficando sonolento, mas beliscou a perna dela, satisfeito por ela aceitar tudo como ele queria.

— Escute, assim que eu ficar bom desses arranhão a gente vai fazer uma maluquice.

— O quê?

— A gente vai pro brejo.

— O que é o brejo, e onde fica?

— Ah, lá nas Everglades, perto de Clewinston e Belle Glade, onde eles planta toda aquela cana, feijão-de-corda e tomate. As pessoa num faz nada lá a num ser juntar dinheiro, brincar e fazer besteira. A gente tem de ir pra lá.

Caiu no sono, e ela olhou-o adormecido e sentiu um amor que a esmagava. E assim a alma de Janie se arrastou para fora de sua toca.

CAPÍTULO 14

Aos olhos de Janie, tudo nas Everglades era grande e novo. O grande lago Okechobee, feijões grandes, canas grandes, mato grande, tudo grande. O mato que, quando muito, chegava à altura da cintura mais ao norte do estado, ali tinha dois metros e meio e muitas vezes três. Um solo tão rico que tudo virava bravo. A cana que brotava espontânea tomava tudo. Estradas de terra tão rica e negra que um quilômetro teria fertilizado um campo de trigo do Kansas. Cana brava dos dois lados da estrada, escondendo o resto do mundo. Gente brava também.

— A temporada só começa no fim de setembro, mas a gente precisa se adiantar pra arranjar casa — explicou Tea Cake. — Daqui a duas semana, vai ter tanta gente que num vai tá procurando casa, não, vai tá é procurando um lugar pra dormir. Agora a gente tem uma chance de arranjar um quarto num hotel com banheira. Você num pode viver no brejo sem tomar um banho por dia. Esse barro coça que nem formiga.

Só tem um lugar por aqui com banheira. Num chega nem perto de ter quarto pra todo mundo.

— Quê que a gente vai fazer aqui?

— Eu vô catar feijão o dia todo. Vô tocar violão e rolar os dado a noite toda. Com os feijão e os dado a gente num pode perder. Eu vô agorinha mesmo arranjar um emprego com o melhor sujeito do brejo. Antes do resto chegar aqui. A gente sempre arranja emprego por aqui na temporada, mas não com as pessoa certa.

— Quando é que o emprego começa, Tea Cake? Todo mundo aqui parece que tá esperando também.

— É. Os mandachuva tem uma hora certa pra abrir a temporada, que nem tudo mais. Meu patrão num arranjou tanta semente como queria. Tá caçando mais umas arroba. Aí a gente vai plantar.

— Arroba?

— É, arroba. Num é ninhum negoço de tostão, não. Pobre aqui num tem vez.

Logo no dia seguinte ele irrompeu no quarto em grande excitação.

— O patrão comprou as terra de outro e quer que eu vá pro lago. Tem casa pros primeiro que chegar. Vamo embora.

Sacolejaram quase quinze quilômetros num carro emprestado até os alojamentos, que se amontoavam tão perto uns dos outros que só o dique os separava do grande e espalhado Okechobee. Janie cuidou do barraco, para torná-lo um lar, enquanto Tea Cake plantava feijão. À noite, pescavam. De vez em quando, davam com um grupo de indígenas em suas longas e estreitas canoas, ganhando calmamente a vida nos caminhos sem trilhas das Glades. Finalmente o feijão foi plantado. Não restava nada a fazer senão esperar para colhê-lo. Tea Cake tocava sempre o violão para Janie, mas continuava sem ter muito que fazer. Não precisava jogar ainda. As pessoas que inundavam a região estavam duras. Não vinham trazendo dinheiro, vinham ganhar algum.

— Vou te dizer o que a gente vai fazer, Janie, vamo comprar umas coisa de caça e sair caçando por aí.

— Isso seria ótimo, Tea Cake, só que você sabe que eu num sei atirar. Mas ia adorar ir com ocê.

— Ah, mas precisa aprender já. Num é bom num saber manejar as coisa de atirar. Mesmo que nunca encontre caça, sempre tem uns descarado aí que precisa ser bem matado — deu uma risada. — Vamo até Palm Beach gastar um pouco do dinheiro da gente.

Treinavam todo dia. Tea Cake mandava-a atirar em coisas pequenas, para dar-lhe boa pontaria. Revólver, espingarda e rifle. Chegou a um ponto que os outros ficavam em volta olhando-os. Alguns dos homens pediam para dar um tiro em alguma coisa. Era a coisa mais sensacional no brejo. Melhor que a espelunca e a sinuca, a não ser que alguma orquestra especial estivesse tocando para um baile. E o que interessava a todos era como Janie pegara a coisa. Chegou ao ponto em que podia atirar num gavião num pinheiro sem despedaçá-lo. Arrancar a cabeça. Tornou-se melhor atiradora que Tea Cake. Saíam num fim de tarde e voltavam carregados de caça. Uma noite, pegaram um barco e foram caçar jacarés. Jogando a luz nos olhos fosforescentes e atirando no escuro. Podiam vender as peles e os dentes em Palm Beach, além de se divertirem enquanto não vinha o trabalho.

Dia a dia, agora, chegavam as hordas de trabalhadores. Alguns vinham capengando, os pés machucados nos sapatos de tanto andar. É difícil a gente acompanhar os sapatos, em vez de os sapatos acompanharem a gente. Chegavam em carroças lá da Geórgia, e em caminhões do leste, oeste, norte e sul. Eternos transeuntes, sem ligações, e homens de ar cansado, com as famílias e cachorros nos calhambeques. A noite toda, o dia todo, correndo a catar feijão. Frigideiras, camas, câmaras de ar remendadas penduradas a balançar do lado de fora dos carros velhos, e uma humanidade esperançosa, amontoada e oscilando do lado de dentro, sacolejando rumo ao brejo. Gente feia pela ignorância e alquebrada pela pobreza.

Agora as espeluncas chocalhavam e agitavam a noite toda. Os pianos viviam três vidas diferentes numa só. *Blues* compostos e consumidos na hora. Dança, briga, canto, choro, riso, amor vitorioso e derrotado a cada hora. Trabalho o dia todo por dinheiro, luta a noite toda por amor. A rica terra negra grudada nos corpos e mordendo a pele como formigas.

Acabou não mais havendo lugar para dormir. Os homens faziam fogueiras, e cinquenta ou sessenta dormiam em torno de cada uma. Mas tinham de pagar ao sujeito em cuja terra dormiam. Ele possuía a fogueira exatamente como a pensão — para ganhar dinheiro. Mas ninguém se importava. Ganhavam um bom dinheiro, até as crianças. Por isso gastavam um bom dinheiro. O mês e o ano seguintes eram outro tempo. Não tinham por que misturá-los com o presente.

A casa de Tea Cake era um ímã, o centro não autorizado do "trabalho". A maneira como ele se sentava na porta e tocava violão fazia com que as pessoas parassem para escutar,

SEUS OLHOS VIAM DEUS   169

e talvez esquecer a espelunca naquela noite. Tea Cake vivia rindo, e também fazia rir. Mantinha todo mundo rindo no campo de feijão.

Janie ficava em casa e cozinhava panelonas de arroz com ervilha. Às vezes cozinhava panelonas de feijão-branco com muito açúcar e fatias de toucinho por cima. Era uma coisa que Tea Cake adorava, e mesmo que ela a fizesse duas ou três vezes na semana, comiam feijão refogado de novo no domingo. Janie também sempre tinha algum tipo de sobremesa, pois Tea Cake dizia que isso dava à pessoa alguma coisa para arrematar. Às vezes ela saía da casa de dois quartos, pegava o rifle, e tinha coelho frito para o jantar quando ele voltava. Tampouco o deixava coçando-se e arranhando-se nas roupas de trabalho. A chaleira de água quente estava à espera quando ele chegava.

Então Tea Cake passou a aparecer na porta da cozinha em horas inesperadas. Entre o café da manhã e o jantar, às vezes. Depois, muitas vezes, por volta das duas da tarde voltava para casa, caçoava dela e lutava com ela meia hora, e escapulia de volta para o trabalho. Um dia, ela lhe perguntou sobre isso.

— Tea Cake, quê que ocê tá fazendo em casa quando todo mundo inda tá trabalhando?

— Vim olhar. O capataz é capaz de te carregar enquanto eu tô fora.

— Num tem ninhum capataz pra me carregar. Talvez ocê ache que eu num tô tratando ocê direito e tá de olho em mim.

— Não, não, Janie. Eu *sei* que não. Mas já que ocê botou isso na cabeça, eu vou ter de te falar a verdade memo, procê saber. Janie, eu me sinto sozinho lá o dia todo sem ocê. Despois disso, é melhor cê arranjar um trabalho lá que nem as outra mulher... pra mim num perder tempo voltando pra casa.

— Tea Cake, cê num tem jeito mesmo! Num pode ficar sem eu esse tempinho.

— Num é tempinho. É quase o dia todinho.

Assim, logo na manhã seguinte Janie se preparou para colher feijão junto com Tea Cake. Ouviu-se um murmúrio contido quando ela pegou uma cesta e foi trabalhar. Já começava a ser um caso especial no brejo. Supunha-se em geral que se julgava boa demais para trabalhar como o resto das mulheres, e que Tea Cake a "induzia a isso". Mas as travessuras que fazia o dia todo pelas costas do capataz logo a tornaram popular. Deixava o campo todo brincando de vez em quando. Depois Tea Cake a ajudava com o jantar.

— Cê num acha que eu tô querendo tirar o corpo fora pra num cuidar do cê, acha, Janie, porque eu te pedi pra trabalhar junto comigo? — perguntou-lhe Tea Cake ao fim da primeira semana de trabalho dela.

— Ah, não, querido. Eu até que gosto. É melhor do que ficar sentada naquela casa o dia inteirinho. Cuidar da loja era duro, mas aqui num tem nada pra fazer, a num ser fazer o trabalho da gente, voltar pra casa e se amar.

A casa vivia cheia de gente toda noite. Quer dizer, em torno da porta. Alguns vinham ouvir Tea Cake tocar violão; outros conversar e contar histórias, mas a maioria aparecia para qualquer jogo que estivesse rolando ou pudesse rolar. Às vezes Tea Cake perdia pesado, pois havia bons jogadores no lago. Às vezes ganhava e deixava Janie orgulhosa de sua habilidade. Mas fora das duas espeluncas, tudo naquele emprego girava em torno deles dois.

SEUS OLHOS VIAM DEUS

171

Às vezes Janie se lembrava dos tempos da casa grande e da loja, e ria consigo mesma. Que aconteceria se Eatonville a visse agora, de macacão de brim azul e botas? Aquele monte de gente à sua volta e o jogo de dados no chão de sua casa! Sentia pena das amigas de lá, e desprezo pelos outros. Os homens discutiam muito ali, como faziam na varanda da loja. Só que ali ela podia ouvir, rir e mesmo falar um pouco, se quisesse. Chegou ao ponto em que podia contar ela própria histórias cabeludas, de tanto ouvir os outros. Como gostava de ouvir, e os homens de ouvirem a si mesmos, eles diziam palavrão até o limite em volta do jogo. Por mais bruto que fosse, era raro as pessoas ficarem furiosas, porque tudo se fazia na brincadeira. Todos adoravam ouvir Ed Dockery, Bootyny e Sop-de-Bottom num jogo. Ed Dockery dava as cartas uma noite, e olhou para as de Sop-de-Bottom e viu que ele achava que ia ganhar. Berrou:

— Eu vô quebrar *essa* cesta de ovo.

Sop riu e disse:

— Vamo vê.

Bootyny perguntou:

— Quê que ocê vai fazer? Vai! Vai!

Todos olhavam a próxima carta a sair. Ed se preparou para virar.

— Eu vô varrer o inferno e queimar a vassoura.

Tascou mais um dólar.

— Num joga mais do que pode, Ed — desafiou Bootyny.

— Cê tá ficando amarelo demais.

Ed pegou o canto da carta. Sop pôs um dólar.

— Vou atirar no caixão, por mais que o enterro fique triste.

Ed disse:

— Ocês tá vendo como esse homem tá querendo ir pro inferno?

Tea Cake deu uma cutucada em Sop para não jogar.

— Cê vai se vê no meio de um tiroteio se num tomar cuidado.

Sop disse:

— Ah, esse urso aí num tem nada, a num ser os cabelo enrolado. Eu olho água turva e vejo terra seca.

Ed virou a carta e berrou:

— Zachariah, tô mandando descer dessa árvore. Cê num pode bancar.

Ninguém caiu com aquela carta. Todos temiam a seguinte. Ed olhou em volta, viu Gabe parado atrás de sua cadeira e berrou:

— Sai, sai de trás de mim, Gabe! Cê é preto demais. Cê chama azar! Sop, cê vai sair dessa aposta enquanto inda pode?

— Não, rapaz, eu queria ter uns mil pau pra botar.

— Ocê num quer mesmo ouvir, num é? Tem preto burro, com tanta escola de graça. Eu vô pegar e te mostrar. Entro na linha principal mas não no desvio.

Ed virou a próxima carta e Sop caiu e perdeu. Todos gritaram e riram. Ed riu e disse:

— Presente do brejo! Cê num é nada. Só isso! Nem água fervendo vai te valer.

Ed continuou rindo, porque tinha sentido muito medo antes.

SEUS OLHOS VIAM DEUS

— Sop, Bootyny, ocês tudo que me deixou ganhar seu dinheiro: eu vô me mandar direto pra Sears and Roebuck* e comprar umas roupa nova, e quando aparecer no Natal, vai ser preciso um dotô pra me dizer o quanto eu tô vestido pra morte.

---

* Sears & Roebuck é uma rede de lojas de departamentos, fundada em 1893, que também recebia encomendas e despachava produtos por correio.(*N.do R.T.*)

CAPÍTULO 15

Janie aprendeu o que era sentir ciúmes. Uma mocinha gorducha começou com umas brincadeiras para os lados de Tea Cake no campo e em casa. Se ele dizia qualquer coisa, ela tomava o lado oposto, batia nele ou o empurrava e corria, para ele persegui-la. Janie sabia o que ela queria — atraí-lo para longe das pessoas. Isso continuou por duas ou três semanas, e Nunkie ficando cada vez mais ousada. Batia em Tea Cake de brincadeira, e assim que ele a tocava com um dedo ela caía contra ele ou no chão, e precisava ser levantada. Ficava quase bamba. Era preciso muito esforço para tornar a pô-la de pé. E outra coisa: Tea Cake parecia não poder repeli-la tão prontamente quanto Janie achava que devia. Ela começou a ser meio brusca. Uma sementinha de medo crescia e se tornava uma árvore. Talvez um dia Tea Cake tivesse uma fraqueza. Talvez já houvesse dado algum encorajamento às escondidas, e aquele fosse o modo de Nunkie se gabar. Outras pessoas também começaram a notar, e fez Janie pensar cada vez mais sobre isso.

Certo dia, eles estavam trabalhando perto de onde acabava o campo de feijão e começava o canavial, e Janie havia se afastado um pouco de Tea Cake para conversar com outra mulher. Quando olhou para trás, o marido havia sumido. Nunkie também. Ela soube, porque procurou.

— Cadê Tea Cake? — ela perguntou a Sop-de-Bottom.

Ele indicou com a mão o canavial e apressou-se a afastar--se. Janie nem pensou. Agiu com base no sentimento. Correu para o canavial, e mais ou menos na quinta fileira adiante encontrou Tea Cake e Nunkie atracados. Caiu em cima deles antes que soubessem o que acontecia.

— Quê que há por aqui? — perguntou furiosa.

Os dois se separaram rápido.

— Nada — disse-lhe Tea Cake, levantando-se envergonhado.

— Bom, quê que ocê tá fazendo aqui? Por que num tá lá com o resto?

— Ela pegou meus tique de hora de trabalho na minha camisa e eu corri pra tomar de volta — explicou Tea Cake, mostrando os tíquetes, bastante amassados na luta.

Janie avançou para agarrar Nunkie mas a moça fugiu. Ela correu atrás por entre as fileiras de cana. Mas Nunkie não pretendia ser alcançada. Janie foi para casa. A visão do campo e das outras pessoas alegres era demais para ela naquele dia. Foi andando devagar e pensativa para os alojamentos. Não demorou muito, Tea Cake encontrou-a lá e tentou conversar. Ela cortou-o com um sopapo e os dois foram lutando de um aposento a outro, Janie tentando atingi-lo e ele segurando os pulsos e o que pudesse dela para impedi-la de ir longe demais.

SEUS OLHOS VIAM DEUS 177

— Eu acho que você andou se metendo com ela! — arquejou Janie, furiosa.

— Não, sinhora! — respondeu Tea Cake.

— Eu acho que andou.

— Por maior que seja a mentira, sempre tem alguém que acredita!

Continuaram lutando.

— Você feriu meu coração, e agora vem com uma mentira pra ferir meus ouvido! Solta minhas mão! — Janie fervia.

Mas Tea Cake não soltou. Lutaram até ficar sedados com seus próprios vapores e emanações; até ficarem com as roupas rasgadas; até ele jogá-la no chão e segurá-la, derretendo a resistência dela com o calor de seu corpo, fazendo coisas com o corpo dos dois para exprimir o inexprimível; beijou-a até ela arquear-se ao encontro dele, e adormeceram em gostosa exaustão.

Na manhã seguinte, Janie perguntou, como uma mulher:

— Cê inda ama a velha Nunkie?

— Não, nunca amei, e ocê sabe disso também. Eu num queria ela.

— Queria, sim.

Não disse isso porque acreditava. Queria ouvir a negação. Tinha de tripudiar sobre a Nunkie.

— Quê que eu ia querer mais aquela gorducha com ocê por perto? Ela num serve pra nada, a não ser pra gente botar ela junto do fogão da cozinha e rachar lenha na cabeça. Cê é uma coisa pra fazer um homem esquecer de ficar velho e morrer.

CAPÍTULO 16

A temporada acabou e as pessoas se foram como haviam chegado — em bandos. Tea Cake e Janie decidiram ficar, pois desejavam passar mais uma estação no brejo. Nada havia a fazer, depois de juntarem várias arrobas de feijão seco para guardar e vender aos fazendeiros no outono. Então Janie começou a olhar em volta e ver pessoas e coisas que não notara antes.

Por exemplo, durante o verão, quando ouviu o ritmo sutil mas contagiante dos batuqueiros das Bahamas, aproximou-se para ver as danças. Não riu de desprezo dos "Saws" como escutara as pessoas fazerem durante a temporada. Passou a gostar muito, e toda noite estava lá com Tea Cake, até os outros caçoarem deles por isso.

Janie conheceu então a Sra. Turner. Vira-a várias vezes durante a temporada, mas nenhuma das duas jamais falara com a outra. Agora tornavam-se amigas que se visitavam.

A Sra. Turner era um tipo de mulher esbranquiçada, que ficava bem num leito de parto. Tinha os ombros meio arredondados, e devia ter consciência de sua pélvis, porque a mantinha projetada para a frente, para sempre poder vê-la. Tea Cake fazia muita caçoada com o corpo da Sra. Turner pelas costas dela. Dizia que fora formado pelo coice de uma vaca nas costas. Era uma tábua de passar com as coisas jogadas em cima. Depois a mesma vaca pisara-lhe na boca quando ela era bebê, deixando-a larga, o queixo e o nariz quase se tocando.

Mas a Sra. Turner aprovava inteiramente suas formas e feições. Tinha o nariz um pouco pontudo, e era orgulhosa. Os lábios finos davam um eterno prazer a seus olhos. Mesmo as nádegas em baixo relevo eram motivo de orgulho. No seu modo de pensar, todas essas coisas a distinguiam dos negros. Fora por isso que procurara a amizade de Janie. A cor que lembrava a do café com leite de Janie e seus abundantes cabelos faziam a Sra. Turner perdoá-la por andar de macacão como as outras que trabalhavam nos campos. Não a perdoava por casar-se com um sujeito escuro como Tea Cake, mas achava que podia dar um jeito. Para isso nascera seu irmão. Ela raras vezes se demorava muito quando encontrava Tea Cake em casa, mas quando acontecia de passar e pegar Janie sozinha, ficava horas conversando. O assunto que ela mais detestava eram os negros.

— Dona Woods, eu sempre disse pro meu marido: num vejo como uma dama que nem Dona Woods aguenta aquela negada toda na casa dela o tempo todo.

— Eles num me aperreia de jeito ninhum, Dona Turner. Pra dizer a verdade, eles me faz rir com a conversa deles.

— A sinhora tem mais istômago que eu. Quando alguém falou com meu marido pra vim aqui abrir um restaurante, eu nunca que sonhei que tanto tipo de preto podia se jun-

SEUS OLHOS VIAM DEUS

181

tar num lugar só. Se sonhasse, nunca que vinha. Eu num tô acostumada a me misturar com gente preta. Meu filho diz que eles chama raio.

Riam um pouco, e após muitas dessas conversas, a Sra. Turner disse:

— Seu marido devia de ter um bocado de dinheiro quando ocês se casou.

— Por que a sinhora acha isso, Dona Turner?

— Pegar uma mulher que nem a sinhora. A sinhora tem mais istômago que eu. Eu nunca que podia me vê casada com nêgo ninhum. Já tem nêgo demais. A gente precisa clarear a raça.

— Não, meu marido num tinha nada, a num ser ele mesmo. É fácil de amar, se a gente anda com ele. Eu amo ele.

— Ora, a sinhora, Dona Woods! Eu num acredito. A sinhora tá só meio hipnotizada, só isso.

— Não, é mesmo. Eu num aguentava se ele me deixasse. Num sei o que eu fazia. Ele pega qualquer coisinha e faz dela uma primavera quando as coisas tá chata. Aí a gente vive dessa felicidade que ele faz até aparecer mais um pouco de felicidade.

— A sinhora é diferente de mim. Eu num suporto esses preto. Num culpo os branco por odiar eles, porque eu mesma num suporto eles. Outra coisa, eu odeio vê gente que nem a sinhora e eu misturada com eles. Nós devia escolher um pouco.

— Nós *num* pode. Nós é um povo misturado e tudo tem parente preto e parente mulato. Por que a sinhora é tão contra os preto?

— Eles me enche. Vive tudo rindo! Eles ri demais e alto demais. Sempre cantando umas música velha de preto! Sempre fazendo palhaçada pros branco. Se num fosse por tanto preto, num tinha pobrema de raça. Os branco aceitava a gente com eles. Os preto é que puxa a gente pra trás.

— A sinhora acha? Porque eu nunca pensei muito nisso. Mas num acho que eles vai querer a gente como companhia. A gente é pobre demais.

— Num é a pobreza, é a cor e as feição. Quem é que quer um bebê preto deitado no carrinho que nem uma borboleta num copo-de-leite? Quem é que quer se misturar com um preto enferrujado, e uma nêga andando pela rua com umas cor berrante, saltando e berrando e rindo de nada? Eu num sei. Num me traga ninhum dotô preto quando eu tiver doente. Eu tive seis filho... só tive a sorte de criar um... e nunca deixei um preto me tomar o pulso. Meu dinheiro vai sempre pros dotô branco. Eu também num entro em ninhuma loja de preto pra comprar nada. Gente de cor num sabe nada de comércio. Deus me livre!

Agora, a Sra. Turner estava quase gritando com o fervor de uma fanática. Janie estava atordoada e pasma, emitia sons de desaprovação de maneira simpática, e desejava saber o que dizer. Era demasiado evidente que a Sra. Turner tomava os negros como uma afronta pessoal a ela.

— Olha pra mim! Eu num tenho nariz chato nem lábio grosso. Sou uma mulher de feição. Tenho as feição dos branco na cara. Mesmo assim eu tenho de ser jogada no mesmo balaio deles tudo. Num tá direito. Mesmo que eles num aceite nós com os branco, devia de fazer de nós uma classe separada.

SEUS OLHOS VIAM DEUS   183

— Isso num me aperreia de jeito ninhum, mas eu acho que eu num tenho mesmo cabeça pra pensar.

— A sinhora devia de conhecer meu irmão. Ele é muito do alinhado. Tem os cabelo lisinho lisinho. Fizero dele delegado na Convenção da Escola Dominical, e ele leu um trabalho sobre Booker T. Washington* e fez pedacinho dele.

— Booker T.? Mas ele foi um grande homem, num foi?

— Diz que foi. Só fez macacada pros branco. Por isso eles bota ele lá nas altura. Mas a sinhora sabe o que os velho diz: quanto mais alto sobe o macaco, mais mostra o rabo. E assim foi com Booker T. Meu irmão cai de pau nele toda vez que eles dá a ele uma chance de falar.

— Eu fui criada com a ideia de que ele era um grande homem — era só o que Janie sabia dizer.

— Só fez puxar nós pra trás... falando de trabalho quando a raça nunca fez outra coisa. Era um inimigo da gente, isso sim. Era um preto dos branco.

Segundo tudo que Janie aprendera, isso era sacrilégio, por isso continuou ali sentada sem dizer nada. Mas a Sra. Turner prosseguiu.

— Eu mandei chamar meu irmão pra passar um tempinho com a gente. Ele tá sem trabalho agora. Eu quero que a sinhora conheça ele mais de perto. A sinhora e ele ia fazer um belo casal, se a sinhora num fosse casada. Ele é um ótimo carpinteiro, quando tem alguma coisa pra fazer.

---

* Booker Taliaferro Washington (1856-1915) foi um educador, intelectual e uma das principais lideranças afro-americanas entre o final do século XIX e o início do XX. Foi um dos idealizadores e o primeiro presidente da Universidade Tuskegee, uma das primeiras instituições educacionais fundadas por e para pessoas negras nos Estados Unidos.(*N. do R.T.*)

184 ZORA NEALE HURSTON

— É, pode ser. Mas eu já *tô* casada, por isso num adianta pensar.

A Sra. Turner finalmente se levantou para sair, após mostrar-se firme em várias outras opiniões sobre si mesma, seu filho ou seu irmão. Pediu a Janie que aparecesse qualquer hora, mas sem se referir a Tea Cake nem uma só vez. Acabou saindo, e Janie apressou-se a ir para a cozinha preparar o jantar, e encontrou Tea Cake lá sentado, com a cabeça entre as mãos.

— Tea Cake! Eu num sabia que você tava aqui.

— Eu sei que ocê num sabia. Faz tempo que eu tô escutando aquela vaca me botar abaixo das galinha, e tentar te tirar de mim.

— Era isso que ela tava fazendo? Eu num sabia.

— Óbvio que tava. Acho que ela tem algum irmão imprestável que quer que ocê pegue e tome conta.

— Ora! Se é isso que ela quer, tá batendo na porta errada. Eu já tenho muito o que fazer.

— 'Brigado, minha sinhora. Eu detesto aquela mulher que nem veneno. Enxota ela dessa casa. Parece uma branca! Com aquela cor de burro quando foge, e os cabelo grudado no casco! Já que tem tanto ódio dos preto, num precisa do dinheiro da gente no velho restaurante dela. Vô espalhar pros outro. A gente pode ir pro restaurante daquele branco e ser bem-tratado. Ela e o marido sarapintado! E o filho! O menino é uma rasteira que a barriga dela deu nela. Vô dizer ao marido dela pra prender ela em casa. Num quero ela por aqui.

Um dia Tea Cake encontrou Turner e seu filho na rua. Ele era uma espécie de sujeito apagado, como se antes partes do corpo se projetassem individualmente, mas agora não lhe restasse nada que não houvesse minguado e borrado. Como se o houvessem lixado até deixá-lo como uma longa massa oval. Tea Cake tinha pena dele sem saber por quê. Por isso não despejou os insultos que pretendia. Mas não pôde conter tudo. Conversaram um instante sobre as perspectivas da temporada seguinte, e depois Tea Cake disse:

— Sua mulher num parece ter muita coisa pra fazer, e anda fazendo visita. A minha tem muita, pra andar por aí fazendo visita e conversando com as pessoa que visita ela.

— Minha mulher tem tempo pra fazer o que quiser. É muito cabeçuda nisso. É memo. — Deu uma risadinha sem fôlego. — Num tem mais os filho pra prender ela, e sai fazendo visita quando quer.

— Os filho? — perguntou-lhe Tea Cake, surpreso. — Ocês tem algum menor que ele? — Indicou o filho, que parecia por volta dos seus vinte anos. — Eu nunca vi os outro.

— Acho que num viu porque morreu todos antes desse aí nascer. Nós num teve sorte com os filho. Teve sorte de criar esse. É o último golpe da natureza esgotada.

Tornou a dar sua risada impotente, e Tea Cake e o rapaz juntaram-se a ele. Depois Tea Cake afastou-se e voltou para Janie em casa.

— O marido num pode fazer nada com aquela mulher cabeça de bunda. Tudo o que ocê pode fazer é tratar ela com frieza quando ela aparecer.

Janie tentou, mas, a menos que falasse sem rodeios com a Sra. Turner, nada podia fazer para desencorajá-la completamente. Ela se sentia honrada pela amizade com Janie e logo esquecia e perdoava os desdéns para mantê-la. Qualquer pessoa mais branca que ela lhe era superior, pelos seus critérios, e tinha o direito de ser cruel com ela de vez em quando, do mesmo modo como a própria Janie era cruel com os mais negroides, na proporção direta da negritude deles. Como a ordem de precedência na ciscada em um galinheiro. Crueldade insensata com aqueles que podemos açoitar, e abjeta submissão com os que não podemos. Depois de estabelecer os ídolos e erguer-lhes altares, era inevitável que ela fizesse ali o seu culto. Era inevitável que aceitasse qualquer desarmonia e crueldade de sua divindade, como todos os bons crentes aceitam dos seus. Todos os deuses que recebem homenagens são cruéis. Todos os deuses distribuem sofrimento sem motivo. De outro modo não seriam cultuados. Pelo sofrimento indiscriminado, os homens conhecem o medo, e o medo é a mais divina das emoções. É a pedra para os altares e o princípio da sabedoria. Os semideuses são adorados com vinho e flores. Os deuses de verdade exigem sangue.

A Sra. Turner, como todos os demais crentes, erguera um altar ao inatingível — características caucasianas para todos. Seu deus podia bater-lhe, jogá-la de pináculos e abandoná-la em desertos, que ela não deixaria os altares dele. Por trás de suas palavras brutais havia uma crença em que, de algum modo, ela e outros podiam atingir, pelo culto, seu paraíso — um paraíso de serafins brancos, cabelos lisos, lábios finos e narizes afilados. As impossibilidades físicas não prejudicavam de modo algum a fé. Esse era o mistério, e os mistérios são os afazeres dos deuses. Além de sua fé, havia o fanatismo na defesa dos altares de seu deus. Era aflitivo emergir do interior do templo e encontrar aqueles profanadores negros uivando de rir diante da porta. Ah, se tivesse um exército, terrível, com bandeiras *e espadas*!

SEUS OLHOS VIAM DEUS 187

Assim, ela não se apegava à mulher Janie Woods. Prestava homenagem às características caucasianas de Janie como tais. E quando estava com ela tinha uma sensação de transmutação, como se ela mesma houvesse se tornado mais branca e com os cabelos mais lisos, e odiava Tea Cake primeiro pela conspurcação da divindade, e depois pela franca zombaria que fazia dela. Se ela soubesse de alguma coisa que pudesse fazer! Mas não sabia. Uma vez se queixava do que se passava nas espeluncas e Tea Cake dissera, cortante:

— Ah, num faça Deus parecer tão idiota... botando defeito em tudo que Ele fez.

Portanto, a Sra. Turner vivia de carranca fechada a maior parte do tempo. Desaprovava muita coisa. Isso não incomodava muito Tea Cake e Janie. Apenas dava-lhes assunto para conversa no verão, quando tudo era chato no brejo. Fora isso, faziam pequenas viagens a Palm Beach, Fort Myers e Fort Lauderdale, para divertir-se. Antes que se dessem conta, o sol já estava mais frio e a multidão voltava a inundar o brejo.

CAPÍTULO 17

Grande parte da velha turma retornou. Mas havia muita gente nova também. Alguns desses homens passavam cantadas em Janie, e mulheres que não sabiam davam em cima de Tea Cake. Mas não demoravam muito a corrigir-se. Ainda assim, surgiam de vez em quando ciúmes dos dois lados. Quando chegou o irmão da Sra. Turner, e ela o trouxe para apresentá-lo, Tea Cake teve um ataque. Antes de o fim da semana, já batera em Janie. Não porque o comportamento dela justificasse seu ciúme, mas aliviara aquele medo que ele sentia por dentro. O fato de poder bater nela reassegurou-o de sua posse. Não foi nenhuma surra brutal. Apenas lhe deu uns tapas para mostrar quem mandava ali. Todo mundo comentava isso no dia seguinte, nos campos. Despertou uma espécie de inveja tanto nos homens quanto nas mulheres. O jeito dele, ao mimá-la e paparicá-la depois, como se aqueles dois ou três tapas na cara quase a tivessem matado, trazia visões às mulheres, e a maneira desamparada de ela se apegar a ele fazia os homens sonhar.

— Tea Cake, ocê é memo um homem de sorte — disse-lhe Sop-the-Bottom. — A gente vê todos os lugar onde ocê bateu nela. E eu aposto que ela num levantou a mão pra bater no cê também. Pega uma dessas nega velha enferrujada, que ela vai lutar com a gente a noite toda e no outro dia ninguém vai nem saber que ocê bateu nela. Foi por isso que eu desisti de bater na minha véia. A gente num deixa marca ninhuma. Sinhô! Eu adoro bater numa mulher fofinha que nem Janie. Eu aposto que ela nem grita. Só chora, né, Tea Cake?

— É.

— Tá vendo! Minha mulher espalhava os pulmão por todo Palm Beach County, pra num falar dos dente do meu queixo. Ocê num conhece a minha mulher. Ela tem noventa e nove fila de dente nos queixo, e é só deixar ela braba que rói até pedreira.

— Minha Janie é uma mulher de classe e acostumada com outras coisa. Eu num peguei ela no meio da estrada. Peguei ela numa casa grande e bacana. Agora mesmo ela tem dinheiro no banco que dá pra comprar esses brejo e dá de graça.

— Num diga! E ela tá aqui no brejo como todos os outro!

— Janie tá onde *eu* quero tá. É o tipo de esposa que deve de ser, e eu amo ela por isso. Num quero andar arrastando ela por aí. Eu num queria bater nela onte de noite, mas a velha Turner mandou o irmão vim provocar Janie e tirar ela de mim. Eu num bati em Janie porque *ela* fez qualquer coisa. Bati pra mostrar a Turner quem é que manda. Um dia eu tava sentado na cozinha e ouvi aquela mulher dizer pra minha esposa que eu sou preto demais pra ela. Ela num sabe como é que Janie me aguenta.

— Dá queixa pro marido dela.

— Ora! Eu acho que ele tem medo dela.

— Faça ela engolir os dente.

— Isso ia dá a impressão que ela tem influência, quando num tem. Eu só mostrei a ela quem é que manda.

— Quer dizer que ela vive do dinheiro da gente e num gosta de preto, né? Tá bom, a gente bota ela pra fora daqui antes do fim da semana. Eu vô falar pra todo mundo jogar pedra nela.

— Eu num tenho raiva dela pelo que ela fez, porque ainda num fez nada. Tô com raiva dela pelo que ela pensa. Ela e a cambada dela tem de ir embora.

— Nós tá com ocê, Tea Cake. Cê já sabe disso. A tal da Turner se acha muito boa. Acho que soube do dinheiro que sua mulher tem no banco e quer amarrar ela na família dela de qualquer jeito.

— Sop, eu num acho que é tanto o dinheiro assim. Ela tem mania de cor. Num é uma cabeça que a gente encontra todo dia. Num tem importância, nem dá uma boa história quando a gente fala dela.

— Ah, sim, ela é boa demais pra ficar por aqui. Acha que a gente num passa dum bando de preto burro e quer botar as unha de fora. Vai morrer com merda na cabeça.

Sábado à tarde, quando os tíquetes de horas trabalhadas se transformaram em dinheiro, todos começaram a comprar bebida e se embebedar. Ao anoitecer, Belle Glade pululava de homens berrando e cambaleando. Muitas mulheres haviam tomado o seu trago também. O chefe de polícia, em seu veloz Ford, corria de uma baiuca a outra e aos restaurantes, tentando manter a ordem, mas fazendo poucas prisões. Não havia espaço suficiente na cadeia para todos os bêbados, logo por que se incomodar com alguns? Só podia impedir as brigas e manter os brancos fora do vilarejo de gente de cor depois das nove horas. Dick Sterrett e Coodemay pareciam os piores. A bebida mandava-os ir de um lugar a outro, dando empurrões e trancos e falando alto, e era o que eles faziam.

Após muito tempo chegaram ao restaurante da Sra. Turner e encontraram a casa lotada. Tea Cake, Stew Beef, Sop-de--Bottom, Bootyny, Motor Boat e toda a turma conhecida lá estava. Coodemay empertigou-se, fingindo estar surpreso, e perguntou:

— Escuta, quê que ocês tudo tá fazendo aqui?

— Comendo — respondeu Stew Beef. — Tem ensopado de carne, e ocê *sabe* que eu ia tá aqui.

— Nós tudo gosta de descansar um pouco da comida das esposa de vez em quando, por isso a gente tá comendo fora de casa hoje de noite. De qualquer modo, Dona Turner tem o melhor rango da cidade.

A Sra. Turner, indo de um lado para outro na cozinha, ouviu Sop dizer isso e ficou radiante.

— Eu acho que ocês dois que chegou por último vai ter de esperar um lugar. Eu já tô abarrotada.

— Tá tudo bem — protestou Sterrett. — Frita aí um peixe pra mim. Eu como de pé. Uma xícara de café despois.

— Manda aí um prato desse ensopado com um cafezinho também, por favor, dona. Sterrett tá tão bebo que nem eu; e se ele pode comer de pé, eu também posso.

Coodemay encostou-se bêbado na parede e todos riram.

Logo a moça que servia para a Sra. Turner trouxe o pedido e Sterrett pegou o peixe e a xícara e ficou lá de pé. Coodemay não quis pegar a sua comida na bandeja, como devia.

— Não, ocê segura pra mim, menina, e me deixe comer — disse à garçonete.

Pegou o garfo e começou a comer direto da bandeja.

— Ninguém tem tempo pra segurar seu prato na sua cara — ela disse a Coodemay. — Toma, pega ocê memo.

— Tem razão — disse Coodemay. — Me dá aqui. Sop pode me dá o lugar dele.

— De jeito ninhum — disse Sop. — Eu num acabei e num tô pronto pra me levantar.

Coodemay tentou empurrá-lo da cadeira e Sop resistiu. Isso provocou muito empurra-empurra, luta e café derramado em Sop, que jogou um pires em Coodemay e atingiu Bootyny, que jogou seu café em Coodemay e por pouco não atingiu Stew Beef. A briga generalizou-se. A Sra. Turner veio correndo da cozinha. Aí Tea Cake levantou-se e agarrou Coodemay pela gola.

— Olha aqui, ocês tudo, ocês num venha aqui fazer zoada na casa. Dona Turner é uma mulher muito bacana pra isso. Pra falar a verdade, é mais bacana que qualquer um no brejo.

A Sra. Turner olhava radiante para Tea Cake.

— Eu sei disso. Nós tudo sabe disso. Mas eu pouco tô ligando se ela é bacana ou não, o que eu quero é um lugar pra me sentar e comer. Sop num vai me impedir. Deixa ele brigar feito um homem. Ocê tira as mão de cima de mim, Tea Cake.

— Não, num tiro, não. Cê vai é sair daqui.

— Quem vai me fazer sair?

— Eu mesmo. Eu tô aqui, num tô? Se ocê num quer respeitar as pessoa decente que nem a Dona Turner, Deus sabe que ocê vai me respeitar.

— Larga ele, Tea Cake — gritou Sterrett. — Ele é *meu* amigo e a gente entrou aqui junto, e ele num vai a lugar ninhum enquanto eu num sair.

— Bem, os dois vai sair! — gritou Tea Cake, agarrando-se com Coodemay.

Dockery agarrou Sterrett e saíram brigando pela sala. Outros entraram no rolo e começaram a quebrar pratos e mesas.

A Sra. Turner via consternada que a expulsão deles por Tea Cake era pior do que tê-los deixado ficar. Correu para algum lugar lá nos fundos e trouxe o marido, para deter aquilo. Ele veio, deu uma olhada e caiu numa cadeira num canto, sem abrir a boca. A Sra. Turner então se meteu no meio do bolo e agarrou o braço de Tea Cake.

— Chega, Tea Cake. Muito 'brigada por sua ajuda, mas deixe eles em paz.

— Não, sinhora, Dona Turner, eu vô mostrar pra eles que eles num pode passar por cima de gente decente e vim dando orde num lugar onde eu tô. Eles vai sair daqui.

A essa altura, todo mundo dentro e em volta da casa tomava partido. De uma maneira ou de outra, a Sra. Turner caiu no chão e ninguém soube que ela estava lá embaixo daquela briga toda, no meio dos pratos quebrados, mesas aleijadas, pernas de cadeira soltas, vidraças e coisas assim. Chegou a tal ponto que tudo isso se amontoava no chão até quase os joelhos das pessoas, onde quer que pusessem os pés. Mas Tea Cake continuava, até Coodemay dizer-lhe:

— Eu tô errado, eu tô errado! Ocês tudo quis me dizer o que é certo e eu num quis ouvir. Num tô brabo com ninguém. Só pra mostrar que num tô, eu e Sterrett vai pagar um trago

SEUS OLHOS VIAM DEUS

pra todo mundo. O velho Vickers tem uma cangibrina boa lá em Pahokee. Vamo todo mundo. Vamo fazer as pazes.

Todos riram e saíram.

A Sra. Turner levantou-se do chão berrando pela polícia. Vejam esse lugar! Por que ninguém chamou a polícia? Então ela descobriu que haviam pisado numa de suas mãos, e os dedos sangravam muito. Duas ou três pessoas que não estavam ali durante a escaramuça enfiaram a cabeça pela porta, para solidarizar-se, mas isso deixou a Sra. Turner mais furiosa ainda. Ela enxotou-os. Então viu o marido sentado lá no canto com as compridas pernas ossudas cruzadas e fumando seu cachimbo.

— Mas que homem é *ocê*, Turner? Cê vê esses preto imprestável entrando aqui e quebrando meu espaço! Como pode ocê ficar sentado e vê sua mulher ser toda pisada? Cê num é homem ninhum. Cê viu aquele Tea Cake me derrubar no chão! Viu, sim! Ocê num ergueu a tua mão pra fazer nada.

Turner tirou o cachimbo e respondeu:

— É, e ocê viu como eu enchi também, num viu. Cê diz a Tea Cake que é melhor ter cuidado pra eu num encher de novo.

Dizendo isso, Turner descruzou e tornou a cruzar as pernas no outro sentido, e continuou a fumar seu cachimbo.

A Sra. Turner bateu nele o melhor que pôde com a mão machucada e depois disse-lhe umas verdades durante meia hora.

— Foi bom meu irmão num tá aqui, senão ele matava um. Meu filho também. Eles é homem de verdade. Nós vai voltar pra Miami, onde as pessoa é civilizada.

Ninguém lhe disse que seu filho e seu irmão já estavam a caminho de Miami, após avisos significativos no boteco. Não havia tempo a perder. Corriam para Palm Beach. Ela ia descobrir isso depois.

Segunda-feira de manhã, Coodemay e Sterrett passaram para pedir profusas desculpas, e deram-lhe cinco dólares cada um. Depois Coodemay disse:

— Eles me disse que tava bebo naquela noite e fazendo palhaçada. Eu num me lembro de nada. Mas quando eu bebo, o povo diz que eu sempre faço besteira.

CAPÍTULO 18

Desde que Tea Cake e Janie haviam feito amizade com os trabalhadores das Bahamas nas Glades, eles, os "Saws", tinham se aproximado aos poucos do pessoal americano. Deixaram de fazer suas danças às escondidas, quando descobriram que os amigos americanos não riam deles como temiam. Muitos dos americanos aprenderam a dar aqueles saltos e gostavam deles tanto quanto os "Saws". Por isso começaram a fazer as danças todas as noites nos alojamentos, em geral atrás da casa de Tea Cake. Muitas vezes, Tea Cake e Janie ficavam acordados até tão tarde, nas danças à beira da fogueira, que ele não a deixava acompanhá-lo ao trabalho no campo. Queria que ela descansasse.

Ela estava sozinha em casa uma tarde, quando viu um bando de seminoles passando. Os homens iam na frente e as mulheres sobrecarregadas, impassíveis, seguindo-os como jegues. Ela vira indígenas várias vezes nas Glades, aos dois e aos três, mas aquele era um grupo grande. Dirigiam-se para a estrada de Palm Beach e seguiram sem parar. Cerca de uma hora depois, outro grupo apareceu e continuou na mesma direção. Depois mais um, pouco antes do anoitecer. Desta vez ela perguntou aonde eles iam e o último dos homens lhe respondeu.

— Pra terra alta. Junco brota. Furacão vem.

Todos falavam disso naquela noite. Mas ninguém se preocupava. A dança à beira da fogueira continuou até quase amanhecer. No dia seguinte, passaram mais indígenas a caminho do leste, sem pressa mas sem parar. O céu ainda limpo e o tempo bom. O feijão indo bem e os preços ótimos, logo os indígenas podiam estar, *deviam* estar enganados. Não há furacão quando se faturam sete a oito dólares por dia colhendo feijão. Os indígenas eram burros mesmo, sempre foram. Mais uma noite com Stew Beef fazendo sutilezas dinâmicas com o tambor e gestos grotescos animados, esculturais, na dança. No dia seguinte não passou indígena nenhum. Estava quente, abafado, e Janie deixou o campo e voltou para casa.

A manhã chegou imóvel. O vento, até o mais minúsculo e ciciado sopro de bebê, havia deixado a terra. Mesmo antes de o sol dar luz, o dia morto esgueirava-se de moita em moita. Vigiando o homem.

Alguns coelhos passaram correndo pelos alojamentos, rumo ao leste. Passaram também alguns gambás, e a rota era definida. Um ou dois de cada vez, depois mais. Quando as pessoas deixaram os campos, o desfile era constante. Cobras, cascavéis começaram a atravessar os alojamentos. Os homens mataram algumas, mas não se podia deixar de vê-las na horda rastejante. As pessoas permaneceram em casa até raiar o dia. Várias vezes durante a noite Janie ouviu o grunhido de animais grandes, como veados. A certa altura o rugido abafado de uma onça. Sempre rumo ao leste. Nessa noite as palmeiras e bananeiras iniciaram a conversa a longa distância com a chuva. Várias pessoas ficaram com medo e foram para Palm Beach como puderam. Mil abutres realizaram uma reunião nos ares e depois subiram acima das nuvens e desapareceram.

Um dos rapazes das Bahamas parou na casa de Tea Cake num carro e berrou. Tea Cake saiu de dentro da casa rindo para algo que ficara atrás.

— Olá, Tea Cake.

— Olá, Lias. Tô vendo que ocê tá indo.

— É, rapaz. Ocê e Janie quer ir? Eu num ia dá lugar a ninguém antes de saber se ocês tinha um lugar pra ir.

— Muito 'brigado, Lias. Mas a gente decidiu ficar.

— Os urubu tá subindo, rapaz.

— Isso né nada. Cê num viu o capataz ir, viu? Bom, tudo bem. Rapaz, o dinheiro é bom demais no brejo. É capaz de fazer bom tempo amanhã. Se eu fosse ocê, num ia, não.

— Meu tio veio me buscar. Diz que teve aviso de furacão em Palm Beach. Não é muito ruim lá, mas rapaz, esse brejo é baixo demais e aquele lago grande é capaz de estourar.

— Ah, nada, rapaz. Tem uma turma lá falando disso agora. Alguns deles tá nas Glades faz ano. É só um soprinho. Cê vai perder o dia todo amanhã querendo voltar pra cá.

— Os índio tá indo pro leste, rapaz.

— Eles num sabe sempre. Os índio num sabe muito de nada, pra falar a verdade. Senão eles ainda era dono desse país. Os branco num tá indo pra lugar ninhum. Eles deve de saber se tem perigo. É melhor ocê ficar, rapaz. Tem uma dança grande amanhã de noite bem aqui, quando o tempo ficar bom.

Lias hesitou e já ia saltar do carro, mas o tio não deixou.

— A essa hora amanhã, ocê vai querer ter ido com os urubu — bufou, e arrancou.

Lias acenou para eles, rindo.

— Se eu num te vê mais na terra, me encontro com ocê na África.

Outros correram para leste com os indígenas, coelhos, cobras e gambás. Mas a maioria ficou sentada rindo e esperando que o sol voltasse a mostrar-se amistoso.

Vários homens reuniram-se na casa de Tea Cake e sentaram-se em volta, enfiando coragem nos ouvidos uns dos outros. Janie fez um panelão de feijão e uma coisa que chamava de biscoito doce, e todos deram um jeito de voltar a alegrar-se.

A maioria dos grandes faladores estava lá e, naturalmente, falando de João Grande Conquistador e suas obras. Como fizera tudo grande na terra, depois subira pros céus sem morrer de jeito nenhum. Foi lá pra cima tocar violão e botou os anjos tudo pra fazer coro rodando em torno do trono. Depois todo mundo, menos Deus e Pedro, disputou uma corrida voadora de ida e volta a Jericó, e João Conquistador ganhou; desceu pros infernos, bateu no velho diabo e distribuiu água gelada pra todo mundo lá embaixo. Alguém quis dizer que João tocava uma ocarina, mas o resto não deu atenção. Por mais que alguém tocasse bem uma ocarina, Deus preferia ouvir um violão. Isso os trouxe de volta a Tea Cake. Por que ele não dava umas tocadas no violão dele? Bem, tudo bem, mostre pra gente.

Quando todo mundo se ajeitou, Muck-Boy acordou e começou a cantar com o ritmo, e todos se juntaram à última palavra do verso:

SEUS OLHOS VIAM DEUS

Sua mãe num usa *calçola*
Eu vi quando ela tirou *fora*
Encharcou de alco*óla*.

E vendeu prum *mariola*.

Ele disse que num dava *bola*
Pra uma tão suja *calçola*.

Aí os pés de Muck-Boy deram a louca e ele dançou até ficar e deixar os outros doidos. Quando acabou, voltou a sentar-se no chão e a dormir de novo. Então passaram a jogar pôquer da Flórida e cunca. Depois dados. Não pelo dinheiro. Era um jogo de exibição. Todos faziam apostas fantásticas. Como sempre, ficaram apenas Tea Cake e Motor Boat. Tea Cake com seu sorriso acanhado e Motor Boat com a cara de um querubinzinho negro recém-saído da torre de uma igreja e fazendo coisas espantosas com os dados de qualquer um. Os outros esqueceram o trabalho e as condições do tempo vendo--os jogar. Era arte. Uma aposta de mil dólares no Madison Square Garden não teria causado mais suspense e respirações presas. Apenas mais pessoas na expectativa.

Após algum tempo, alguém olhou para fora e disse:

— Num tá clareando lá fora. Eu acho que eu vô pro meu barraco.

Motor Boat e Tea Cake ainda jogavam, e todo mundo os deixou lá.

Num dado momento daquela noite, os ventos voltaram. Tudo no mundo tinha um chocalhado forte, agudo e curto, como Stew Beef tamborilando com os dedos na borda do tambor. Pela manhã, Gabriel dava os tons surdos no centro do instrumento. Quando Janie olhou pela porta, viu as neblinas passantes reunindo-se no oeste — aquele campo de nuvens do céu — para armar-se de trovões e marchar contra o mundo. Mais alto e agudo, mais baixo e amplo, espalhavam-se som e movimento, subindo, descendo, escurecendo.

Isso acordou o velho Okechobee, e o monstro começou a rolar na cama. A rolar e a queixar-se como um mal-humorado mundo resmungando. As pessoas nos alojamentos se sentiam nervosas, mas seguras, porque havia os muros do cais para conter o monstro alucinado em sua cama. Deixavam a outros pensar o que tinha de ser pensado. Se os castelos se julgavam seguros, as cabanas não tinham com que se preocupar. A decisão delas já estava tomada como sempre. Vedar as frestas, tremer nas camas molhadas e contar com a misericórdia do Senhor. Fosse como fosse, o capataz podia mandar parar a coisa antes do amanhecer. É muito fácil ter esperança com a luz do dia, quando se pode ver tudo que se quer. Mas era noite, e continuou sendo. A noite atravessava o nada a passos largos com todo o mundo nas mãos.

Uma grande explosão de trovoada e raios passou pisando no telhado da casa. Tea Cake e Motor Boat pararam de jogar. Motor ergueu os olhos do seu jeito angélico e disse:

— O Sinhô grande tá rastando a cadeira lá em cima.

— Eu queria que ocês parasse com esses dado, memo num sendo por dinheiro — disse Janie. — O Sinhô velho tá fazendo o trabalho d'*Ele*. A gente deve de ficar quieto.

Juntaram-se e ficaram olhando a porta. Simplesmente não usavam outra parte do corpo, e não olhavam nada além da porta. Passara a hora de perguntar aos brancos o que esperar que entrasse por aquela porta. Seis olhos interrogavam *Deus*.

Em meio ao berro do vento ouviam coisas desabando, rolando e lançando-se com incrível velocidade. Um coelhinho pequeno, aterrorizado, saiu espremendo-se de um buraco no chão e ficou ali encolhido nas sombras junto à parede, parecendo saber que ninguém ia querer sua carne numa hora daquela. E o lago foi-se enfurecendo cada vez mais, com apenas suas muralhas entre ele e eles.

Numa pequena folga do vento, Tea Cake tocou Janie e disse:

— Eu acho que agora ocê preferia tá na sua casa grande, bem longe de uma coisa dessa, num é?

— Não.

— Não?

— É, não. A gente num morre antes da hora, num importa onde tá. Eu tô com meu marido debaixo dum pé-d'água, só isso.

— 'Brigado, minha sinhora. Mas e se ocê fosse morrer agora. Cê num ia ficar braba comigo por te rastar pra cá?

— Não. A gente tá junto há dois ano. Se a gente pode ver a luz do amanhecer, num importa se morre no escurecer. Tem tanta gente que nunca nem viu a luz. Eu tava mexendo por aí e Deus abriu a porta.

Ele caiu no chão e pôs a cabeça no colo dela.

— Então tá, Janie, ocê disse o que num disse, porque eu nunca *soube* que ocê tava tão satisfeita comigo desse jeito. Eu achava...

O vento voltou com fúria triplicada, e apagou a luz pela última vez. Ficaram sentados como os outros em outras cabanas, os olhos forçando contra as paredes brutas e as almas perguntando se Ele pretendia medir a pífia forcinha deles contra a Sua. Pareciam fitar a escuridão, mas tinham os olhos em Deus.

Assim que Tea Cake saiu, empurrando a ventania na frente, viu que o vento e a água tinham dado vida a muitas coisas que as pessoas julgam mortas, e morte a muitas que antes viviam. Peixes extraviados nadando no quintal. Mais dez centímetros, e a água entraria em casa. Já entrara em algumas. Ele decidiu encontrar um carro para tirá-los das Glades antes que acontecesse coisa pior. Voltou para falar a Janie sobre isso, para ela se aprontar.

— Junte seus papel do seguro, Janie. Eu vô levar meu violão e essas coisa.

— Você já pegou o dinheiro todo da gaveta?

— Não, pega logo, corta um pedaço de pano e enrola. É capaz da gente se molhar até o pescoço. Corta depressa um pedaço desse encerado pros papel. A gente precisa ir embora logo, se é que já num é tarde demais.

— Mas Tea Cake, tá ruim demais lá fora. Quem sabe num é melhor ficar aqui dentro na água do que querer…

Ele cortou a discussão com meia palavra.

— Enro… — disse, e saiu lutando para a rua. Vira mais coisas do que Janie.

Ela pegou uma grande agulha e fez um saco comprido. Procurou jornais, embrulhou as cédulas e os documentos, jogou-os dentro e costurou o lado aberto. Antes de poder escondê-lo bem no bolso do macacão, Tea Cake tornou a irromper na casa.

— Num tem carro ninhum, Janie.

— Eu achava que não! Quê que a gente vai fazer agora?

— Vai andando.

— Nesse tempo, Tea Cake? Eu acho que a gente num ia nem conseguir sair dos barraco.

— Ah, sim, vai, sim. Eu, ocê e Motor Boat pode dar os braço e se segurar um nos outro. Hein, Motor?

— Ele tá dormindo na cama ali — disse Janie.

Tea Cake chamou sem se mover.

— Motor Boat! É melhor ocê se levantar daí! O inferno tá solto na Geórgia. Agora mesmo! Como é que ocê pode dormir numa hora dessa? A água tá batendo nos joelho no quintal.

Saíram com a água chegando quase até as nádegas e conseguiram rumar para leste. Tea Cake teve de jogar a viola fora, e Janie viu que isso lhe doeu. Esquivando-se de objetos que voavam, perigos flutuantes, evitando cair em buracos, forçaram com o vento agora pelas costas até chegarem a um terreno relativamente seco. Tinham de lutar para não ser empurrados para o lado errado e manter-se juntos. Viram outras pessoas lutando como eles. Uma casa caída aqui e ali, gado assustado. Mas acima de tudo a força do vento e a água. E o lago. Sob seu multiplicado rugido ouvia-se um som potente de rocha e madeira esfregando-se, e um lamento. Olharam para trás. Viram gente tentando fugir nas águas furiosas e gritando ao descobrir que não podiam. Uma enorme barreira com pedaços do dique, aos quais se haviam acrescentado cabanas, rolava e desabava para a frente. Mais de três metros de altura, e até onde eles podiam ver, a barreira murmurante avançava sobre as águas agitadas como um rolo compressor em escala cósmica. A monstruosa fera deixara seu leito. O vento de trezentos quilômetros por hora soltara suas cadeias. Transpusera os diques e lançara-se à frente até encontrar os alojamentos; arrancara-os como grama e lançara-se atrás de seus supostos conquistadores, levando de roldão os diques, as casas, as pessoas nas casas, junto com outras madeiras. O mar pisava a terra com um calcanhar pesado.

— Lá vem o lago! — arquejou Tea Cake.

— O lago! — disse Motor Boat, em pasmo terror. — O lago!

— Tá vindo atrás da gente! — estremeceu Janie. -- Nós num pode voar.

— Mas inda pode correr — gritou Tea Cake, e correram.

A água em cascatas corria mais depressa. O grande volume ficara contido, mas rios brotavam das fissuras na muralha e rompiam feito o dia. Os três fugitivos passaram correndo por outra fila de barracos em cima de uma elevação e ganharam mais algum terreno. Gritaram o máximo que puderam:

— Lá vem o lago!

Portas fechadas escancararam-se e outros juntaram-se a eles na fuga, gritando a mesma coisa.

— Lá vem o lago!

E as águas perseguidoras rosnavam e gritavam para a frente:

— É, eu tô indo!

E os que podiam, fugiam.

Chegaram a uma casa numa pequena elevação e Janie disse:

— Vamo parar por aqui. Num posso ir mais adiante. Eu entrego os ponto.

— Nós tudo entrega — corrigiu Tea Cake. — Vamo entrar pra sair dessa chuva, dê no que der.

Bateu com o cabo da faca, todos encostando o rosto e os ombros na parede. Tornou a bater e depois foi com Motor Boat até os fundos e os dois forçaram a porta. Não havia ninguém.

— Esse pessoal teve mais juízo do que eu — disse Tea Cake, quando todos desabaram no chão e ali ficaram arquejando. — Nós devia ter ido mais Lias quando ele me chamou.

— Ocê num sabia — afirmou Janie. — E quando a gente num sabe, num sabe. O pé-d'água podia num cair.

Adormeceram logo, mas Janie acordou primeiro. Ouviu o barulho de água correndo e sentou-se.

— Tea Cake! Motor Boat! Lá vem o lago!

E o lago *vinha* mesmo. Mais devagar e mais amplo, mas vinha. Derrubara a maior parte da muralha que o continha e baixara a frente espraiando-se. Mas ainda assim avançava murmurando e rosnando como um mamute cansado.

— Essa casa é muito alta. Talvez ele nem chegue até aqui — opinou Janie. — E se chegar, talvez num chegue no andar de cima.

— Janie, o lago Okechobee tem sessenta quilômetro de largura por noventa de comprimento. É um mundão de água. Se o vento tá soprando o lago pra cá, essa casa num é nada pra ele engolir. É melhor a gente ir embora. Motor Boat!

— Quê que ocê qué, rapaz?

— Lá vem o lago!

— Não, num vem não.

— Sim, *vem* sim! Escuta! Cê pode ouvir ele de longe.

— Ele pode vim. Eu vô esperar aqui memo.

— Ah, levanta daí, Motor Boat! Vamo chegar até na estrada de Palm Beach. É um aterro. Lá a gente tá bem seguro.

— Eu tô seguro aqui memo, rapaz. Vai ocê se ocê quiser. Eu tô com sono.

— Quê que cê vai fazê se o lago chegar aqui?

— Eu subo lá pra cima.

— E se ele chegar lá?

— Eu nado, rapaz. Só isso.

— Bom, hum, té logo, Motor Boat. Tá tudo ruim, cê sabe. A gente pode se perder um do outro. Cê é um grande amigo.

— Té logo, Tea Cake. Ocês devia era ficar aqui e dormir, rapaz. Num deve de ir embora e me deixar aqui desse jeito.

— A gente num quer. Vem com a gente. Pode já ser de noite quando a água cercar ocê aqui. Vamo, rapaz.

— Tea Cake, eu preciso tirar meu soninho. Num tem jeito.

— Então tchau, Motor Boat. Boa sorte. Vamo te visitar em Nassau quando tudo isso acabar.

— Certo, Tea Cake. A casa de minha mãe é sua.

Tea Cake e Janie já se achavam a alguma distância da casa quando encontraram água funda. Então tiveram de nadar um pouco, e Janie não aguentava dar mais que algumas braçadas de cada vez, de modo que Tea Cake teve de levá-la até chegarem finalmente a uma elevação que conduzia ao aterro. Parecia a ele que o vento baixava um pouco, e continuou buscando um lugar para descansar e recuperar o fôlego. O seu se fora. Janie estava cansada e bamba, mas não tivera de dar aquela nadada forçada nas águas turbulentas, logo Tea Cake se achava muito pior. Mas não podiam parar. Alcançar o aterro era alguma coisa, mas não era garantia. O lago vinha vindo. Precisavam chegar à ponte de Six Mile Bend. Era alta e talvez segura.

Todos andavam pelo aterro. Correndo, arrastando, caindo, chorando, gritando nomes com e sem esperança. O vento e a chuva açoitavam os velhos e os bebês. Tea Cake tropeçou uma ou duas vezes de cansaço e Janie amparou-o. Assim chegaram à ponte de Six Mile Bend e pensaram em descansar.

SEUS OLHOS VIAM DEUS 209

Mas a ponte estava apinhada. Os brancos haviam previamente ocupado aquele ponto elevado e não havia mais lugar. Eles puderam subir uma das altas encostas e descer a outra, só isso. Mais quilômetros em frente, ainda sem descanso.

Passaram por um morto, sentado num barranco, inteiramente cercado por animais selvagens e cobras. O perigo comum fazia amigos comuns. Nada buscava vitória sobre nada.

Outro homem agarrava-se a um cipreste numa minúscula ilha. O telhado de zinco de uma casa pendia dos galhos preso por fios elétricos, e o vento fazia-o balançar de um lado para outro como um potente machado. O homem não se atrevia a mexer-se um passo à direita, para que aquela lâmina esmagadora não o abrisse ao meio. Não se atrevia a mexer-se para a esquerda, porque uma grande cascavel se estendia em todo o seu comprimento, com a cabeça ao vento. Havia uma faixa de água entre a ilha e o aterro, e o homem agarrava-se à árvore e gritava por socorro.

— A cobra num vai morder ocê — gritou-lhe Tea Cake. — Tá com medo demais pra armar o bote. Com medo do vento derrubar ela. Sai por esse lado e nada pra cá!

Pouco depois, Tea Cake não aguentou mais andar. Pelo menos por enquanto. Por isso estendeu-se ao lado da estrada para descansar. Janie deitou-se entre ele e o vento, e ele fechou os olhos e deixou o cansaço escorrer dos membros. De cada lado do aterro havia grandes espelhos de água parecendo lagos — água cheia de coisas vivas e mortas. Coisas cujo lugar não era na água. Até onde os olhos alcançavam, água e vento despejavam sua fúria. Um grande pedaço de telhado de papel encerado passou voando e pairou ao lado do aterro, até colar-se numa árvore. Janie viu-o com prazer. Era do que precisava para cobrir Tea Cake. Ela podia apoiar-se no telhado e mantê-lo preso no chão. De qualquer modo, o vento não estava tão forte assim. Coitado do Tea Cake.

Ela arrastou-se de quatro até o pedaço de telhado e agarrou-o pelos dois lados. Imediatamente, o vento levantou os dois e Janie se viu voando para fora do aterro, pela direita, para a água revolta. Deu um grito terrível e soltou o telhado, que saiu voando, enquanto ela mergulhava na água embaixo.

— Tea Cake!

Ele a ouviu e saltou de pé. Janie tentava nadar mas combatia a água com muita força. Ele viu uma vaca nadando devagar para o aterro em diagonal. Trazia um cachorro enorme sentado nos ombros, tremendo e rosnando. A vaca aproximava-se de Janie. Umas poucas braçadas a levariam até ela.

— Nada até a vaca e se agarra no rabo dela! Não bate os pé, só as mão basta. Isso, vamo!

Janie alcançou o rabo da vaca e ergueu a cabeça junto à traseira do animal, até onde podia, acima da água. A vaca afundou um pouco com o peso extra e debateu-se um momento aterrorizada. Pensou que estava sendo puxada para baixo por um jacaré. Depois seguiu em frente. O cachorro levantou-se e rugiu como um leão, os pelos da nuca eriçados, os músculos rígidos, os dentes arreganhados, reunindo fúria para o ataque. Tea Cake fendeu a água como uma lontra, abrindo a faca ao mergulhar. O cachorro correu pelas costas da vaca para atacar e Janie gritou e escorregou mais para baixo da cauda, mas fora do alcance das furiosas presas do animal. Ele queria mergulhar atrás dela, mas de alguma forma temia a água. Tea Cake ergueu-se no traseiro da vaca e agarrou-o pelo pescoço. Mas era um cachorro forte, e ele

SEUS OLHOS VIAM DEUS   211

estava cansado demais. Por isso não matou o animal de um golpe, como planejara. Mas tampouco o cachorro conseguiu livrar-se. Lutaram, e de algum modo o bicho conseguiu dar uma mordida no alto da bochecha de Tea Cake. Então o homem liquidou-o e mandou-o definitivamente para o fundo. A vaca, aliviada de um grande peso, já aportava no aterro com Janie, antes de Tea Cake chegar nadando e arrastar-se fraco para a terra.

Janie começou a tratar do rosto dele, onde o cachorro o mordera, mas ele disse que não era nada.

— Mas ia ser o diabo se ele me pega um centímetro mais alto e me morde o olho. A gente num compra olho na loja, cê sabe. — Desabou na borda do aterro como se não houvesse tempestade alguma. — Me deixe descansar um pouco, depois a gente chega na cidade de qualquer jeito.

Era o dia seguinte, pelo sol e o relógio, quando alcançaram Palm Beach. Pelo corpo deles, eram anos depois. Invernos e invernos de agruras e sofrimentos. A roda seguia girando e girando. Esperança, desesperança e desespero. Mas a tempestade exauriu-se quando eles se aproximavam da cidade de refúgio.

A devastação esperava-os lá de boca escancarada. Nas Everglades, o vento brincara entre lagos e árvores. Na cidade, enfurecera-se entre casas e homens. Tea Cake e Janie ficaram parados à beira de tudo, olhando a desolação.

— Como é que eu vou encontrar um médico procê nessa confusão toda? — gemeu Janie.

— Nós num tem que procurar médico ninhum. A gente precisa é dum lugar pra descansar.

Com grande parte de seu dinheiro e muita perseverança, encontraram um lugar para dormir. Era só isso. De modo nenhum um lugar para morar. Só dormir. Tea Cake olhou em toda a volta e sentou-se pesado no lado da cama.

— Bom — disse, humilde —, acho que ocê nunca esperou acabar assim quando se juntou comigo, né?

— Pra começo de conversa, eu nunca esperei nada, Tea Cake, a num ser morrer de tanto ficar de pé tentando rir. Mas ocê apareceu e fez de mim alguma coisa. Por isso eu sou agradecida por qualquer coisa que a gente passe junto.

— 'Brigado, minha sinhora.

— Ocê foi duas vez nobre por me salvar daquele cachorro. Tea Cake, acho que ocê num viu os olho dele que nem eu. Ele num queria só me morder, Tea Cake. Queria me deixar mortinha. Eu nunca que vou esquecer aqueles olho. Era só puro ódio. De onde será que ele saiu?

— Pois é, eu também vi. Era de dá medo. Eu também num queria pegar o ódio dele. Ele tinha de morrer ou eu. Minha faca de mola disse que era ele.

— Pobre de mim, ele ia me rasgar em pedaço se num fosse ocê, querido.

— Num precisa dizer se num fosse por mim, menina, porque eu tô *aqui*, e quero que ocê fique sabendo que quem tá do teu lado é um homem.

CAPÍTULO 19

E depois, o Pé Redondo voltou para casa. Ficou mais uma vez em sua alta casa plana, sem lados e sem teto, a desalmada espada em riste na mão. Seu pálido cavalo branco galopara sobre as águas e trovejara sobre a terra. O tempo de morrer havia passado. Era tempo de enterrar os mortos.

— Janie, nós já tá nesse lugar sujo, molhado, faz dois dia, e já chega. Nós tem de sair dessa casa e dessa cidade. Eu nunca que gostei disso por aqui.

— Onde a gente vai, Tea Cake? Isso a gente num sabe.

— Talvez a gente pode ir pro norte do estado, se ocê quiser.

— Eu num disse isso, mas se é o que ocê quer...

— Não, eu num disse nada disso. Eu tava querendo num deixar ocê sem teu conforto mais do que é preciso.

— Se eu tô te atrapalhando...

— Mas escuta só essa mulher! Eu aqui pra estourar as calça pra ficar com ela e ela aí... devia de levar uns tiro de cabeça de prego!

— Tudo bem então, diga qualquer coisa que a gente faz. Pelo meno a gente pode tentar.

— Pelo meno eu descansei, e os percevejo da cama é tudo muito assanhado por aqui. Eu nem notei quando meu descanso acabou. Eu vô sair e dar uma olhada por aí, pra vê o que a gente pode fazer. Eu tento *qualquer* coisa.

— É melhor ocê ficar dentro dessa casa e descansar um pouco. Num tem nada pra encontrar lá fora.

— Mas eu quero sair pra vê, Janie. Talvez tem algum trabalho pra eu ajudar.

— O que eles tem procê ajudar a fazer, cê num vai gostar. Eles tá agarrando tudo que é homem que eles encontra pra ajudar a enterrar os morto. Diz que tá atrás dos desempregado, mas num tão ligando muito se ocê é empregado ou não. Ocê fica nessa casa. A Cruz Vermelha tá fazendo tudo que pode pelos doente e os flagelado.

— Eu tenho dinheiro comigo, Janie. Eles num pode me perseguir. De qualquer modo, eu quero vê como tá tudo aí. Vô vê se escuto alguma coisa sobre a turma das Glade. Talvez eles se salvou tudo. Talvez não.

Tea Cake saiu e deu umas voltas. Viu em tudo a mão do horror. Casas sem telhado, e telhados sem casas. Aço e pedra esmagados e desmoronados como madeira. A mãe da maldade se divertira com os homens.

Quando estava parado, olhando, viu dois homens aproximarem-se com rifles nos ombros. Dois brancos, por isso ele pensou no que Janie lhe dissera e dobrou os joelhos para correr. Mas num instante viu que não seria bom. Eles já o tinham avistado e estavam perto demais para errar se atirassem. Talvez passassem adiante. Talvez quando vissem o dinheiro compreendessem que ele não era um vagabundo.

— Ei, você aí, Jim — gritou o mais alto. — A gente tava procurando por você.

— Eu num chamo Jim — disse Tea Cake, vigilante.
— Pra que ocês tava procurando por *mim*? Eu num tô fazendo nada.

— É por isso que a gente quer ocê: num tá fazendo nada. Vamo enterrar uns morto desse aí. Eles num tá sendo enterrado com a rapidez que devia.

Tea Cake recuou, defensivo.

— Quê que eu tenho com isso? Eu sou um trabalhador com dinheiro no bolso. Só fui tocado das Glade pela chuva.

O homem mais baixo fez um rápido movimento com o rifle.

— Desça já lá pra baixo, sô. Cuidado pra que alguém num enterre *ocê*! Anda logo na frente, sô!

Tea Cake descobriu que fazia parte de um pequeno exército convocado à força para a limpeza em lugares públicos e o enterro dos mortos. Os cadáveres tinham de ser procurados, levados para certo lugares de reunião e enterrados. Não eram encontrados apenas em casas destruídas. Estavam debaixo das casas, enganchados no mato, boiando na água, pendurados nas árvores, flutuando sob destroços.

Caminhões equipados com lâminas de aplainar continuavam a chegar das Glades e outros lugares adjacentes, cada um com sua carga de vinte e cinco corpos. Alguns dos cadáveres estavam inteiramente vestidos, alguns nus, e outros em todos os graus de desarranjo. Uns de rosto calmo e mãos satisfeitas. Outros com expressão de combate e olhos arregalados de pasmo. A morte os encontrara vigiando, tentando ver além da visão.

Homens infelizes, pretos e brancos sob guarda, tinham de continuar procurando corpos e cavando covas. Abrira-se uma grande vala de um lado a outro do cemitério branco e outra no cemitério negro. Muita cal à mão para jogar sobre os corpos assim que eram recebidos. Já se achavam insepultos havia muito tempo. Os homens faziam todos os esforços para cobri-los o mais rápido possível. Mas os guardas os detinham. Tinham ordens a cumprir.

— Ei, ocês tudo aí! Ocês num joga os corpo no buraco assim, não! Ocês deve de examinar até o último deles e descobrir se é branco ou preto.

— Nós tem de ir devagar assim? Deus me acuda! No estado que eles tá, nós tem de examinar? Que diferença faz a cor? Eles precisa ser enterrado logo.

— Ordem do quartel-general. Eles tão fazendo caixão pra todos os branco. É só pinho barato, mas é melhor que nada. Ocês num joga os branco no buraco desse jeito.

— E que faz com os preto? Tem caixão pra eles também?

— Neca. Os que tem num dá. Basta jogar muita cal em cima deles e cobrir.

— Ora! A gente num sabe nada de alguns dele, do jeito que eles tá. Num sabe se é branco ou preto.

Os guardas fizeram uma longa conferência sobre isso. Após algum tempo, voltaram e disseram aos homens:

— Ocês olha os cabelo, quando não tiver outro jeito. E ocês num deixa eu pegar ninhum de ocês jogando branco, nem gastando caixão com preto. Tá muito difícil de achar agora.

— Eles é muito exigente com o jeito como esses morto vai pro julgamento — observou Tea Cake ao homem que

SEUS OLHOS VIAM DEUS

trabalhava a seu lado. — Parece que eles acha que Deus num conhece a lei de Jim Crow.*

Já trabalhava havia várias horas quando a ideia de que Janie estaria preocupada com ele o deixou desesperado. Assim, quando um caminhão encostou para ser descarregado, ele saltou e fugiu. Mandaram-no parar sob pena de levar um tiro, mas ele continuou em frente e escapou. Encontrou Janie triste e chorando como pensava. Os dois se acalmaram quanto à ausência dele, e Tea Cake abordou outro assunto.

— Janie, a gente precisa sair dessa casa e dessa cidade. Eu num vô trabalhar mais daquele jeito.

— Não, não, Tea Cake. Vamo ficar aqui até tudo passar. Se eles não podem te vê, não podem te incomodar.

— Ah, não. E se eles aparecê procurando? Vamo sair daqui hoje de noite.

— Aonde a gente vai, Tea Cake?

— O lugar mais perto é as Glade. Vamo voltar pra lá. Essa cidade só tem encrenca e trabalho forçado.

— Mas Tea Cake, o furacão também foi nas Glade. Lá também tem gente pra ser enterrada.

— É, eu sei, Janie, mas nunca que ia ser que nem aqui. Pra começar, eles tá trazendo os corpo de lá o dia todo, logo num

---

* As leis "Jim Crow" tornaram legítima e oficial a segregação racial que vigorava principalmente no Sul dos Estados Unidos, desde a abolição da escravidão. Jim Crow era o nome de uma peça (Jump Jim Crow) cuja primeira apresentação teria ocorrido no ano de 1828. Nesta peça, assim como em todas as do gênero, atores brancos pintavam os rostos de preto e encenavam diversos estereótipos racistas atribuídos à população afro-americana. Diante do sucesso da peça, o nome passou a ser identificado com o conjunto de leis que impuseram o apartheid racial no país, assim como se tornou um epíteto depreciativo para os afro--americanos. As leis só foram definitivamente erradicadas em 1968. Portanto, Zora Neale Hurston viveu toda a sua vida neste contexto, uma vez que nasceu em 1981 e faleceu em janeiro de 1960.(N. do R.T.)

pode ter mais tanto pra encontrar. E depois, nunca teve tanta gente lá como aqui. E depois também, Janie, os branco de lá conhece nós. É duro ser uns preto estranho pros branco. Todo mundo é contra a gente.

— Isso é verdade. Os que os branco conhece é pessoa de cor do bem. Os que eles num conhece é preto ruim — Janie disse isso e riu, e Tea Cake riu com ela.

— Janie, eu já vi muitas vez; todo branco acha que já conhece todos os escuro BOM. Num precisa conhecer mais ninhum. Pra eles, todos os que eles num conhece deve de ser julgado e condenado a seis mês atrás da privada dos Estados Unido por cheirar mal.

— Por que a privada dos Estados Unido, Tea Cake?

— Bom, cê sabe que o Velho Tio Sam sempre tem o maior e o melhor de tudo. Por isso os branco acha que qualquer coisa que num seja a privada consolidada de Tio Sam ia ser fácil demais. Eu vô pra onde os branco me conhece. Aqui eu me sinto feito filho sem mãe.

Arrumaram suas coisas e esgueiraram-se da casa e fugiram. Na manhã seguinte, achavam-se de volta ao brejo. Trabalharam muito o dia todo, consertando uma casa para morar, de modo que Tea Cake pudesse sair em busca de alguma coisa no outro dia. Ele saiu de manhã cedo, mais por curiosidade que vontade de trabalhar. Ficou fora o dia todo. Nessa noite, voltou radiante de luz.

— Quem ocê acha que eu vi, Janie? Aposto que ocê num adivinha.

— Aposto que você viu Sop-de-Bottom.

— É, eu vi ele, Stew Beef, Dockery, Lias, Coodemay e Bootyny. Adivinha quem mais?

SEUS OLHOS VIAM DEUS

— Sabe Deus. Foi Sterrett?

— Não, ele foi pego na correria. Lias ajudou a enterrar ele em Palm Beach. Adivinha quem mais?

— Cê vai me dizer, Tea Cake. Eu num sei. Num pode ser Motor Boat.

— Isso mesmo. O Velho Motor. O filho da mãe ficou deitado naquela casa dormindo, o lago arrastou a casa pra longe e Motor só foi saber depois que a chuva passou.

— Não!

— É, rapaz. Nós quase se mata feito uns besta fugindo do perigo e ele lá deitado dormindo e boiando!

— Bom, você sabe que o povo diz que sorte é fortuna.

— É mesmo. Escuta, eu arranjei um trabalho. Ajudar a limpar tudo, e eles vai construir o dique com certeza. A terra em volta tem de ser limpada também. Muito trabalho. Eles precisa de mais homem ainda.

Assim Tea Cake teve três semanas revigorantes. Comprou outro rifle e outro revólver, e disputava com Janie quem tinha melhor pontaria, ela sempre vencendo-o no rifle. Ela arrancava a cabeça de um gavião no alto de um pinheiro. Tea Cake sentia um pouco de ciúmes, mas também orgulho de sua pupila.

Lá pelo meio da quarta semana, ele voltou cedo para casa numa tarde, queixando-se da cabeça. Uma dor que o fez deitar-se por algum tempo. Acordou com fome. Janie tinha pronto o seu jantar, mas quando ele foi da cama para a mesa, disse achar que não queria nada.

— Eu pensei que ocê tinha se queixado de fome! — gemeu Janie.

— Eu também — disse Tea Cake, em voz muito baixa, e deixou cair a cabeça nas mãos.

— Mas eu fiz uma panela de feijão procê.

— Eu sei que tá bom, mas eu num quero nada agora, 'brigado, Janie.

Voltou para a cama. Lá pela meia-noite, acordou-a debatendo-se num pesadelo contra um inimigo que lhe apertava a garganta. Janie acendeu uma luz e acalmou-o.

— Quê que há, querido? — Ela o alisava e alisava. — Você precisa me dizer, pra eu sentir com ocê. Deixe eu sofrer a dor junto com ocê. Onde é que tá doendo, benzinho?

— Uma coisa me pegou no sono, Janie! — Ele quase gritou: — Tentou me enforcar até matar. Se num fosse *ocê*, eu tava morto.

— Cê tava mesmo lutando com ela. Mas ocê tá bem, querido. Eu tô aqui.

Ele voltou a dormir, mas não havia como livrar-se. Pela manhã, estava doente. Tentou levantar-se, mas Janie não quis nem ouvir falar em deixá-lo sair.

— Se eu pudesse chegar até o fim da semana — disse Tea Cake.

— As pessoas chegava até o fim da semana antes de ocê nascer, e vai continuar chegando depois de ocê morrer. Deita aí, Tea Cake. Eu vou chamar o médico pra te vê.

— Eu num tô tão ruim assim, Janie. Olha aqui. Eu posso andar a casa toda.

— Mas ocê tá doente demais pra gente brincar com isso. Tem dado muita febre por aqui depois da chuva.

— Me dá um copo de água antes de sair, então.

Janie pegou um copo de água e levou-o até a cama. Tea Cake encheu a boca e engasgou-se de uma maneira horrível, cuspiu tudo fora e jogou o copo no chão. Janie ficou frenética de medo.

— Que foi que fez ocê se engasgar desse jeito com água de beber, Tea Cake? Foi ocê que me pediu.

— Tem alguma coisa ruim nessa água. Quase me matou sufocado. Eu contei procê que uma coisa saltou em cima de mim onte de noite e me enforcou. Ocê disse que eu tava sonhando.

— Vai vê que foi uma bruxa montada em cima do cê, querido. Vô vê se acho umas semente de mostarda quando sair. Mas vô trazer o médico quando voltar.

Tea Cake nada disse contra, e Janie apressou-se a sair. Essa doença, para ela, era pior que a tempestade. Assim que ela se afastara bastante, Tea Cake se levantou, esvaziou o balde de água e lavou-o. Depois foi com esforço até a bomba e tornou a enchê-lo. Não acusava Janie de malícia ou qualquer intenção. Acusava-a de descuido. Devia compreender que os baldes de água precisam ser lavados como tudo mais. Diria isso a ela com todas as letras quando ela voltasse. Que estava pensando? Sentiu-se muito zangado a respeito. Pôs o balde sobre a mesa e sentou-se para descansar antes de beber.

Finalmente pegou um copo. A água estava muito boa e fria! Pensando bem, ele não bebia um gole de água desde o dia anterior. Era o que precisava, para dar-lhe apetite para o feijão. Viu-se querendo-a muito, por isso jogou a cabeça para trás ao levar o copo aos lábios. Mas o demônio ali estava à sua frente, estrangulando-o, matando-o rápido. Foi um grande alívio expelir a água da boca. Tornou a estender-se na cama e lá ficou tremendo até chegarem Janie e o médico. O médico branco, que andava por ali havia tanto que já fazia parte do brejo. Que contava aos trabalhadores histórias com palavras difíceis. Ele entrou rápido na casa, o chapéu jogado para a esquerda da nuca.

— Olá, Tea Cake. Que diabos deu em *você*?

— Eu queria sabê, Dotô Simmons. Mas tô doente.

— Ah, não, Tea Cake. Não tem nada que um bom quartilho de cangibrina não cure. Não andou tomando a bebidinha certa ultimamente, hein?

Deu um grande tapa nas costas de Tea Cake, que tentou sorrir como se esperava que fizesse. Mas doeu. O médico abriu a maleta e pôs-se a trabalhar.

— Você parece meio ruim, Tea Cake. Está com febre e o pulso meio desligado. Que foi que andou fazendo ultimamente?

— Nada, a num ser trabalhar e jogar um pouco, dotô. Mas parece que as água num quer nada comigo.

— Água? Que quer dizer?

— Num aguento ela na barriga.

— Que mais?

Janie aproximou-se da cama, muito preocupada.

— Dotô, Tea Cake num tá te contando a verdade toda que nem devia. A gente foi pego no furacão aqui, e Tea Cake se forçou muito nadando muito tempo, ainda por cima comigo nas costa, e andando aqueles quilômetro todo na chuva, e aí, antes de poder descansar, teve de ir me tirar da água de novo e lutar com um cachorro velho, e o cachorro mordeu a cara dele e tudo. Eu achava que ele ia ficar doente antes.

— A senhora disse que o cachorro mordeu ele?

SEUS OLHOS VIAM DEUS 223

— Ah, num foi nada sério, dotô. Sarou em dois ou três dia — disse Tea Cake, impaciente. — Acabou faz mais de um mês. Isso agora é uma coisa nova, dotô. Eu acho que a água inda tá ruim. Tem de tá. Muita gente morta mergulhada nela pra ser boa pra beber por muito tempo ainda. Pelo meno é o que eu acho.

— Tudo bem, Tea Cake. Vou lhe mandar um remédio e dizer a Janie como cuidar de você. De qualquer modo, quero você na cama sozinho até eu dar notícia, está ouvindo? Venha até o carro comigo, Janie. Quero mandar umas pílulas para Tea Cake tomar imediatamente.

Do lado de fora, remexeu em sua maleta e deu a Janie um frasquinho com algumas cápsulas.

— Dê a ele uma dessas a cada hora, para manter ele calmo, Janie, e fique longe dele quando ele tiver um daqueles ataques de engasgo e sufocação.

— Como é que o sinhô sabe que ele vai ter eles, dotô? Foi pra isso que eu vim aqui, pra saber.

— Janie, eu tenho toda certeza de que foi um cachorro doido que mordeu seu marido. É tarde demais pra pegar a cabeça do cachorro. Mas os sintomas estão todos lá. É muito ruim que tenha demorado tanto. Algumas injeções logo depois o teriam curado imediatamente.

— O sinhô quer dizer que ele pode morrer, dotô?

— Isso mesmo. Mas o pior é que pode sofrer de uma maneira terrível antes de morrer.

— Doutor, eu amo ele o bastante pra matar. Me diga qualquer coisa pra fazer que eu faço.

— A única coisa que você pode fazer, Janie, é botar ele no Hospital Municipal, onde podem amarrar ele e cuidar dele.

— Mas ele num gosta nada de hospital. Ia pensar que eu tô cansada de cuidar dele, e Deus sabe que eu num tô. Eu num aguento a ideia de amarrar Tea Cake que nem um cachorro doido.

— É quase a mesma coisa, Janie. Ele não tem quase nenhuma chance de escapar, e pode morder os outros, especialmente você, e aí você vai estar na mesma situação. É muito sério.

— Ninguém pode fazer nada por ele, dotô? A gente tem muito dinheiro no banco em Orlando, dotô. Vê se pode fazer alguma coisa especial por ele. Custe o que custar, dotô, eu num me importo, mas por favô, dotô.

— Vou fazer o que puder. Vou telefonar para Palm Beach imediatamente, para pedir o soro que ele devia ter tomado havia três semanas. Vou fazer tudo que puder pra salvar ele, Janie. Mas parece que é tarde demais. As pessoas no estado dele não podem engolir água, a senhora sabe, e em outros aspectos é terrível.

Janie zanzou um pouco do lado de fora, tentando pensar que não era verdade. Se não visse a doença de frente, podia imaginar que não estava acontecendo de fato. Bem, pensou, aquele cachorro velho com ódio nos olhos a matara afinal. Queria ter escorregado daquela vaca e morrido afogada ali mesmo. Mas matá-la através de Tea Cake era demais para suportar. Tea Cake, filho do sol do entardecer, tinha de morrer por amá-la. Ficou olhando fixo para o céu por um longo tempo. Em algum lugar além do seio azul do éter sentava-se Ele. Estaria notando o que se passava por ali? Devia estar, porque Ele sabia tudo. *Pretendia* Ele fazer aquilo com Tea Cake e ela? Não era nada que ela pudesse combater. Podia apenas sofrer e esperar. Talvez fosse uma grande brincadeira, e quando Ele visse que já fora longe demais lhe fizesse um sinal. Olhava fixo, esperando que alguma coisa lá em cima se mexesse como um sinal. Uma estrela à luz do dia, talvez, ou que o sol gritasse, ou mesmo um murmúrio de trovão. Ergueu os braços em desesperada súplica por um minuto. Não era exatamente um pedido, eram perguntas. O céu permaneceu severo e calado, e ela entrou em casa. Deus não faria menos do que Ele tinha em Seu coração.

Tea Cake jazia de olhos fechados, e Janie esperou que estivesse dormindo. Não estava. Um grande medo tomara conta dele. Que era aquilo que punha seu cérebro em chamas e lhe agarrava a garganta com dedos de ferro? De onde viera e por que ficava em torno dele? Esperava que parasse antes que Janie notasse alguma coisa. Queria tentar beber água de novo, mas não queria que ela o visse falhar. Assim que ela saísse da cozinha ele pretendia ir até o balde e beber rápido, antes que alguma coisa tivesse tempo de detê-lo. Não precisava preocupar Janie, enquanto pudesse. Ouviu-a limpando o fogão e viu-a sair para esvaziar as cinzas. Saltou logo para o balde. Mas dessa vez a visão da água bastou. Estava caído no chão da cozinha em grande agonia quando ela voltou. Ela acariciou-o, alisou-o e levou-o de volta para a cama. Decidira ir descobrir sobre aquele remédio de Palm Beach. Talvez encontrasse alguém que fosse buscá-lo de carro.

— Tá se sentindo melhor agora, Tea Cake, minha criança?

— Um-hum, um pouco.

— Bom, eu acho que vô passar o rastelo no terreiro da frente. Os homem jogou bagaço de cana e casca de amendoim pra tudo que é lado. Num quero que o dotô volte aqui e veja tudo igual.

— Num demore muito, Janie. Eu num gosto de ficar sozinho quando tô doente.

Ela correu pela estrada o mais rápido que pôde. A meio caminho da cidade, encontrou Sop-de-Bottom e Dockery, que vinham em sua direção.

— Olá, Janie, como vai Tea Cake?

— Muito mal. Eu tô indo buscar remédio pra ele agora mesmo.

— O doutor disse que ele tava doente e a gente veio vê. Achei que tinha alguma coisa, porque ele num foi trabalhar.

— Ocês fica com ele até eu voltar. Ele precisa de companhia.

Ela seguiu a estrada para a cidade e encontrou o Dr. Simmons. Sim, ele recebera uma resposta. Não tinham o soro, mas haviam telegrafado a Miami para mandá-lo. Ela não precisava se preocupar. Chegaria logo de manhã cedo, se não antes. As pessoas não brincavam num caso daquele. Não, não adiantava alugar um carro para ir buscá-lo. Bastava ir para casa e esperar. Só isso. Quando ela chegou em casa, os visitantes se levantaram para sair.

Ao ficarem sozinhos, Tea Cake quis pôr a cabeça no colo dela e dizer-lhe como se sentia, e deixá-la trátá-lo como um filho pequeno, daquele seu jeito carinhoso. Mas uma coisa que Sop-de-Bottom lhe dissera deixara-o com a língua fria e pesada como um calango morto entre os maxilares. O irmão da Sra. Turner voltara ao brejo e agora ele tinha aquela doença misteriosa. As pessoas não caíam doentes assim sem nada.

— Janie, quê que aquele irmão de Dona Turner tá fazendo de volta no brejo?

— Eu num sei, Tea Cake. Eu nem sabia que ele voltou.

— Eu acho que ocê sabia. Por que ocê escapuliu de mim inda há pouco?

— Tea Cake, eu num gosto quando ocê me faz essas pergunta. Isso mostra como ocê tá doente. Cê tá com ciúme sem eu merecer.

— Bom, por que ocê escapuliu da casa sem me dizer onde ia? Ocê nunca fez isso antes.

— Era porque eu num queria te preocupar com sua doença. O dotô mandou buscar mais remédio e eu fui ver se chegou.

Tea Cake pôs-se a chorar, e Janie embalou-o nos braços como uma criança. Sentava-se na beira da cama e acalmava-o balançando-o.

— Tea Cake, ocê num precisa ter ciúme de mim. Pra começar, eu num podia amar mais ninguém além do cê. E depois, eu sou só uma mulher velha que ninguém vai querer, a num ser ocê.

— Não, num é não. Ocê só parece velha quando diz às pessoa quando ocê nasceu, mas pros olho ocê é moça de sobra pra servir pra maioria dos homem. Num é mentira, não. Eu sei de um monte de homem que ficaria com ocê e trabalharia no pesado pela sorte. Eu escuto eles falar.

— Pode ser, Tea Cake, eu nunca tentei descobrir. Eu só sei que Deus me tirou do fogo através do cê. E eu te amo e sou feliz.

— 'Brigado, minha sinhora, mas num diga que ocê é velha. Ocê é sempre uma menininha. Deus deu um jeito de ocê gastar a velhice primeiro com outro, e poupar os dia de menina pra gastar comigo.

— Eu também sinto isso, Tea Cake, e agradeço ocê por dizer isso.

— Num é pobrema dizer o que já é. Cê é uma mulher bonita, além de ser boa.

— Ah, Tea Cake.

— É, é mesmo. Toda vez que eu vejo um canteiro de rosa ou qualquer coisa se fazendo bonita, eu digo a ela: eu queria que um dia ocê visse minha Janie. Cê deve deixar as flor te vê às vez, tá ouvindo, Janie?

— Você continua com isso, Tea Cake, que eu vô acabar acreditando — disse Janie, travessa, e tornou a ajeitá-lo na cama.

Foi então que sentiu o revólver debaixo do travesseiro. Isso lhe causou uma pequena pulsação, mas não lhe perguntou a respeito, porque ele não diria.

— Esquece esse negócio de limpar o terreiro da frente — ele disse, quando ela se empertigou depois de ajeitar a cama. — Fique aqui onde eu posso vê ocê.

— Tudo bem, Tea Cake, como você quiser.

— E se o irmão frajola de Dona Turner aparecer rodando por aqui, cê pode dizer pra ele que eu paro ele que nem com os freio das quatro roda. Num tem nada dele ficar por aqui olhando as coisa.

— Eu num vô dizer nada pra ele porque num acho que vou vê ele.

SEUS OLHOS VIAM DEUS   229

Tea Cake teve dois ataques sérios nessa noite. Janie viu uma mudança em seu rosto. Ele se fora. Uma outra coisa olhava detrás daquele rosto. Ela decidiu sair para buscar o médico ao primeiro raiar do dia. Assim, estava acordada e vestida quando Tea Cake acordou do sono agitado que lhe viera pouco antes do amanhecer. Ele quase rosnou quando a viu vestida para sair.

— Onde ocê tá indo, Janie?

— Buscar o médico, Tea Cake. Cê tá doente demais pra ficar aqui nessa casa sem o dotô. Talvez a gente devesse levar ocê pro hospital.

— Eu num vô pra hospital ninhum. Mete isso na cachola. Acho que ocê tá cansada de cuidar de mim e tratar de mim. Num foi assim que eu fiz com *ocê*. Pra mim, tudo que eu fiz procê inda era pouco.

— Tea Cake, cê tá doente. Ocê toma tudo pelo lado errado. Eu nunca que ia me cansar de cuidar do cê. Só tô com medo que ocê teja doente demais pra mim cuidar. Quero que ocê fique bom, querido. Só isso.

Ele lançou-lhe um olhar de vazia ferocidade e soltou um gorgolejo da garganta. Janie viu-o sentar-se na cama e virar-se de modo a poder ver cada movimento dela. E começou a sentir medo daquela coisa estranha no corpo de Tea Cake. Quando ele saiu para a casinha, ela correu a ver se o revólver estava carregado. Era uma arma de seis tiros e tinha bala em três das câmaras. Começou a descarregá-la, mas receou que ele entrasse e descobrisse que ela sabia. Isso podia levar a mente desarranjada dele a agir. Se ao menos o tal remédio chegasse! Girou o cilindro de modo a que, mesmo que ele sacasse o revólver contra ela, a arma falhasse três vezes antes de disparar. Pelo menos ela teria um aviso. Fugiria ou tentaria tomá-la da mão dele antes que fosse tarde demais. De qualquer modo, Tea Cake não ia feri-la. Estava com ciúmes e queria assustá-la. Ficaria simplesmente na cozinha e não diria nenhuma palavra. Eles ririam daquilo quando ele ficasse bom. Ela procurou a caixa de balas, porém, e esvaziou-a. Era melhor tirar o rifle de trás da cabeceira da cama. Abriu-o, pôs a bala no bolso do avental e guardou-o num canto da cozinha, quase atrás do fogão, onde era difícil vê-lo. Podia fugir da faca dele, se chegassem a isso. Certamente que tomava demasiados cuidados, mas não custava nada se precaver. Não devia permitir que o pobre Tea Cake fizesse alguma coisa que o deixaria louco quando descobrisse o que havia feito.

Viu-o vindo da casinha com um andar curvado esquisito, balançando a cabeça de um lado para outro, o queixo cerrado de uma maneira estranha. Era terrível demais! Por onde andava o Dr. Simmons com o seu remédio? Ela estava satisfeita por estar ali para cuidar dele. As pessoas fariam coisas muito ruins com o seu Tea Cake se o vissem naquela situação. Tratariam Tea Cake como se fosse um cachorro doido, quando ninguém no mundo tinha mais bondade dentro de si. Ele só precisava que o médico chegasse com o tal remédio. Tea Cake voltou a entrar em casa sem nada dizer, na verdade nem pareceu notar que ela estava ali, e caiu pesadamente na cama e dormiu. Parada junto ao fogão, Janie lavava os pratos quando ele lhe falou com uma voz esquisita, fria.

— Janie, por que você num pode mais dormir na mesma cama comigo?

— O dotô mandou você dormir sozinho, Tea Cake. Num lembra que ele falou isso onte?

SEUS OLHOS VIAM DEUS 231

— Por que você prefere dormir numa esteira que junto de mim na cama? — Janie viu então que ele tinha o revólver na mão, caída ao lado. — Me responde quando eu falo.

— Tea Cake, Tea Cake, querido! Vai se deitar! Eu vô ficar muito contente de me deitar lá com ocê assim que o doutor mandar. Volta pra cama. Ele vai chegar logo com o tal remédio.

— Janie, eu fiz de tudo pra ser bom procê, e me dá uma dor no coração ser maltratado desse jeito.

A arma subiu instável, mas rapidamente, e apontou para o peito de Janie. Ela notou que mesmo no delírio ele fazia boa pontaria. Talvez apontasse para assustá-la, só isso.

A arma falhou uma vez. Instintivamente, a mão de Janie voou para trás, para o rifle, e pegou-o. O mais provável era que isso o fizesse fugir de susto. Se ao menos o médico chegasse! Se chegasse qualquer pessoa! Ela abriu habilmente o rifle e enfiou a bala, quando o segundo clique lhe disse que o cérebro doente de Tea Cake o mandava matar.

— Tea Cake, larga já esse revólver e volta pra cama! — berrou-lhe Janie, diante do revólver oscilando bambo na mão dele.

Ele escorou-se na ombreira da porta e Janie pensou em avançar e agarrar-lhe o braço, mas viu o rápido movimento de apontar e ouviu o clique. Viu o olhar feroz nos olhos dele e enlouqueceu de medo, como na água, da outra vez. Ergueu o cano do rifle em frenética esperança e medo. Esperança de que ele visse e corresse, medo desesperado por sua vida. Mas se Tea Cake se importasse, não estaria ali com o revólver na mão. Não havia mais nele qualquer conhecimento de medo, rifle ou qualquer coisa. Não dava mais atenção à arma apontada do que se fosse o dedo de Janie. Ela viu-o enrijecer-se todo, ao apontar e mirar. O demônio dentro dele tinha de matar, e Janie era a única coisa viva que ele via.

O revólver e o rifle dispararam quase ao mesmo tempo. O revólver só um pouco depois do rifle para parecer seu eco. Tea Cake desmoronou quando sua bala se cravou na viga de madeira acima da cabeça de Janie. Ela viu a expressão no rosto dele e saltou para a frente para recebê-lo desabado em seus braços. Ela tentava ampará-lo quando ele ferrou os dentes na carne de seu antebraço. Os dois caíram pesadamente no chão. Janie sentou-se com muito esforço e arrancou os dentes mortos de Tea Cake do braço.

Foi o mais perverso momento de eternidade. Um minuto antes, ela era apenas um ser humano amedrontado lutando por sua vida. Agora era a mesma mulher que se sacrificava, com a cabeça de Tea Cake no colo. Quisera-o tanto vivo, e ele estava morto. Nenhuma hora é jamais uma eternidade, mas tem seu direito a chorar. Janie apertava a cabeça dele com força contra o peito e chorava e agradecia-lhe sem palavras a oportunidade de amar. Tinha de apertá-lo com força, pois logo ele iria embora, e ela precisava dizer-lhe pela última vez. Então baixou a dor da escuridão absoluta.

No mesmo dia de sua grande dor, ela estava na cadeia. E quando o médico disse ao xerife e ao juiz o que acontecera, todos disseram que ela devia ser julgada naquele mesmo dia. Não havia necessidade de castigá-la na cadeia com a espera. Três horas de prisão, e reuniram o tribunal para seu caso. O tempo fora curto e tudo mais, mas havia gente suficiente. Muitos brancos vieram ver aquela coisa estranha. E todos os negros de quilômetros em volta. Quem não sabia do amor de Tea Cake e Janie?

SEUS OLHOS VIAM DEUS   233

O tribunal começou e Janie viu o juiz, que pusera uma grande capa para ouvir a história dela e Tea Cake. E mais doze homens haviam parado o que quer que estivessem fazendo para ouvir e julgar o que acontecera entre Janie e Tea Cake Woods, e se tudo fora feito certo ou errado. E era engraçado. Doze homens estranhos, que nada sabiam de pessoas como Tea Cake e ela, julgariam o caso. Umas oito ou dez brancas também tinham vindo vê-la. Usavam boas roupas e tinham aquela cor rosada que vem da boa comida. Não tinham nada daquelas brancas pobres. Que necessidade tinham *elas* de deixar sua riqueza para vir olhar Janie com seu macacão? Mas não pareciam loucas demais, pensou Janie. Seria bom se pudesse fazer com que *elas* entendessem o que acontecera, em vez daqueles homens. Oh, e esperava que o coveiro estivesse tratando bem Tea Cake. Deviam deixá-la ir ver. Sim, e havia o Sr. Prescott, que ela conhecia muito bem, e que ia mandar os doze homens matá-la por ter atirado em Tea Cake. E um homem estranho de Palm Beach, que ia pedir-lhes que não a matassem, e nenhum deles sabia.

Então viu todos os negros de pé no fundo do tribunal. Amontoados como um caixote de aipos, só que muito mais escuros. Estavam todos contra ela, podia ver. Tantos eram contra ela que uma leve bofetada de cada um deles a teria espancado até a morte. Ouvia-os apedrejando-a com pensamentos imundos. Lá estavam com as línguas apontadas e carregadas, a única arma que resta aos fracos. A única ferramenta de matar que lhes permitem usar na presença dos brancos.

Depois de algum tempo, ficou tudo pronto, e queriam que as pessoas falassem, para saberem o que era certo fazer com

Janie Woods, a relíquia da Janie de Tea Cake. A parte branca do tribunal foi-se acalmando à medida que a coisa ficava mais séria, mas uma tempestade de língua açoitou os negros como vento entre palmeiras. Falavam todos de repente, e todos juntos, como um coro, e a parte de cima dos corpos movia-se no mesmo ritmo. Mandaram o meirinho dizer ao Sr. Prescott que queriam depor no caso. Tea Cake era um bom rapaz. Fora bom com aquela mulher. Nenhuma preta jamais fora tratada melhor. Não, senhor. Ele trabalhava feito um cão para ela, e quase se matara para salvá-la na tempestade, e depois, assim que pegara uma febre da água, ela arranjara outro homem. Mandara chamá-lo de longe. A forca era boa demais. Só queriam uma oportunidade de depor. O meirinho foi dar o recado, e o xerife e o juiz, e o chefe de polícia, e os advogados todos se reuniram para ouvir por alguns minutos, depois tornaram a se separar, e o xerife ocupou a cadeira das testemunhas e contou que Janie fora à sua casa com o médico, e como encontrara tudo quando fora de carro à casa deles.

Depois chamaram o Dr. Simmons, e ele falou da doença de Tea Cake, que era perigosa para Janie e toda a cidade, e que temera por ela e pensara em mandar trancar Tea Cake na cadeia, mas vendo os cuidados de Janie descuidara-se de fazê-lo. E que encontrara Janie mordida no braço, sentada no chão e alisando a cabeça de Tea Cake ao chegar lá. E o revólver ao lado da mão dele, no chão. Depois, desceu.

— Mais alguma prova a apresentar, Sr. Prescott? — perguntou o juiz.

— Não, Meritíssimo. O Estado conclui.

A dança das palmeiras recomeçou entre os negros nos fundos. Eles tinham vindo para falar. O Estado não podia concluir enquanto não ouvisse.

— Sinhô Prescott, eu tem uma coisa pra dizer — falou anonimamente Sop-de-Bottom, do anônimo rebanho.

O tribunal voltou-se para olhar.

— Se sabe o que é bom para o senhor, é melhor calar a boca até que alguém o chame — disse-lhe o Sr. Prescott, com toda frieza.

— Sim, sinhô, Seu Prescott.

— Nós estamos cuidando deste caso. Mais uma palavra *sua*, de qualquer de vocês negros aí atrás, e eu os mando para o grande tribunal.

— Sim, sinhô.

As brancas aplaudiram um pouco, e o Sr. Prescott fuzilou a casa com o olhar e desceu. Então o branco estranho que ia falar por ela subiu. Sussurrou um pouco com o funcionário e depois chamou Janie ao banco das testemunhas para falar. Após umas poucas perguntas, mandou-a dizer exatamente o que acontecera, e falar a verdade, toda a verdade e nada mais que a verdade. Com a ajuda de Deus.

Todos se curvaram para a frente quando ela falou. A primeira coisa que tinha de se lembrar era que não estava em casa. Estava no tribunal combatendo alguma coisa que não era a morte. Era pior. Eram pensamentos mentirosos. Tinha de voltar bem atrás e dizer a eles como eram ela e Tea Cake um com o outro, para que vissem que jamais poderia atirar nele por maldade.

Tentou fazê-los ver como era terrível que tudo chegasse a um ponto em que Tea Cake não podia voltar a si enquanto não se livrasse do cachorro doido que tinha dentro dele, e não podia livrar-se do cachorro e continuar vivendo. Tinha de morrer para livrar-se do cachorro. Mas ela não quisera matá-lo. Um homem está numa situação difícil quando precisa morrer para suportá-la. Ela os fez ver que jamais poderia querer livrar-se dele. Não suplicou a ninguém. Simplesmente sentou-se ali e falou, e quando acabou, calou-se. Já acabara havia algum tempo quando o juiz, o advogado e o resto pareceram tomar conhecimento. Mas ficou sentada ali naquele banco de réus até o advogado dizer que podia descer.

— A defesa conclui — disse o advogado.

Então ele e Prescott sussurraram entre si e os dois falaram ao juiz em segredo. Depois sentaram-se os dois.

— Cavalheiros do júri, cabe aos senhores decidir se a ré cometeu um assassinato a sangue-frio, ou se é uma pobre criatura arrasada, uma esposa dedicada, colhida por infelizes circunstâncias, para quem disparar uma bala de rifle no coração do falecido marido foi realmente um grande ato de misericórdia. Se a julgarem uma devassa assassina, devem dar o veredicto de assassinato em primeiro grau. Se as provas não justificam isso, então devem libertá-la. Não há meio-termo.

O júri saiu, o tribunal começou a zumbir com as conversas, algumas pessoas se levantaram e andaram em volta. E Janie permaneceu sentada como uma pedra, esperando. Não era a morte que temia. Era o mal-entendido. Se eles dessem um veredicto de que ela não queria Tea Cake e o desejava morto, isso era um verdadeiro pecado e uma vergonha. Pior que assassinato. Então o júri retornou. Estivera fora cinco minutos, pelo relógio do tribunal.

— Julgamos que a morte de Vergible Woods foi inteiramente acidental e justificável, e que nenhuma culpa deve recair sobre a ré Janie Woods.

Estava livre, e o juiz e todo mundo lá em cima lhe sorriram e apertaram sua mão. E as brancas gritaram e a cercaram

SEUS OLHOS VIAM DEUS 237

como uma muralha de proteção, e os negros, de cabeça baixa, saíram arrastando os pés. O sol estava quase se pondo, e Janie o vira nascer sobre seu perturbado amor e depois atirara em Tea Cake, e estivera na cadeia e fora julgada para morrer e agora estava livre. Nada a fazer com o pouco que restava do dia, além de visitar as bondosas amigas brancas que haviam compreendido seus sentimentos e agradecer-lhes. Assim o sol se pôs.

Ela alugou um quarto numa pensão para pernoitar e ouviu os homens conversando lá na frente.

— Ah, ocês sabe que aquelas branca num ia fazer nada contra uma mulher que se parece com elas.

— Ela num matou um branco, matou? Bom, enquanto ela num atirar num branco, pode matar quantos preto quiser.

— É, as preta pode matar todos os homem que elas quer, mas é melhor num matar ninhuma delas. Os branco enforca a gente se matar.

— Bom, ocês sabe o que eles diz, um homem branco e uma mulher preta são as coisa mais livre do mundo. Eles faz o que quer.

Janie enterrou Tea Cake em Palm Beach. Sabia que ele amava as Glades, mas a região era muito baixa para ele ficar com a água talvez a cobri-lo toda vez que chovesse forte. De qualquer modo, as Glades e suas águas o tinham matado. Ela o queria longe das tempestades, por isso mandou construir um forte jazigo no cemitério de West Palm Beach. Telegrafara a Orlando pedindo dinheiro para enterrá-lo. Tea Cake era o filho do Sol Poente, e nada seria bom demais para ele. O coveiro fez um belo trabalho, e ele dormia como um rei no leito branco de seda, entre as rosas que ela havia comprado. Parecia que ia sorrir. Janie comprou-lhe um violão novinho e pôs em suas mãos. Ele estaria criando novas músicas para cantar-lhe quando ela chegasse lá.

Sop e os amigos tentaram feri-la, mas ela sabia que era porque eles amavam Tea Cake e não entendiam. Por isso mandou avisar a Sop e a todos os outros por meio dele. E no dia do enterro eles apareceram com vergonha e desculpas nos rostos. Queriam que ela esquecesse logo. Lotaram os dez sedãs que Janie alugou e acrescentaram outros ao cortejo. Então a orquestra tocou, e Tea Cake lá se foi, feito um faraó, para seu túmulo. Janie não usou véus e vestidos caros desta vez. Foi de macacão. Estava muito ocupada com sua dor para se vestir de luto.

CAPÍTULO 20

Como amavam Janie apenas um pouco menos do que amavam Tea Cake, e como desejavam ter um bom conceito de si mesmos, queriam que sua atitude hostil fosse esquecida. Por isso puseram toda a culpa no irmão da Sra. Turner e tornaram a expulsá-lo do brejo. Mostrariam a ele o que era voltar ali posando de gostosão e se exibindo para as esposas dos outros. Mesmo que elas não olhassem, não era porque ele não quisesse, pois se exibia.

— Não, eu num tô brabo com Janie — Sop saía explicando. — Tea Cake ficou doido. A gente num pode culpar ela por se proteger. Ela era louca por ele. Veja como ela enterrou ele. Eu num tenho nada no coração contra ela. E eu nunca que ia pensar nada se logo no primeiro dia que aquele preto frajola voltou aqui fingindo que tava atrás de trabalho, num me perguntasse como ia Seu Woods e a mulher dele. Isso mostra que ele tava querendo alguma coisa.

"Aí, quando Stew Beef, Bootyny e o resto foi em cima dele, ele veio correndo atrás de mim pra salvar ele. Eu disse a ele:

ocê num vem atrás de mim com os cabelo voando, não, que eu te dô um pau. E dei mesmo. Aquele mulherengo!"

Foi o bastante, aliviaram seus sentimentos dando uma surra no sujeito e expulsando-o. De qualquer forma, sentiram raiva de Janie por dois dias inteiros, e isso era tempo demais para lembrarem alguma coisa. Esforço demais.

Haviam pedido a Janie que ficasse com eles, e ela ficara algumas semanas, para evitar que ficassem ressentidos. Mas o brejo significava Tea Cake, e Tea Cake não estava ali. Ela dera tudo da casinha deles, menos um pacote de sementes para o jardim que Tea Cake havia comprado para plantar. O plantio nunca fora feito, porque ele esperava o tempo certo da lua quando a doença o atacou. As sementes lembravam--no mais a Janie do que qualquer outra coisa, porque ele vivia plantando coisas. Ela as viu na prateleira da cozinha quando voltou do funeral e colocou-as no bolso do peito. Agora que estava em casa, pretendia plantá-las como lembrança.

Janie mexeu os pés fortes na panela de água. O cansaço se foi, e ela enxugou-os com a toalha.

— Bem, foi assim que tudo aconteceu, Pheoby, bem como eu contei procê. Eu tô de volta na minha terra de novo e contente de tá aqui. Eu fui até o horizonte e voltei, e agora posso me sentar aqui na minha casa e viver com as comparação. Essa casa num é tão vazia que nem era antes de Tea Cake aparecer. Tá cheia de pensamento, mais ainda no quarto.

— Eu sei que as comadre vai quebrar a cabeça pra descobrir o que a gente andou falando.

— Tudo bem, Pheoby, conta pra elas. Elas vai ficar admirada porque meu amor num foi que nem elas gosta, se algum

SEUS OLHOS VIAM DEUS 241

dia elas teve um. Depois você deve de dizer a elas que amor num é que nem pedra de amolar, que é a mesma coisa em toda parte, e faz a mesma coisa com tudo que toca. O amor é que nem o oceano. É uma coisa que se move, mas memo assim toma a forma da praia que encontra, e é diferente em toda praia.

— Sinhô! — Pheoby deu um forte sopro. — Eu aumentei uns três metro de altura só de ouvir ocê, Janie. Num tô mais satisfeita comigo mema. Vô fazer Sam me levar com ele pra pescar depois disso. É melhor ninguém falar mal do cê comigo por perto.

— Ora, Pheoby, num seja ruim demais com o resto delas, porque elas tá seca por num saber de nada. Aqueles saco de osso tem de chocalhar pra sentir que tá vivo. Deixa elas se consolar com as conversa. Conversar num vale um monte de feijão quando a gente num pode fazer mais nada. E escutar essas conversa é o memo que abrir a boca e deixar a lua brilhar pela goela adentro. Todo mundo sabe, Pheoby, cê tem de *ir* lá pra *conhecer* lá. Nem seu pai nem sua mãe nem ninguém mais pode dizer nem mostrar procê. Duas coisa todo mundo tem de fazer por si mesmo. Tem de procurar Deus e descobrir como é a vida vivendo eles mesmo.

Fez-se um silêncio definitivo depois disso, de modo que pela primeira vez puderam ouvir o vento açoitando os pinheiros. Isso fez Pheoby lembrar-se de Sam esperando por ela e ficando nervoso. Fez Janie lembrar-se do quarto lá em cima — seu quarto. Pheoby abraçou-a com toda força e varou correndo a escuridão.

Logo tudo no andar de baixo estava fechado e aferrolhado. Janie subiu a escada com a lâmpada. A luz em sua mão era como uma centelha de sol lavando com fogo seu rosto. A sombra atrás caía negra e esticada pelos degraus abaixo. O vento, pelas janelas abertas, varrera toda a fétida sensação de ausência e nada. Ela fechou-se e sentou-se. Tirando com o pente o pó da estrada dos cabelos. Pensando.

O dia da arma, o corpo ensanguentado e o tribunal retornaram e puseram-se a cantar um soluçado suspiro de cada canto do quarto; de cada uma e de todas as cadeiras e coisas. Começou a cantar, começou a soluçar e suspirar, cantando e soluçando. Então Tea Cake apareceu saltando em torno dela, e a música do suspiro voou pela janela e iluminou o topo dos pinheiros. Tea Cake, com o sol como xale. Óbvio que não estava morto. Nunca podia estar morto, enquanto ela mesma não acabasse de sentir e pensar. O beijo da lembrança dele formava imagens de amor e luz contra a parede. Ali estava a paz. Ela recolheu seu horizonte como uma grande rede de pesca. Recolheu-a da cintura do mundo e passou-a pelos ombros. Tanta vida naquelas malhas! Ela chamou a sua alma para vir e ver.

POSFÁCIO

ZORA NEALE HURSTON:
"UMA MANEIRA NEGRA DE FALAR"

I

O reverendo Harry Middleton Hyatt, um sacerdote episcopal cuja coletânea clássica em cinco volumes, *Hoodoo, Conjuration, Witchcraft, and Rootwork* [Vodu, invocação, feitiçaria e mezinhas], mais que amplamente recompensou um investimento de quarenta anos de pesquisa, certa vez me perguntou, numa entrevista em 1977, o que acontecera com outra pesquisadora que ele admirava.

— Eu a conheci em trabalho de campo na década de 1930. Acho — refletiu por alguns segundos — que o primeiro nome era Zora.

Era uma pergunta inocente, e justificada pelo volume de rumores confusos e muitas vezes contraditórios que tornam a lenda de Zora Neale Hurston tão ricamente curiosa e densa quanto os mitos negros que ela tanto fez para preservar em suas obras antropológicas clássicas, *Mules and Men* e *Tell My Horse*, e em sua ficção.

244 ZORA NEALE HURSTON

Diplomada por Barnard, onde estudou com Franz Boas, Zora Neale Hurston publicou sete livros — quatro romances, duas obras de folclore e uma autobiografia — e mais de cinquenta obras curtas entre meados do Renascimento do Harlem e o fim da Guerra da Coreia, quando era a escritora negra dominante nos Estados Unidos. A triste obscuridade em que a carreira de Zora mergulhou então reflete mais suas posições políticas, de firme independência, do que qualquer deficiência profissional ou de visão. Praticamente ignorada após o início dos anos 1950, mesmo pelo movimento Arte Negra nos anos 1960 — uma intensa onda, fora isso ruidosa, de criação de imagem e mitologia negra, que resgatou tantos escritores negros do esquecimento —, ela encarnou uma unidade mais ou menos harmoniosa, mas, apesar disso, problemática, de opostos. É essa complexidade que se recusa a prestar-se às superficiais categorias "radical" ou "conservador", "preto" ou "negro", "revolucionário" ou "Pai Tomás" — de pouca utilidade na crítica literária. Foi essa mesma complexidade, representada em sua ficção, que até a publicação do importante ensaio de Alice Walker ("Em Busca de Zora Neale Hurston") na revista *Ms.*, em 1975, tornou ambíguo, na melhor das hipóteses, o lugar de Zora na história literária negra

A redescoberta de escritores afro-americanos tem girado, em geral, em torno de critérios políticos mais amplos, dos quais se supõe que a obra do autor é um mero reflexo. O aspecto profundamente satisfatório da redescoberta de Zora Neale Hurston é que as mulheres negras a geraram basicamente para estabelecer uma ancestralidade literária materna. O comovente ensaio de Alice Walker conta seus

SEUS OLHOS VIAM DEUS 245

esforços para encontrar a cova não identificada de Zora no Jardim do Repouso Celestial, um cemitério de negros em Fort Pierce, Flórida. Zora torna-se uma metáfora da busca de tradição da escritora negra. A arte de Alice Walker, Gayl Jones, Gloria Naylor e Toni Cade Bambara tem, de modos marcadamente diversos, fortes afinidades com a dela. A atenção dessas escritoras a Zora significa uma nova sofisticação na literatura negra: elas a leem não apenas pelo parentesco espiritual inerente em tais relações, mas porque ela usou a fala vernacular e os rituais negros, de uma maneira sutil e variada, para orientar a consciência futura das negras, tão flagrantemente ausente na ficção negra em geral. Esse uso do vernáculo tornou-se a estrutura fundamental de todos os seus romances, com exceção de um, e é particularmente eficaz em sua obra clássica, *Seus olhos viam Deus*, publicada em 1937, que está mais relacionada com *Retrato de uma senhora*, de Henry James, e *Cane*, de Jean Tomer, do que com a literatura proletária de Langston Hughes e Richard Wright, tão popular na Depressão.

Retrato da vitória de Janie Crawford como imaginação autônoma, *Seus olhos* é um romance lírico que relaciona as necessidades dos dois primeiros maridos, de possuir espaço físico cada vez maior (e os vistosos atavios da mobilidade vertical), com a supressão da autoconsciência da esposa. Só com o terceiro e último namorado, um biscateiro chamado Tea Cake, cuja alegria descomprometida gira em torno dos pantanais da Flórida, Janie finalmente desabrocha, como faz a grande pereira ao lado do minúsculo barraco de madeira de sua avó.

Ela viu uma abelha portadora de pólen mergulhar no sacrário de uma flor; as milhares de irmãs-cálice curvarem-se para receber o beijo do amor, e o arrepio de êxtase da árvore, desde a raiz até o mais minúsculo galho, tornou-se creme em cada flor, espumando de prazer. Então aquilo era um casamento!

Para traçar a jornada de Janie de objeto a sujeito, a narrativa do romance passa da terceira para uma mistura de primeira e terceira pessoas (o que se conhece como "discurso indireto livre"), significando essa consciência de si da personagem. *Seus olhos* é um ousado romance feminista, o primeiro explícito na tradição afro-americana. Contudo, na preocupação com o projeto de encontrar uma voz, tendo a linguagem como instrumento para ferir e salvar, adquirir identidade e força, sugere muitos dos temas que inspiram a *oeuvre* de Zora como um todo.

II

Um dos trechos mais emocionantes na literatura americana é a história, contada por Zora Neale Hurston, de seu último encontro com a mãe agonizante, no capítulo intitulado "Vagando", de sua autobiografia *Dust Tracks on a Road* [Pegadas no pó de uma estrada] (1942):

Quando eu entrei, ergueram a cama e viraram-na, para que os olhos de minha mãe se voltassem para o leste. Achei que ela me olhou quando a cabeceira da cama mudou de posição. Tinha a boca ligeiramente aberta, porém a respiração exigia tanto de suas forças que ela não podia falar. Mas olhou para mim, ou pelo menos assim pensei, para que falasse por ela. Dependia de mim para ter voz.

SEUS OLHOS VIAM DEUS 247

Podemos começar a entender a distância retórica que separava Zora de seus contemporâneos quando comparamos este trecho com uma cena semelhante, publicada apenas três anos depois por Richard Wright em *Black Boy* [Negrinho], contemporâneo negro dominante e seu rival: "Uma vez, à noite, minha mãe me chamou à sua cama e me disse que não aguentava a dor, e queria morrer. Segurei a mão dela e pedi-lhe que se calasse. Naquela noite, deixei de reagir à minha mãe; meus sentimentos se congelaram." Se Zora representa seus momentos finais com a mãe em termos de busca de voz, Wright atribui a uma experiência semelhante uma certa "tristeza espiritual que eu não iria perder jamais", que "se transformou num símbolo em minha mente, concentrando-se em si mesma... a pobreza, a ignorância, o desamparo..." Poucos autores na tradição negra têm menos em comum que Zora Neale Hurston e Richard Wright. E enquanto ele reinava na década de 1940 como nosso autor dominante, a fama de Zora atingiu o zênite em 1943, com uma reportagem de capa da *Saturday Review* homenageando o êxito de *Dust Tracks*. Sete anos depois, ela estava trabalhando como empregada doméstica em Rivo Alto, Flórida; dez anos depois, morria no Asilo da Previdência Municipal em Fort Pierce, Flórida.

Como pôde a ganhadora de dois Guggenheims e autora de quatro romances, uma dúzia de contos, dois musicais, dois livros sobre mitologia negra, dezenas de ensaios e uma autobiografia premiada praticamente "desaparecer" para o público leitor por três décadas inteiras? Não há respostas fáceis para esse dilema, apesar das combinadas tentativas dos estudiosos para resolvê-lo. Está evidente, porém, que as reações carinhosas, diversas e entusiásticas que a obra de

248   ZORA NEALE HURSTON

Zora provoca hoje não foram partilhadas por vários de seus contemporâneos negros influentes. Os motivos para isso são complexos e derivam em grande parte do que poderíamos chamar de suas "ideologias raciais".

Parte da herança recebida por Zora — e talvez o principal conceito herdado a ligar o romance de costumes no Renascimento do Harlem, o realismo socialista dos anos 1930 e o nacionalismo cultural dos movimentos de Arte Negra — foi a ideia de que o racismo reduzira os negros a meras cifras, a seres que só reagem a uma onipresente opressão racial, cuja cultura é "despojada" no que é diferente, e cujas psiques são em geral "patológicas". O escritor e crítico social Albert Murray chama isso de "Monstro da Ficção Científica Social". Socialistas, separatistas e defensores dos direitos civis foram igualmente devorados por essa fera.

Zora achava essa ideia degradante, sua propagação uma armadilha, e esbravejava contra ela. Dizia que tal conceito era defendido pela "escola choramingas da negritude, daqueles que afirmam que a natureza de algum modo lhes aplicou um golpe baixo". Ao contrário de Hughes e Wright, preferiu deliberadamente ignorar esse "falso quadro que distorcia..." A liberdade, escreveu em *Moses, Man of the Moutain* [Moisés, o homem da montanha], "era uma coisa interior... O próprio homem deve fazer sua própria emancipação". E declarou seu primeiro romance um manifesto contra a "arrogância" dos brancos ao suporem que "as vidas negras são apenas reações defensivas às ações brancas". Sua estratégia não se destinava a agradar.

O que poderíamos chamar de realismo mítico de Zora, exuberante e denso dentro de um idioma lírico negro, parecia politicamente retrógrado aos defensores do realismo social ou crítico. Se Wright, Ellison, Brown e Zora se empenhavam numa luta sobre os modos de ficção ideais para representar o Negro, é evidente que ela perdeu a batalha.

Mas não a guerra.

Depois que Zora e sua escolha de estilo para o romance negro foram silenciados por quase três décadas, o que temos testemunhado desde então é certamente um maravilhoso exemplo da volta do reprimido. Pois Zora Neale Hurston foi "redescoberta" de uma forma sem precedentes na tradição negra: várias escritoras negras, entre as quais estão algumas das mais consumadas autoras americanas hoje, voltaram--se abertamente para suas obras como fonte de estratégias narrativas, a ser imitadas, e revistas, em atos de irmandade textual. Respondendo à crítica de Wright, Zora afirmou que quisera afinal escrever um romance negro, e "não um trata-do de sociologia". É esse impulso que ressoa em *A canção de Solomon* e *Amada*, de Toni Morrison, e na qualificação de Zora por Alice como nosso símbolo básico de "saúde racial — um senso dos negros como seres humanos completos, complexos, *não degradados*, um senso ausente em grande parte dos textos e da literatura negros". Numa tradição em que os autores homens têm negado ardentemente qualquer paternidade literária negra, esse é um fato importante, que anuncia o aperfeiçoamento de nossa ideia de tradição: Zora e suas filhas são uma tradição dentro da tradição, a voz de uma mulher negra.

O ressurgimento de um público leitor popular e acadêmico para as obras de Zora significa sua múltipla canonização nas tradições negra, americana e feminista. Dentro do *establish-*

250   ZORA NEALE HURSTON

ment crítico, estudiosos de todas as facções descobriram nela textos para todas as ocasiões. Mais pessoas leram obras de Zora desde 1975 do que entre essa data e a publicação de seu primeiro romance, em 1934.

III

Relendo Zora, sempre me impressiona a densidade das experiências íntimas que ela envolveu em imagens magnificamente elaboradas. É essa preocupação com a capacidade figurativa da linguagem negra, com o que uma personagem em *Mules and Men* chama de "um significado escondido, que nem na Bíblia... o significado interior das palavras", que une seus estudos antropológicos e sua ficção. Pois o folclore que Zora recolheu tão meticulosamente como aluna de Franz Boas em Barnard tornou-se metáforas, alegorias e desempenhos em seus romances, as metáforas canônicas tradicionais recorrentes da cultura negra. Sempre mais romancista que cientista social, mesmo as coletâneas acadêmicas se centram na qualidade de imaginação que faz essas vidas completas e esplêndidas. Mas é no romance que o uso por Zora do idioma negro consegue seus mais plenos efeitos. Em *Jonah's Gourd Vine* [O aboboral de Jonas], seu primeiro romance, por exemplo, o pregador errante John, na descrição de Robert Hemenway, "é um poeta que empresta graça a seu mundo pessoal com a linguagem, mas não encontra as palavras para conquistar sua própria graça pessoal". Essa preocupação com a linguagem e com os poetas "naturais", que "levam o bárbaro esplendor de palavras e músicas ao campo mesmo dos zombeteiros", não apenas liga suas duas disciplinas, mas também faz do "momento linguístico suspenso" uma coisa deveras a contemplar. Invariavelmente, a literatura de Zora extrai sua força do texto, não do contexto, como faz o climático sermão de John, um *tour de force* de imagem e metáfora. Imagem e metáfora definem o mundo de John; a incapacidade de interpretar-se a si mesmo o leva finalmente à autodestruição. Como conclui Robert Hemenway, biógrafo de Zora: "Trechos assim acabam formando uma teoria de linguagem e comportamento."

Usando a "lente de espião" da antropologia, a obra de Zora celebra mais do que moraliza; mostra mais do que conta, de forma que "comportamento e arte se tornam evidentes por si mesmos à medida que os textos de narrativa e os rituais de vodu se vão acumulando durante a leitura". Como autora, ela funciona como "uma parteira, participando do nascimento de um corpo de folclore... os primeiros contatos intrigados com a lei natural". Os mitos que descreve com tanta precisão são na verdade "modos alternativos de perceber a realidade", e jamais simples descrições condescendentes do exótico. Zora vê "as Dúzias", por exemplo, secular ritual negro de gracioso insulto, como, entre outras coisas, uma defesa verbal da santidade da família, invocada através de engenhosos jogos de palavras. Embora atacada por Wright e praticamente ignorada pelos herdeiros literários dele, as ideias de Zora sobre a linguagem e o ofício reforçam muitas das mais vitoriosas contribuições à literatura afro-americana que veio depois.

IV

Podemos entender mais plenamente o complexo e contraditório legado de Zora se examinarmos *Dust Tracks on a Road*, a polêmica história de sua própria vida. Ela tornou importantes algumas partes de si, como um mascarado pondo um disfarce para um baile, como uma personagem de suas ficções. Assim, *escreveu-se*, e buscou em suas palavras reescrever o "eu" da "raça", em seus vários disfarces privados e públicos, em grande parte por motivos ideológicos. O que prefere revelar é a vida de sua imaginação procurando moldar e interpretar seu ambiente. O que silencia ou apaga, do mesmo modo, é tudo que seus leitores usariam para delimitar ou categorizar sua vida como uma sinédoque do "problema racial", uma parte excepcional representando o degradado todo.

A vitória de Zora em *Dust Tracks* é dupla. Primeiro, nos dá a vida de uma *escritora*, e não uma história, como ela diz, do "problema do negro". Muitos fatos nesse texto são vistos em termos da crescente consciência e domínio da linguagem pela autora, a linguagem e os rituais linguísticos falados e escritos por mestres da tradição ocidental e pelos membros comuns da comunidade negra. Essas duas "comunidades de discurso", por assim dizer, são suas grandes fontes de inspiração não apenas nos romances, mas também na autobiografia.

A apresentação de suas fontes de linguagem parece ser a principal preocupação dela, sempre indo e vindo entre a voz de narradora "letrada" e a voz negra altamente dialetal, em maravilhosos trechos de discurso indireto livre. Zora entra e sai sem esforço, e de uma forma inconsútil, dessas vozes distintas, como faz em *Seus olhos*, para ilustrar a chegada de Janie à consciência. É esse emprego de uma voz *dividida*, uma voz dupla não conciliada, que me parece sua grande conquista, um análogo verbal de suas duplas experiências como mulher num mundo dominado por homens e como pessoa negra num mundo não negro, a revisão por uma escritora da metáfora da "dupla consciência" de W.E.B. Du Bois para o "hifenado afro-americano".

Sua linguagem, variegada pelas vozes gêmeas que se entrelaçam em todo o texto, retém o poder de perturbar:

> A pobreza tem alguma coisa que cheira à morte. Sonhos mortos caindo do coração como folhas numa estação seca e apodrecendo sob os pés; impulsos por muito tempo sufocados no ar fétido de grutas subterrâneas. A alma vive numa atmosfera doentia. As pessoas podem ser navios negreiros de sapatos.

Em outra parte, ela analisa as "expressões idiomáticas" negras usadas por uma cultura "criada em cima de semelhança e invectiva. Elas sabem xingar", conclui, e relaciona alguns xingamentos, como boca de jacaré, tornozelo quadrado, tripa frouxa e pé de pá: "Os olhos parecem nozes baratas, e a boca uma gamela de lavar prato cheia de panelas de barro!"

Imediatamente após o trecho sobre a morte de sua mãe, ela escreve:

> O Mestre Criador em Sua criação fez a Velha Morte. E a fez com pés macios e dedos quadrados. Com um rosto que reflete a face de tudo, mas nem se transforma nem é refletido em parte alguma. Fez o corpo da morte de uma fome infinita. Fez de sua mão uma arma para satisfazer suas necessidades. Foi a manhã do dia do começo de tudo.

A linguagem, nesses trechos, não é apenas "adorno", como Zora descreveu uma prática linguística negra básica; ao contrário, forma e conteúdo estão perfeitamente afinados do modo mais significativo. Tampouco está ela sendo uma "gracinha", ou satisfazendo um público leitor branco condescendente. Está dando "nome" a emoções, como diz, numa linguagem ao mesmo tempo profundamente pessoal e culturalmente específica.

O segundo motivo pelo qual *Dust Tracks* é vitorioso como literatura resulta do primeiro: a não resolvida tensão de Zora entre suas duplas vozes significa sua plena compreensão do modernismo. Ela usa as duas vozes em seu texto para celebrar a fragmentação psicológica da modernidade e do negro americano. Como escreveu Barbara Johnson, sua retórica é de divisão, e não uma ficção de unidade psicológica ou cultural. Zora Neale Hurston, a "verdadeira" Zora Neale Hurston que ansiamos por localizar neste texto, está no silêncio que separa essas duas vozes: ela é as duas, e nenhuma das duas; bilíngue e muda. Essa estratégia ajuda a explicar a atração que exerce sobre tantos críticos e escritores contemporâneos, que podem recorrer repetidas vezes às suas obras e simplesmente espantar-se com sua notável arte.

Mas a vida que Zora pôde escrever não foi a que pôde viver. Na verdade, sua vida, muito mais ilustrativamente que a representação sociológica padrão, revela como os limites econômicos determinam nossas escolhas, mais ainda que a violência ou o amor. Em termos simples, Zora escrevia bem quando se sentia bem, e mal quando se sentia mal. Problemas financeiros — venda de livros, bolsas e subvenções demasiado poucas e demasiado magras, editores ignorantes e apadrinhamento sufocante — produziram o tipo de dependência que afeta, se não determina, seu estilo, uma relação que ela examinou um tanto ironicamente em "O que os editores brancos não publicarão". Não podemos simplificar a relação entre a arte e a vida de Zora; tampouco podemos reduzir a complexidade de sua posição política no pós-guerra, que, baseada na antipatia pela imagem patológica dos negros, era marcadamente conservadora e republicana.

Tampouco podemos sentimentalizar sua desastrosa década final, quando ela se viu trabalhando como empregada doméstica no mesmo dia em que o *Saturday Evening Post* publicava seu conto "Consciência do Tribunal", e muitas vezes sem dinheiro, sobrevivendo após 1957 do seguro-desemprego, como professora substituta e com cheques da previdência. "Em seus últimos dias", conclui Hemenway, sobriamente, "Zora viveu uma vida difícil — sozinha, orgulhosa, doente, obcecada com um livro que não conseguia terminar."

A escavação de sua vida sepultada ajudou uma nova geração a voltar a lê-la. Mas em última análise devemos encontrar o legado de Zora em sua arte, onde ela "desenterrou uma certa instrução e estabeleceu alguns alfabetos". Sua importância está no legado da ficção e folclore que tão habilmente construiu. Como ela mesma observou: "Revire seus olhos em êxtase e imite cada movimento dele, mas enquanto não pusermos alguma coisa nossa na sua encruzilhada, estamos de volta aonde estávamos quando serraram fora nossa coleira de ferro." Se, como elogiou um amigo, "ela não nos veio vazia", então ela não deixa a literatura negra vazia. Se sua obscuridade e esquecimento iniciais hoje parecem inconcebíveis, talvez agora, como escreveu sobre Moisés, ela tenha feito a "travessia".

HENRY LOUIS GATES JR.

Este livro foi composto na tipografia Minion Pro,
em corpo 12/15,5, e impresso em
papel off-white no Sistema Cameron da
Divisão Gráfica da Distribuidora Record.